KB004777

나쁜 엄마 다이어리

"네 엄마만 하려고 태어난 거 아니다!"

나쁜 엄마 다이어리

김지원 지음

북레시피

저는 열세 살 남자아이와 열한 살 여자아이 그리고 올해 초 태어난 남자아이까지, 모두 세 아이의 엄마입니다. 저는 사범대학을 나오고 대학원에서 교육학을 전공한 교육학 전공자입니다. 이렇게 말하면 사람들은 저에게서 자애롭고 헌신적인 어머니의 모습을 떠올리려 합니다. 하지만 안타깝게도 저는 그런 사람이 아닙니다.

저는 자식을 위해 자신의 희생을 기꺼이 감수하는, 그런 헌신적인 엄마가 아닙니다. 다른 부모들과 마찬가지로 아이들은 저에게 무엇과도 바꿀 수 없는 소중한 존재입니다. 하지만 저의 인생 또한 그만큼 소중하다고 생각합니다. 저는 아이들을 위해 제가 하고 싶은 일을 포기하거나 미루지 않습니다. 상황마다 우선 순위를 판단해서 일을 처리합니다. 그래서 때로는 아이들 일이 우위를 차지할 수도 있고, 때로는 저의 커리어에 관련된 일이 우선시되기도 합니다. 그렇게 아이들을 먼저 생각하지 않는 저는 소위 나쁜 엄마입니다.

이러한 저의 육아 방식은 대한민국 사회에서 아직은 용인되기 어려운 것 같습니다. 이런 육아 스타일을 언급했을 때 많은 사람들이 저를 다소 이기적인 엄마라고 생각하기 때문입니다. 하지만 저는 그런 사람들의 생각을 별로 개의치 않습니다. 무엇보다 중요한 것은 아이들이 저에 대해 느끼는 감정이기 때문입니다. 다른 엄마들처럼 헌신적이지 않은, 그래서 나쁜 엄마인 저는 아이들을 누구보다 사랑하고 존경합니다. 그리고 자식을 위해 희생하지 않는 나쁜 엄마인 저에게 양육되었지만 우리 아이들은 정서적으로 안정되고, 자존감이 매우 높습니다. 게다가 공원을 걷다가 흥겨운 음악만 흘러나와도 어깨를 들썩거리고 엉덩이춤을 추는 매우 낙천적인 성격의 소유자들입니다.

예전에는 출산율을 낮추기 위해 산아제한 정책을 쓸 정도로 대한민국은 출산율이 높은 나라였습니다. 하지만 지금은 국가에서 아무리 장려해도 세계에서 손꼽히는 '출산율 낮은 나라'가 되었습니다. 이렇게 된 데에는 대학을 졸업하고도 마땅한 일자리가 없어 취업하기 힘든 현실에 연애마저도 포기한다는 사회

경제적인 구조의 문제가 있습니다. 하지만 그와 함께 육아에 대한 잘못된 인식의 문제도 분명히 있다고 생각합니다.

지금 경제가 어렵다고 하지만 1950년대나 1960년대보다는 훨씬 나아진 것이 사실입니다. 쌀이 없어 고구마나 감자를 삶아 먹으면서 끼니를 때우던 그때보다 우리는 훨씬 풍요로운 시대에 살고 있습니다. 하지만 요즘 젊은 사람들은 아기를 낳고 싶어 하지 않습니다. 제 주변에도 결혼은 했지만 아이는 갖고 싶지 않다는 딩크족들이 무척 많습니다. 대부분 강아지나 고양이 등의 반려동물을 키우면서 아이가 없는 허전함을 채워가며 살아갑니다. 자신들이 만든 가족이라는 울타리 속에 분명히 빈자리가 있음을 느끼기에 반려동물을 키우는 것이라 생각합니다. 사랑하는 사람의 아이를 낳아 함께 키우고 싶은 것은 인간의 본능입니다. 자손을 남김으로써 세상에 영원히 존재하기를 원하는 모든 생명체의 본능이 그러하기 때문입니다. 이런 자연의 이치를 왜 요즘의 대한민국 청년 세대들은 거부하게 된 걸까요?

저는 그 주된 이유가 육아에 대한 부정적인 인식 때문이라고 생각합니다. 육아를 하려면 엄마가 직장을 포기해야 하고, 그러면 경제적으로 너무 어려워지기 때문에 아기를 낳지 않으려 하는 것이라 생각합니다. 또 육아로 일을 쉬게 되면 지금껏 쌓아온 커리어들이 다 날아가버릴 뿐 아니라 경력단절이 되기에 여성들은 출산을 원하지 않습니다. 아이를 키우게 되면 다른 애들이 모두 다니는 학원도 보내야 하고 대학 등록금도 대줘야 하고, 결혼할 때 집을 마련해주거나 혼수를 해주는 등의 목돈이 들어가야 하기에 생각만 해도 버겁고 부담스럽습니다. 이런 이유로 아기 낳기를 포기하는 사람들도 많아졌습니다. 그리고 먼저 결혼한 친구들 혹은 주변 지인들의 '카더라' 통신 – 아기를 키우면 잠도 못 자고 친구들도 못 만나고 스스로를 너무 많이 희생해야 하는 일이어서 힘들다 – 에 지레 겁먹고 육아를 온몸으로 거부하기도 합니다.

　육아는 힘들고 무서운 것이 아닙니다. 대부분의 일들이 막상 부딪혀보면 별것 아닌 것처럼 육아 또한 그러합니다. 생각만큼 그렇게 고통스럽거나 처절하게 힘든 일이 아닙니다. 물론 아이 없이 혼자일 때보다 힘든 것은 분명한 사실입니다. 하지만 육아는 힘든 만큼 분명히 그만한 가치가 있는 일입니다. 아이를 키우면서 인간은 많은 것들을 깨닫게 되고, 그로 인해 또 다른 성장의 기회를 갖게 됩니다. 세상이라는 토양에 얕게 뿌리내리고서 비바람이 몰아칠 때마다 거세게 흔들리며 요동치던 나를 가족이라는 울타리가 더욱 든든히 보호해주고 그 어떤 세상의 풍파도 버틸 수 있도록 지탱해줍니다.

　육아에 대한 잘못된 인식은 육아에 대한 자기 주관이 없기 때문에 발생한다고 생각합니다. 남들이 다 몇백만 원씩 하는 외제 유모차에 애들을 태우고 다니니까 나도 그런 유모차를 사야 하는데 그럴 형편이 못 될 바에야 아예 애를 낳지 않겠다는 생각,

다른 애들 다 다니는 영어, 수학 학원을 나도 보내야겠는데 그러면 애 하나에 사교육비가 한 달에 적어도 백만 원 이상 들어야하고, 그걸 못 해주면 애한테 원망을 살 테니 애를 낳지 않겠다는 생각, 육아에 대한 공포는 이처럼 남의 시선을 의식하고 남들과 똑같이 하려는 데서 발생합니다. 많은 사람들이 그대로 따른다고 해서 그 방법이 꼭 옳다는 보장은 없습니다. 다수의 사람들이 하나같이 잘못된 길을 가기도 합니다. 좋은 부모가 되길 바란다면 육아에 대한 자신만의 확고한 철학을 가져야 합니다. 그럴 때라야 육아에 대한 막연한 공포를 줄일 수 있습니다.

아이 때문에 자신의 커리어와 인생이 사라질 거라며 아이 낳기를 거부하는 것 또한 경험해보지 않은 자들의 오해라고 생각합니다. 아이가 생기면 모든 걸 다 아이에게 맞추고 자신은 무조건적으로 희생해야 한다는 생각은 버려야 합니다. 엄마의 삶과 커리어 우먼으로서의 삶은 충분히 양립할 수 있습니다.

아기를 낳으면 무조건 헌신하면서 살아야 한다는 착한 엄마 콤플렉스에 괴로워하던 때가 제게도 있었습니다. 한 개인으로서 '나'라는 자아도 중요한데 아이를 낳았으니 이제 '엄마의 삶'을 살아야 한다는 생각이 들었습니다. 그런 생각을 하면서 이제 내 꿈을 펼칠 수 없음을 알게 되자 '나의 인생'이 끝난 것 같아 너무나 우울했습니다. 그냥 혼자 살걸, 결혼해 아이 낳은 것을 후회하기도 하였습니다. 하지만 지난 11년간 아이를 키우면서 저는 엄마의 삶과 한 개인의 삶이 충분히 조화를 이룰 수 있다는 것을 깨닫게 되었습니다. 모든 것이 그러하듯 먼저 생각을 바꾸면 됩니다. 아이들에게 완벽하고 헌신적인 '착한 엄마'로 살아야 한다는 강박적인 생각을 버리고, 완벽하지도 헌신적이지도 않지만 아이들과 함께 자신의 꿈을 키우며 성장해나가는 '나쁜 엄마'로 살면 됩니다.

아이들에게 진정 필요한 것은 자신들을 위해 모든 것을 희생하는 엄마가 아닙니다. 그들이 원하는 것은 행복한 엄마입니다. 먼저 행복한 엄마가 되어주세요. 먼저 행복한 엄마가 되는 것이 아이를 행복하게 만드는 바람직한 육아의 시작입니다.

나쁜 엄마지만 누구보다 행복한 엄마인 저의 비결을 이 책에 담았습니다. 제가 다른 책을 보며 많은 힘과 용기를 얻었듯 이 책이 조금이나마 도움이 되기를 바랍니다.

2장 먼저 행복한 엄마가 되어라!

3장 **나쁜 엄마의 처세법**

4장   나쁜 엄마의 살림 노하우

5장 나쁜 엄마의 교육 노하우

1장

좋은 엄마 콤플렉스에서 벗어나라!

1

네 엄마만 하려고 태어난 거 아니다!

　딸이 초등학교 1학년 때였다. 퇴근하고 돌아오니 잔뜩 심통이 나 있었다. 내가 집에 들어오자 자기 방으로 문을 쾅 닫고 들어갔다. 버릇없는 딸의 행동에 나 또한 화가 났지만 화를 속으로 꾹꾹 눌러 담고 다정하게 딸의 이름을 불러보았다. 아무런 대꾸도 없다. 참다못해 딸 방으로 문을 열고 들어가 다소 상기된 목소리로 도대체 왜 나한테 화가 났냐고 물어보았다. 그랬더니 엄마는 왜 일하러 다니는 거냐면서 서럽게 닭똥 같은 눈물을 뚝뚝 떨어뜨린다. 일하러 다니지 말고 엄마도 집에서 하루 종일 자기를 기다리고 있으면 안 되느냐고 묻는다. 그리고 딴 친구 엄마들

은 학교 앞에서 기다리고 있다가 애들이 수업을 마치면 함께 집에 가는데 엄마는 왜 그 엄마들처럼 못 해주는 거냐고 따진다.

학교 앞에서 기다리고 있던 엄마와 함께 집으로 돌아가는 친구들이 부러운 건 백번 이해하겠다만, 엄마는 미안하지만 그렇게 할 수 없다고 말했다. 일을 해야 네가 맛있게 먹을 음식과 너를 따뜻하게 해줄 옷을 살 수 있다, 그리고 돈을 벌어야 네가 좋아하는 주말 나들이를 갈 수 있다. 또한 너를 대학교까지 공부시키려면 돈이 많이 필요하기 때문에 열심히 일해서 돈을 모아놔야 한다고 말했다. 마지막 이유로 나중에 엄마가 늙어서 더 이상 일을 할 수 없을 때, 모아놓은 돈이 없어서 너한테 돈을 달라 하는 일이 생기지 않게 하려면 그때 쓸 돈을 지금부터 미리 모아놓아야 한다고 했다. 초등학생 눈높이에 맞게, 충분히 알아듣기 쉬운 말로 엄마가 일을 해야 하는 이유에 대해 차근차근 일목요연하게 설명해주었건만, 딸한테서 돌아오는 대답은 그야말로 고구마 같은 대답이다. 물 없이 고구마를 먹을 때 퍽퍽해 목이 막히듯 답답하다고나 할까. 딸은 이렇게 말했다. 엄마는 엄마니까 무조건 일하지 말고 다른 엄마들과 똑같이 그렇게 해줘야 한다는 것이다. 뭐? 엄마니까 무조건 내 일은 포기해야 한다고!!!?

자식들이 뭔가 착각하는 게 있는데, 엄마는 원래부터 엄마인 줄 아는 것이다. 아직 어려서 철이 없다는 건 알지만 아이들이 그런 생각에 갇혀 있어서는 안 될 것이다. 이런 말을 내뱉으면 어린이들 동심파괴자로 비난받을지 모르겠지만 엄마는 절대 네 엄마만 하려고 이 세상에 태어난 게 아니다! 네 엄마로만 살라고 우리 엄마가 나를 낳으셔서 그렇게 고생하며 키우신 거 아니다. 지금은 네 엄마지만 어릴 적의 나는 화려한 무대에 서는 패션모델이 되고 싶었고, 새파란 하늘을 자유롭게 날아다니는 멋진 파일럿이 되려 하였고, 『빨간 머리 앤』이나 『제인 에어』와 같은 멋진 글을 쓰는 작가가 될 뻔한, 꿈이 아주 많던 꿈 부자 소녀였다. 그리고 여느 아이들처럼 공부보다는 친구들과 같이 매일 어울려서 숨바꼭질하고 얼음땡 놀이를 하면서 놀고 싶어 하던 개구쟁이 꼬마였지만, 마음속 꿈을 이루기 위해 초등학교 1학년 때부터 대학교 4학년까지 16년이라는 시간 동안 하루도 빠지지 않고 비가 오나 눈이 오나 또 비바람이나 태풍이 몰아닥쳐도 학교 한번 빠지지 않았다.

숱한 유혹 속에서도 수업 시간 땡땡이 한번 안 치고 매우 성실하게 학업에 열중했다. 타고나기를, 몸 움직이는 것을 좋아하는 매우 역동적인 성격인지라 사실 책상 앞에 앉아 있는 것 자체가 고역이었고 벌레 기어다니는 것처럼 엉덩이가 근질근질해서 매우 힘들었지만 나의 장밋빛 미래를 위해 꾹 참고 장시간을 앉아 버텼다. 밀려오는 졸음을 쫓기 위해 허벅지를 사정없이 꼬집어대고, 스스로 뺨을 후려쳐가면서 공부했다. 고등학교 때는 잠자는 시간을 제외하고는 아침 7시부터 저녁 10시까지 무려 열아홉 시간을 학교에서 공부하며 보냈다. 닭장 속에 갇힌 닭처럼 좁은 책상 앞에 앉아 하루에 영어 단어를 50개씩 외우고 수십 페이지의 문제지를 풀어가면서, 엉덩이에 진짜로 빨간 땀띠가 올라오도록 공부했다. 그렇게 힘들게 공부해서 대학교에 들어가서도 또 4년이라는 시간을 전공수업이다 시험이다 공부하느라 쉴 틈 없이 바쁘게 보냈다. 늦잠도 자고 여행도 다녀야 할 방학 때마저도 토익 시험 준비한다고 귀에 딱지 않도록 영어 테이프를 듣고 또 듣고, 영어 문법책을 붙잡고 씨름했으며 스펙을 만들기 위해 도서관을 휴가지 삼아 자격증 공부하다가 지쳐서 그 두꺼운 책을 베고 스르르 잠들곤 했었다. 그런 16년이라는 장시간의 투자 끝에 지금의 자리까지 힘들게 온 건데, 나보고 엄마니까 다 제쳐두고 아이만을 위해서 살라고?

나도 그러고 싶다. 아니 그럴 수 있었으면 좋겠다. 내가 신사임당 같은 현모양처 상이어서, 장을 보며 좋은 식재료를 골라 가족들을 먹이겠다는 생각에 미소 짓고, 그 음식으로 매끼 형형색색의 오첩반상을 차려 가족들 먹이면서 감동과 즐거움을 느끼고, 앙증맞은 빵과 쿠키를 직접 구워 애들이 학교 다녀오면 기다렸다가 간식을 주고, 홈패션을 배워 시간 날 때마다 재봉질을 하면서 커튼이나 소파커버를 만들어 집의 인테리어를 바꾸는 가운데 소소한 행복감을 맛볼 수 있는 그런 사람이면 좋겠다. 나역시 어렸을 때는 동화책을 보면서 그런 엄마를 갖기를 희망했었다. 그리고 커서 그런 자애롭고 다정한 엄마가 되어야겠다고 생각한 적도 있었다. 하지만 살다 보니 알게 되었다. 나는 그런 사람이 아니다. 다시 태어나지 않는 이상은 절대로 위에서 말한 이상적인 엄마의 모습은 내 것이 될 수 없다.

나는 집에만 있으면 너무 우울하고, 집에서 만들어 먹는 음식보다는 밖에서 사 먹는 음식이 더 맛있는 데다 그렇게 하면 나의 에너지와 시간도 아낄 수 있어서 좋다고 생각하는 사람이다. 또한 나는 쿠키나 빵을 직접 굽느니 밖에 나가 사오는 게 집에서 오븐을 돌려 전기세를 엄청 내는 것보다 더 경제적이라고 생각하는 사람이다. 나는 실내에 앉아 조용하게 바느질을 하는 것보다 밖에 나가서 돌아다니는 것이 더 좋은 사람이다. 정말 유감스럽지만 나는 천성이 이런 사람이라 아무 활동도 하지 않고 그저 집에서 아이들의 엄마로만은 도저히 살 수가 없다. 공상영화에서나 볼 수 있듯, 나의 뇌를 아이들이 꿈꾸는 자애로운 엄마의 뇌로 교체하지 못하는 한 이런 나한테 나의 아이들이 맞춰서 살아야 한다.

이와 같이 현모양처 상과는 너무나도 거리가 있지만, 다행스럽게도 나는 엄마가 되는 것이 싫거나 두렵지만은 않다. 엄마라는 역할이 요즘 젊은 사람들이 말하는 것처럼 책임감으로 숨이 막히거나 족쇄처럼 끔찍하게 여겨지지는 않는다. 이 세상에 보람된 무언가를 남길 수 있어서, 유치한 발상일지도 모르겠지만 평생 내 편 들어줄 사람이 생겨서 만족스럽다. 아이들을 키우면서 힘든 시간도 정말 많았지만, 아이들 덕분에 웃으면서 행복했던 순간들도 많이 있었다. 하지만 엄마라는 명칭은 존재 관계에서의 이름 중 하나인 것이지, 나의 주된 이름은 될 수 없다. 나는 아이들의 엄마이기 전에 경주 김 씨의 한 자손이자, '김지원'이라는 이름을 가진 하나의 독립된 존재이다. 그저 'OO엄마'라는 호칭으로 불리면서 내 본래의 이름을 상실한 채로 살 수는 없다. 그렇게 살고 싶은 생각은 추호도 없다. 그러니 나에게 개인의 꿈과 이상과 목표는 접어두고, 또한 삶의 즐거움조차 다 포기하고 오직 아이들의 엄마로만 살라고 말하지 마라!

나의 자식과 세상의 수많은 자식들에게 말하고 싶다. 입장 바꿔서 너희들이 나와 같은 세상의 수많은 엄마들 입장이라면, 얼마나 억울하겠니? 자격증 따고 어학연수 간 거 빼고, 최소한 16년이라는 시간을 놀고 싶은 것 꾹꾹 참고 몸 고생 마음고생 사서하며 공부했는데, 아이를 낳은 후에는 가정주부로 살면서 양육에만 신경 쓰라고 한다면, 너희들은 그렇게 하고 싶겠니?! 훗날 너희들도 부모가 될 텐데 그때 자식들이 그렇게 해주기를 바란다면 정말 두말없이 그 말 들어줄 거니? 아마도 엄마 시대보다 더 자유분방하게 많은 것을 누리고 자란 너희들 세대는 더더욱 그렇게 하지 않겠지.

너희들의 희망찬 미래를 위해서도, 국가의 발전을 위해서도 엄마들이 너희들의 엄마로만, 가정주부로만 사는 행위는 좋지 않은 일이란다. 너희들이 훗날 나이 먹어 은퇴한 후 따박따박 국가에서 주는 연금을 받고 살고 싶다면, 엄마 같은 아줌마들이 집에 있을 게 아니라 나가서 부지런히 일해 국가에 세금을 더 많이 내고 있어야 한단다. 그래야 너희들이 나중에 할머니 할아버지가 되어 더 이상 일하기 힘들어질 때 국가에서 주는 국민연금을 받을 가능성이 높아진단다. 그리고 우리나라가 더 잘사는 나라로 발전해야 너희들이 복지혜택도 더 많이 받고 너희 자식들에게도 더 살기 좋은 사회가 되겠지? 그러기 위해 국가경쟁력을 높여야 하는데, 요즘 엄마들처럼 대학까지 나온 고학력자들이 일하지 못하고 집에서 애만 보고 있으면 국가경쟁력 차원에서 엄청나게 큰 손해란다. 많이 배운 엄마들이 애들 때문에 집에만 있는 것은 고급인력이 낭비되는 행위야. 그러니 엄마에게 너희들 현재의 안락한 생활을 위해서 가정주부로만 살아달라고 말하기 전에 다시 한 번 현명하게 생각하고 판단하기 바란다. 너희를 위해서도 엄마에게 너희들 엄마로만 살라고 강요하지 마라!

너희들이 엄마, 아빠가 되었을 때 딸을 낳아 키운다고 생각해보렴. 나중에 그 아이가 커서 제 아이를 돌보며 가정주부로만 살기를 정말 원하는지도 한번 생각해봐. 아마도 대부분 그렇게 원하지는 않을 거야. 너희 딸들이 아이를 키우면서도 워킹맘으로 당당하게 일할 수 있는 사회를 만들려면, 그런 사회 분위기를 조성하려면, 지금 너희 엄마가 일하고 있는 이 시대부터 서서히 바뀌나가야 한단다. 그러니 동화 속에서나 보았던 이상적인 어머니에 대한 생각을 지금부터 속히 바꾸기 바라고, 엄마가 더 열심히 일할 수 있도록 격려해주고 응원해주고, 또 많이 도와주었으면 좋겠다.

2

나에게 모성애를 강요하지 마라!

엄청나게 허기가 진 상태에서 애들과 한정식 집에 갔다. 기대한 대로, 십여 가지의 반찬들이 순식간에 쏟아져 나온다. 나물, 전, 조림, 젓갈에 전골까지 그야말로 상다리가 휘어지도록 차려져 있다. 나는 육식을 매우 좋아한다. 고기 없이는 밥 먹기를 꺼려할 정도다. 아이들도 나의 식성을 닮아서 고기를 무척 좋아한다. 식당에서 고기반찬들이 나오자마자 서둘러 젓가락질을 시작해 내 입속으로 마구 집어넣는다. 아이들도 만만치 않다. 젓가락질도 어설픈 녀석들이 먹는 속도는 나보다 더 빠르다. 남들이 보면 나와 아이들이 누가 빨리 많이 먹나 시합을 하고 있는 것처럼 보일지도 모른다. 나는 영화 속에나 나오는, 내 새끼들이 먹는 것만 봐도 배부르다며 자식들에게 고기반찬을 양보하고 자신은 풀떼기나 섭취하는 그런 모성애 넘치는 엄마가 아니다. 나는 심지어 내 배가 먼저 어느 정도 채워지기 전까지는 아이들은 신경 쓰지 않는 스타일이다. 그런 나의 행동방식이 이상하다거나 잘못되었다고 생각해본 적이 한 번도 없다.

그런데 아들이 초등학교를 들어가면서 엄마들 모임에 나가게 되었을 때 소위 문화충격이란 걸 경험하게 되었다. 엄마들과 칼국수와 만두를 파는 대규모 프랜차이즈 식당에서 만나 식사를 하며 담소를 나누었다. 거기에는 어린이들을 위해 마련된 꽤나 커다란 놀이방이 있었다. 아이들은 식당에 들어가자마자 마치 자석에 끌려 당겨지듯이 자연스레 놀이방으로 향했고, 엄마들은 식당 테이블 앞에 둘러앉아서 음식을 주문한 뒤 기다리고 있었다. 드디어 주문한 음식이 나왔다. 해물 칼국수가 하얀 김을 내뿜으며 전기 인덕션 위에서 보글보글 끓고 있었다. 나는 늘 그래왔듯이 나부터 젓가락을 들고 즐거운 식사를 시작하려고 했다. 그때였다. 엄마들이 하나같이 아이들을 불러댔다. "지훈아~", "은혜야~", "수빈아~", "민국아~!!!!!"

세상에! 저녁 7시가 훌쩍 넘은 때라 그 엄마들도 배가 많이 고팠을 텐데 자기들은 아직 한 젓가락 먹어보지도 않고 애들부터 불러 펄펄 끓는 그 뜨거운 칼국수를 한 가닥 한 가닥 정성스럽게 호호 불어가면서 먹였다. 나는 늘 그렇듯이, 음식이 나오자 우리 애들 국수를 그릇에 덜어서 한쪽 구석에 살포시 놔두고, 애들은 부르지 않은 채 열심히 나의 허기부터 먼저 달랬다. 애들 챙기느라 정신없는 엄마와 음식을 음미하면서 즐기고 있는 나의 모습, 너무나 상반되고 대조적인 엄마의 모습이었다. 아마 그 엄마들은 나를 보고 저 엄마는 왜 저렇게 철이 없을까, 애들은 안 챙기고 저 혼자 먹네 하면서 모성애가 지독하게 없는 사람이라고 생각했을지도 모른다.

그 엄마들 눈에 내가 신기하게 보일지 모르겠지만 나도 마찬가지다. 그렇게 뜨거운 국수를 굳이 입김으로 식혀가는 수고까지 하면서 아직 음식을 먹고 싶어 하지 않는 아이를 왜 억지로 먹여야 하는지 그 엄마들의 행동을 도무지 이해할 수가 없다. 애들도 입천장 데일 정도로 뜨거운 국수를 엄마 손에 의해서 억지로 먹기보다는, 너무 뜨겁지 않게 적당히 식은 국수를 자기 손으로 젓가락질해서 편하게 먹는 쪽이 더 좋을 것이다. 또 애들은 애들 나름대로 빨리 많이 안 먹는다고 짜증내는 엄마들이 못마땅할 것이다. 내가 보기엔 엄마가 배고프니까 그 상황에서 더 짜증나는 것이다. 나도 지금 몹시 허기진 상황이지만 엄마라면 당연히 그래야 한다는 통념으로, 나의 생리적 욕구는 뒤로한 채 애부터 챙기고 있는데 애가 뜻처럼 잘 먹어주지 않으니 부정적인 여러 감정들이 뒤섞여 화가 치밀어 오르는 것이다.

더군다나 애들은 식당에 들어온 지 얼마 되지 않았기에 먹고

싶은 마음보다 놀고 싶은 마음이 더 크다. 그래서 대충 먹고 얼른 놀이방으로 돌아가려는 생각뿐이라 엄마가 더 먹으라고 화를 내도 후다닥 도망가버린다. 그러면 엄마들의 인상은 하나같이 짜증스럽게 변한다. '엄마로 살기 정말 힘들다.' 이런 생각을 하고 있는 표정들이다. 옆에서 쳐다보고 있는 나는 왜 그런 감정노동을 사서 하는지 도무지 이해가 가지 않는다.

애들은 충분히 놀도록 가만히 내버려두고 엄마는 맛있게 음식을 즐기고 있다 보면, 어느 순간 애들은 배고픈 새끼짐승처럼 본능적으로 냄새를 킁킁 맡아가며 자연스레 엄마가 있는 식당 테이블로 돌아오기 마련이다. 그때 미리 덜어놓은 음식을 주면 된다. 엄마가 식사를 하다가 모자라서 아이들 주려고 덜어놓았던 음식을 다 먹어버렸어도 괜찮다. 또 주문하면 된다. 음식은 충분하다. 엄마부터 배불리 먹는 게 중요하다. 그래야 이후 애들이 어떤 행동을 저지르더라도 짜증이 그리 심하게 나지 않는다. 배가 고프면 세상만사가 우울하고 짜증스러우며 부정적인 생각이 더 많이 들기 때문이다.

엄마가 누구야~ 하고 식당이 떠나가라 큰 소리로 일일이 부르지 않아도 애들은 때 되면 배가 고파지고, 그러면 자진해 테이블 앞에 앉아 자기 손으로 국수를 먹는다. 미리 덜어놓은 국수는 입천장 데일 위험 없이 따뜻한 정도로 식어 있기에 먹기도 좋고, 또 놀고 싶은 만큼 충분히 놀았기에 엄마가 닦달하지 않아도 음식을 스스로 잘 먹는다. 이렇듯 나의 경험으로 보건대 일단 엄마부터 먹고 애들이 나중에 먹으면 엄마도 아이도 감정노동으로 실랑이할 필요가 전혀 없어 서로에게 유익하다.

애가 아닌 자신부터 챙기기에 급급한 나는 모성애가 심히 결여된 사람인 걸까? 모든 여자는 모성애를 가지고 태어나며, 특히 엄마가 되었을 때, 그러니까 아기가 태어나는 그 순간부터 엄청난 모성애가 발동하게 되는 걸까? 나의 행복과 욕구보다 자식들의 욕구를 먼저 충족시켜주는 것이 진정한 모성애일까?

나는 그렇게 생각하지 않는다. 모성애는 인간이 만든 사회에서 특히 남자들에 의해, 그들이 원하는 여성상, 바로 남편과 아이를 위해 헌신하는 여성상에 맞도록 왜곡된 개념이다. 남자들에게 유리한 사회에서 학습되고 주입되고 강요된 것이다. 태어날 때부터 모성애를 장전하고 나오는 여자는 세상에 누구도 없다. 모성애란 아이를 키우면서 조금씩 배워가는 것이라고 생각한다.

나는 아기가 태어나면 그 순간이 엄청나게 감동스러울 줄 알았다. 영화 속 여자 주인공들은 하나같이 분만실에서 아기를 품에 안고 감동과 기쁨의 눈물을 흘리며 사랑스러운 눈길로 바라본다. 나는 그렇지 않았다. 눈물도 한 방울 나지 않았고, 그저 내가 별 탈 없이 무사히 애를 낳았다는 것, 그리고 지독했던 산고의 고통이 사라짐에 안도했다. 영화나 드라마에서 보듯, 아기가 태어나는 순간 생명의 신비에 감동하여 벅찬 눈물이 볼을 타고

주르륵 흐르면서, 정말 세상 남부럽지 않게 잘 키우고 싶다는 생각이 절로 들었다거나 하진 않았다. 나도 무사하고, 아기가 손가락 발가락 열 개 다 잘 달려 있으며 건강하다는 사실에 안도했을 뿐이다. 그리고 분만으로 인해 장시간 굶주린 배를 채우고 싶다고 생각했다. 이것은 전혀 문제가 되는 사안이 아니다. 똑같은 일이라도 사람마다 느끼는 감정은 다른 거니까. 어떤 감정이 옳고 어떤 감정이 비난받아 마땅하다고 말할 수 없다. 나의 감정은 아무리 노력한다 해도 아이를 품에 안고 감동하는 영화배우의 연기처럼, 그렇게 나올 수가 없다. 자연스러운 감정은 스스로 컨트롤할 수 없는 영역이다. 따라서 아기가 태어나는 순간 눈물이 나지 않는다거나 벅찬 감동이 밀려오지 않는다 해도 그것이 아기를 사랑하지 않아서는 아니다.

남들은 아이를 어린이집에 맡겨놓고 직장을 나가면 하루 종일 아이가 보고 싶어서 일이 손에 안 잡힌다는데, 나는 아이가 보고 싶기는커녕 그렇게 떨어져 있으니 참 편안하고 좋다는 생각이 든다고 해서 죄책감을 가질 필요도 없다. 나도 엄마라는 존재이기에 앞서 한 사람의 인격체이고, 생물의 한 범주로 치자면 살아서 움직이는 동물 군에 속한다. 모든 동물은 수면욕과 식욕을 가지고 있다. 아이 때문에 밤잠을 설쳐서 수면시간이 부족해지고, 아이 밥 먹이느라 끼니를 거르게 되면 정상적인 생활을 영위하기 힘들어진다. 그러니 본능적으로 아이와 있는 것이 힘들게 느껴지고 아이와 떨어져 있는 그 시간이 꿀처럼 달콤하게 여겨지는 것이다. 이는 자연적인 것이지 결코 모성애가 없어서가 아니다.

많은 엄마들이 모성애가 없음에 어떤 죄책감을 느끼며 산다고 한다. 나는 왜 아이들이 끔찍하게 예쁘다거나 애틋하지 않을까? 예쁘기는커녕 어째서 육아가 끔찍하게 힘들기만 한 걸까? 말만 안 하고 있을 뿐이지 대부분의 엄마들은 같은 생각을 하고 있다. 자기 몸이 힘들면 다른 사람을 돌보는 게 모두 힘들다.

괜한 에너지만 낭비되는 쓸모없는 죄책감 따위는 벗어던져라. 그런 감정이 든다면 없는 모성애를 억지로 만들어내려고 애쓰지 말고, 대신 환경을 좀 더 쾌적하게 바꿔라. 자기 배가 고픈데도 불구하고 아이 밥부터 챙기지 말고 내가 먼저 맛있게 먹고, 아이는 잠시 누구한테 맡기더라도 충분히 잠을 청해라. 곳간에서 인심 난다고, 그렇게 되면 마음의 여유로움이 생겨 아이에게도 그 편안함을 전해주고 싶을 것이다. 그러면서 없다고 생각했던 모성애가 조금씩 자라나게 될 것이다.

모성애는 식물을 키우는 것과 같다. 나의 평온함이라는 토양에 씨를 뿌리고 조금씩 물을 주고 거름을 주면서 키워나가는 것이다. 모성애는 엄마의 행복으로부터 시작되며, 이는 처음부터 가지고 있는 것이 아니라 서서히 자라나가는 것임을 명심하자.

3

나도 엄마 처음 해본 거다!

애들이 자라 어린이집을 다니면서 나에게는 곤란한 문제가 하나 생겼다. 다름이 아니라 소풍을 너무 자주 가는 것이었다. 아이들은 좁고 답답한 실내에서 벗어나 탁 트인 야외로 돌아다니니 숨통이 트이는지 2주에 한 번인 소풍 가는 날을 손꼽아 기다렸다. 게다가 치즈마을에 치즈를 만들러 가거나, 체험농장에 딸기나 블루베리를 따러 가는 등등의 일상에서 맛볼 수 없는 체험학습을 하러 가니 당연히 엄청나게 좋아할 수밖에 없었다. 평소에는 일어나라고 몇 번이나 말해야 일어날까 말까 하던 아이들이 소풍을 가는 날에는 깨우지 않아도 새벽부터 벌떡 일어나 혼자 씻고 옷도 알아서 입고 평소와 달리 착한 아이 코스프레를 하며 어린이집에 빨리 가겠다고 야단이다. 물론 그러한 소풍은 아이들의 두뇌 발달에 좋은 영향을 미칠 것이다. 정말 번거롭고 고된 일이었을 텐데 2주에 한 번씩 아이들을 데리고 소풍을 나가주신 어린이집 원장님과 선생님들께는 진심으로 감사와 경의를 표하고 싶다. 하지만 이기적인 엄마인 나는 소풍을 그렇게 자주 가는 것이 마냥 달갑지만은 않았다.

그 이유인즉슨, 안 그래도 눈코 뜰 새 없이 바쁜 아침에 새벽같이 일어나서 도시락을 준비해야 했기 때문이다! 그놈의 도시락만 아니었어도 나는 두 손에 두 발까지 들고 아이들 소풍 가는 것을 환영했을 것이다. 그렇게 애들 도시락과 나와의 전쟁이 시작되었다. 평소 음식은 영양 때문에 섭취하는 것이지 맛으로 먹는 것이 아니라고 믿고 살아왔던 나는 영양이 풍부한 음식으로 그저 위장만 채우면 된다고 생각해왔다. 그래서 다른 분야에는 호기심 천국이라고 불릴 만큼 배우고 싶고 탐구하고 싶은 의욕이 충만했지만 유독 요리엔 크게 관심이 없었다(지금도 여전히 요리에는 관심이 없다). 따라서 사람들이 맛집을 찾아가 줄까지 서가며 기다렸다 밥을 먹는 행위가 나에겐 이해하기 힘든 부분이다. 기다리는 시간이 아까워서라도 나는 바로 들어가 앉아 먹을 수 있는 옆 식당으로 발길을 돌리고 만다. 이러한 나의 취향과 생활 방식에서 예상할 수 있겠지만 나는 아이들을 낳기 전까지 김밥을 싸본 적이 한 번도 없었다. 왜 김밥을 싸야 하는지 알 수가 없었다. 그때 돈으로 천 원 정도만 내면 분식점에 가서 바로 김밥을 사 먹을 수 있는데 왜 굳이 그것을 힘들게 만들어야 하는지 몰랐다. 그런데 그런 내가 아이들의 엄마가 되어 이제는 김밥을 싸야 하는 피할 수 없는 운명과 마주하게 되었다.

김밥을 싸는 여정은 매우 험난했다. 일단 그 전날 퇴근하면서 다량의 식료품을 미리 구매해 와야 한다. 김밥용 김과 단무지, 달걀, 시금치, 당근, 햄…… 이것들이 가장 최소한의 김밥 속 재료이다. 최소로 들어가야 하는 재료가 무려 여섯 가지가 넘는다. 그리고 평소 7시에 일어난다고 하면 소풍날 아침에는 김밥을 싸기 위해 적어도 5시에는 일어나야 한다. 졸린 눈을 비비며 하얀 쌀밥을 고슬고슬하게 지어야 하고, 김밥용 김은 불에다가 앞뒤로 한 번 구워야 한다. 또한 김밥용 속 재료들인 시금치, 당근, 햄은 하나하나 손질해 썰어 볶거나 데쳐서 무치거나 해야 한다. 김밥 속을 노란색으로 예쁘게 장식해줄 달걀지단 부치는 것도 꽤나 일이 많다. 달걀 열 개 정도를 양푼에 깨뜨려 거품기로 잘 저어준 후 프라이팬에 식용유를 둘러 달걀 물을 붓고 앞뒤가 노릇노릇해질 때까지 부친 다음 도마에 차곡차곡 달걀지단들을 겹쳐놓고는 커다란 식칼을 사용해서 세로로 기다랗게 썰어야 한다. 그렇게 하고 나면 도마가 기름으로 찌들게 되어 매우 귀찮지만 달걀을 썬 후에는 도마를 꼭 씻어줘야 한다. 이처럼 달걀지단 하나 부치는 것만도 매우 복잡한 작업이다. 하지만 김밥 속을 준비하는 데 있어 이게 끝이 아니다. 마지막으로 재료들이 잘 누울 수 있도록 베이스를 다져줄 김밥 속용 밥을 준비해야 한다. 달걀지단까지 부치고 나면 아침에 눈 뜨자마자 가장 먼저 준비했던 하얀 쌀밥이 어느덧 완성되어 있다. 그러면 그 밥을 양푼에 퍼 담고 참기름과 소금을 뿌려 간을 맞추면서 보슬보슬하게 잘 섞어줘야 한다.

이토록 힘들게 김밥 속을 준비하고 이제 비장한 각오로 도마 위에 김밥을 돌돌 말아줄 발을 펼친 다음 그날의 하이라이트인 김밥 말기 작업에 들어간다. 이 시점이 나에게 있어서 가장 난제인 부분이다. 내가 김밥을 쌀 때면 희한하게도 한쪽으로 김밥 속들이 다 쏠린다. 신경을 곤두세우고 아무리 가운데에 놓아보아도 내 마음이 비뚤어져서 그런지 김밥 속들이 중간에 있지 않고 자꾸만 한쪽으로 쏠린다.

김밥을 싸면서 좌절감을 맛보게 될 줄은 몰랐는데, 자꾸만 한쪽으로 쏠리는 김밥 속을 바라보며 쓴웃음을 짓는다. 인생은 뜻대로 되는 게 아니라는 삶의 교훈까지 얻어가며 김밥을 서걱서걱 썰어서 도시락 통에 담았다. 김밥이 못생겼든 말든 그래도 애들을 위해 새벽같이 일어나서 도시락 싸기라는 어려운 미션을 잘 수행해낸 내가 너무 대견하고 스스로 뿌듯했다. 좀 전까지만 해도 못난이 김밥 때문에 기분이 씁쓸했다가 생각을 고쳐먹으니 또 기분이 금세 좋아져서 콧노래까지 흥얼거리며 도시락과 과일과 물 등을 챙겨 애들 가방에 담아주었다.

　잠을 못자 피곤했지만 즐거운 마음으로 아이들을 어린이집에 데려다주고는 출근해서 일하고 다시 집으로 돌아왔는데, 예상치 못한 상황이 나를 기다리고 있었다. 새벽부터 일어나 김밥 싸느라 고생한 나에게 고맙다는 말 대신 아이들은 불만을 쏟아냈다. 다른 애들 도시락에는 유부초밥도 있고, 베이컨말이도 있고 곰돌이 모양 주먹밥도 있는데 엄마는 왜 그냥 김밥만 싸줬냐고 한다. 그냥 김밥이라니!! 그게 어떻게 싼 김밥인데!! 혈압이 팍 올랐다. 그래서 애들에게 말했다. 엄마는 사실 그 김밥도 처음 싸본 거라고, 그거 만드는 데도 진짜 힘들었다고. 그리고 엄마는 요리를 잘 못해서 다른 것을 싸주고 싶어도 아직은 만들지 못한다고 했다. 그랬더니 이것들이 글쎄 엄마는 엄마인데 왜 그것도 못하느냐고 따진다.

아이들은 정말 엄마는 처음부터 엄마로 하늘에서 뚝 떨어져 세상에 태어나는 줄 안다. 태생부터 저희들과 똑같은 아이가 아니고 엄마라는 어른으로 태어나서 요리도 저절로 다 할 줄 알고, 청소나 빨래 같은 집안일도 척척 해내고, 애들 기저귀도 갈 줄 안다고 생각하나 보다. 하지만, 그렇지 않다! 엄마도 엄마를 처음 해보는 거다. 엄마도 태어났을 때는 아기였고, 어린이와 청소년기를 거쳐서 성인 여자가 된 거다. 그리고 집안일이랑 별로 상관없는, 자유로운 영혼인 싱글로 살다가 어느 순간 결혼하여 아이를 낳고 엄마가 되어 생전 해보지 못한 엄마 역할을 수행해야 하는 처지에 놓이게 되었다. 그러다 보니 엄마라는 역할을 수행해내는 것이 아직은 여러모로 서툴다. 엄마라는 역할도 다른 직업들처럼 충분한 훈련 기간이 필요하다. 그러니 자식들은 때때로 엄마가 보이는 미숙함을 이해해줘야 한다. 지금은 미숙하더라도, 좋은 엄마가 되는 방법을 온몸으로 부딪치며 힘겹게 배워나가고 계신 중이니까.

엄마도 엄마가 아닌 그저 여자 사람으로 살다가 어느 날 갑자기 누구네 엄마가 되었다. 정말 신기하게도 열 달 만에 아기가 내 배 속에서 태어났고, 내가 낳은 아기니까 다른 사람이 아닌 내가 직접 키워야 했다. 아기는 나에게 외계 생명체같이 신비로운 대상이었다. 너무 조그마하고 잘못 잡으면 부서질 것처럼 생겨서 처음에는 만지기도 무서웠다. 기저귀를 갈아주는데도 다리를 잘못 들면 혹시나 아기가 다치지 않을까 정말 노심초사했었다. 우유를 먹일 때도 그랬다. 아기는 위장이 에스자 모양이 아니고 일자로 되어 있어서 잘 토하는데 우유를 먹고 누워 있다가 갑자기 토하는 바람에 깜짝 놀라서 지인들에게 전화를 걸어 아기가 정말 괜찮은 건지 묻고 또 묻곤 했다. 애가 우유도 잘 안 먹고 조금만 보채면 어디가 아픈가 싶어 좌불안석하다가 결국은 들쳐 업고 병원에 데려가서 의사선생님에게 보여드려야만 마음이 편안해졌다. 아이가 세 살이 되어 기저귀를 졸업해야 할 시기가 오자 도대체 어떻게 해줘야 하는 건지 몰라 육아 선배인 아줌마들에게 묻고, 책도 찾아보고 갖가지 방법을 동원했었다.

이렇듯, 엄마를 처음 해보는 터라 자식들의 머릿속에 존재하는 베테랑 엄마들처럼 일을 척척 처리하지 못하고, 우여곡절이 참 많다. 아이를 키우면서 지금도 새로운 미션들이 계속 생겨나고 있기에 숙련된 엄마가 되기 위한 트레이닝은 여전히 현재 진행 중인 상태다. 초등학교, 중학교, 고등학교 입학시키기, 가장 고난이도의 대학교 입시준비, 그리고 다 커서 시집 장가 갈 때 결혼식을 올리는 것까지…… 앞으로도 해야 할 어려운 과제들이 태산같이 많다. 이 또한 태어나서 처음 해보는 것들이라 낯설고 어려우리라.

자녀들이 만족할 만큼 부모는 그런 일들에 능숙하지 못할 것이며, 자녀들은 다소 실망할 수도 있을 것이다. 그럴 때 엄마도 태어나서 정말 엄마를 처음 해본 거라는 사실을 떠올려주기 바란다. 사랑하는 자식들을 위해서 지금 그 어려운 과제를 해내고 있다는 것도. 그러니 자식들은 이런 사랑스러운 초보 엄마를 열렬히 응원해주어야 한다.

4

나만 희생하기를 바라지 마라!

살을 에는 듯한 찬바람이 부는 겨울이 찾아오면 안 그래도 저혈압 때문에 잘 되지 않는 혈액순환이 더욱 안 좋아져서 아침에 자리에서 일어나는 것이 무척이나 힘들다. 침대에서 몸을 일으키려는데 내 몸에 작용하는 중력이 평소보다 한 30배는 더해진 것처럼 몸이 천근만근 무겁다. 혈액순환이 잘 안 되다 보니 손끝 발끝도 유난히 차고, 추위도 아주 심하게 탄다. 다른 사람 속에 들어가본 것은 아니라 정확한 수치는 아니겠지만, 내가 체감하는 추위는 아마도 두세 배 이상 더 심한 것 같다. 겨울날 아이들과 공원에 산책이라도 나가면 아이들은 나보다 훨씬 얇게 입고도 춥다는 소리 한번 안 하고 그야말로 즐거움이 가득한 표정인데, 나는 내복을 껴입고 오리털 파카를 입고 목도리를 둘둘 말고 있어도 정말 너무 추워서 이가 딱딱 부딪치고 뱃가죽이 덜덜 떨려서 어찌해야 할 바를 모르겠다. 이처럼 나에게 겨울은 말 그대로 정말 혹한과 생존 투쟁을 겪어야 하는 시기다.

하지만 이런 나에게 겨울이 기다려지게 만드는 아이템이 하나 있다. 그것은 바로 군고구마다. 장작불에 노릇노릇하게 잘 구워진 고구마를 반으로 쩍 갈랐을 때의 그 감동이란!! 아직도 뜨거워서 하얀 김이 모락모락 나는, 속이 샛노란 달짝지근한 호박 고구마를 호호 불어가면서 먹는 그 즐거움이란! 랍스터나 캐비어, 제비집요리 같은 고급음식보다도, 세상의 그 어떤 산해진미보다도 나에게 군고구마는 특별한 음식이다. 내가 이토록 각별히 사랑하는 군고구마는 슬프게도 겨울에만 맛볼 수 있다. 물론 집에서도 군고구마를 만들어 먹을 수 있다. 또한 예전과 달리 이제는 편의점에서도 군고구마를 판매하고 있어 마음만 먹으면 사계절 손쉽게 먹을 수 있다. 하지만 그 군고구마들은 진짜가 아니다. 진정한 군고구마 맛을 흉내 낸 것일 뿐. 내가 생각하는 진짜 군고구마는 전 세계에서 오직 한국에만 존재하는, 한겨울에 드럼통을 개조해 만든 군고구마 전용 오븐에 나무 장작을 태워서 굽는 방식의 군고구마이다. 그 이쁜 녀석들을 만들어내는 장인이라고 할 수 있는 군고구마 장수 아저씨는 오로지 겨울에만 활동하시기 때문에 추운 날씨 탓으로 피가 안 통해서 몸이 힘들어도 난 겨울이 기다려질 수밖에 없다.

올해도 어김없이 찾아온 겨울과 함께 군고구마 장인 아저씨도 동네에서 보이시기 시작했다. 주말이라 아이들과 집 앞 공원을 산책하고 있는데, 저 멀리서 희미하게 세계 유일의 특허제품인 군고구마 전용 드럼통이 보였다. 반갑고 기쁜 마음에 한걸음에 군고구마를 사러 달려갔다. "오천 원어치 주세요." 하고 군고구마 장인 아저씨한테 씩씩하게 돈을 내밀었는데, 아저씨가 죄송하지만 구워놓은 고구마가 다 팔려서 지금은 두 개밖에 없다고 말씀하셨다. 그거라도 주시라며 군고구마를 사들고 황급히 공원 벤치로 돌아와서 착석하고는 올해 첫 군고구마 시식을 막 시작하려던 참이었다. 애들이 자기들도 고구마를 하나씩 달라고 했다. "그럼 나는?" 하고 아이들에게 물었다. 그랬더니 "엄마는 엄마잖아~"라고 답하는 것이었다. 그러고는 그 사악한(?) 두 마리의 어린 짐승들은 나의 사랑 군고구마를 내게 한 입 주지도 않고 먹어대기 시작했다.

엄마잖아?? 엄마라면 꼭 그래야만 하는 것일까? 자식을 위해서라면 무엇이든 다 희생해야 하는 것일까? '엄마는 자식에게 기꺼이 희생해야 한다'라는 법이 명시되어 있기라도 한 걸까?! 어쩌다 엄마는 자식을 위해 희생하는 게 당연한 것이 되었을까? 요점만 말하자면 '희생'이라는 단어는 엄마와 자식 간에 사용하기 바람직하지 않다고 생각한다. '희생'에 대한 나의 개똥철학을 한번 펼쳐보고자 한다.

　대학교 1학년 때 같은 대학의 한 학년 선배와 이성교제를 했었다. 그 선배는 그야말로 나쁜 남자 중에 나쁜 남자였다. 요즘처럼 드라마에 나오는 잘생기고 돈 많고 까칠한, 차가운 도시남의 이미지로 그려지는 그런 류의 나쁜 남자가 아니었다. 정말 말 그대로 착하지 않고 나쁜, 남자 사람이었다. 갓 스무 살이 되어 아직 너무나 어렸기에 보는 눈이 없어 그런 남자를 선택했던 나였지만, 모든 일이 그러하듯 지나고 보면 더 나은 인생을 위한 학습의 한 과정이 되어주기에 그 만남 역시 소중했다고 여기고 싶다. 그 선배는 나의 뇌리에 '희생'에 대한 확고한 철학을 아로새겨주었기 때문이다.

나는 대학교 때 시쳇말로, 정말 '알바순이'였다. 가정형편이 너무나 어려웠기에 집에서 십 원 한 푼의 지원도 받지 못했다. 고향인 구미를 벗어나 홀홀단신 부산으로 내려와 대학을 다니고 있었기에 타지에서 생존하기 위해 아르바이트는 피할 수 없는 숙명이었다. 평일에는 일을 하기 어려운 대학교를 다니고 있었으므로 주말에 가능한 아르바이트를 찾아서 하곤 했다. 그리고 방학 때면 하루에 세 탕씩 아르바이트를 뛰었다.

그런데, 그렇게 남들 놀 때 열심히 피땀 흘려 일해서 모은 돈을 멍청이같이 그 나쁜 남자에게 다 썼다. 그 선배 또한 홀어머니 밑에서 성장해 형편이 좋지 않았다. 하지만 그 선배는 아르바이트를 하지 않았고, 담배도 피웠으며, 친구들이랑 술도 마시고, 그때 유행하던 당구도 치러 다녔다. 그런 걸 보면 나보다는 훨씬 형편이 나았던 것 같은데 나와 데이트를 할 때면 늘 자기는 돈이 없다고 했다. 그래서 영화티켓, 밥값, 심지어 차비까지 모든 데이트 비용은 나의 몫이었고, 심지어 선배한테 필요한 가방이나 옷, 신발도 한 번씩 내가 사주곤 했다.

그것이 선배가 저지른 만행의 끝이 아니었다. 거기서 그쳤다면 나는 그를 수식하는 데 '나쁜'이라는 형용사를 굳이 사용하지 않았을 것이다. 나와 같은 동아리였던 선배는 동아리 방에 널

브러져 있기를 좋아했다. 거기 누워서 텔레비전도 보고, 무엇이 그렇게 고단한지 늘 쉬고 싶어 했다. 그 선배를 만나기 전에 나는 수업이 끝나면 도서관에 가서 책을 읽거나 토익 공부를 하거나 과제를 했다. 그런데 남자친구라는 사람이 도서관을 싫어한다는 이유로 나는 늘상 동아리 방에 있어야 했고, 심지어 시험기간에도 그와 함께 사람들이 수시로 들락날락하는 시끄러운 동아리 방에서 공부해야 했다. 평소에 집중해서 공부할 때면 귀마개까지 착용하고 하는 스타일인데 그런 환경에 있다 보니 정말 내 인생 최악의 학점을 맞았다. (남자)친구 따라 강남 갔다가 밑바닥까지 가게 된 것이다. 그래도 그 선배랑 바로 헤어지지는 않았다. 정말 미련하게도 그 백해무익한 존재를 참아냈다. 아버지가 없는, 돈이 없는 그가 불쌍해서 버릴 수가 없었다. 정말 순진하게, 나라도 곁에서 지켜주고 싶었다.

그런데 그토록 헌신적이었던 나에게 그가 뒤통수를 제대로 날렸다. 같은 과 동기인 여자학우와 바람이 난 것이다. 오 마이 갓!! 늦은 밤 자기 전에 나와 전화 통화를 하다가 너무 피곤하다면서 그가 전화를 끊었는데, 몇 분 있다가 문자가 왔다. 다른 여자 이름이 적혀 있었고, 잠보다 네가 더 좋다며 문자를 계속하자는 내용이었다. 바보같이 그때 바로 전화해서 따지지도 못하고, 혼자 엄청 울다가 잠들었는데 심리적인 충격이 너무 큰 탓이었을까 술도 안 먹었는데 그날 새벽 자다 일어나서 초록색 위액이 나올 때까지 몇 번이고 구토를 했다. 돈과 시간을 다 쏟아붓고,

장학금을 받기 위해 목숨 걸고 수호하던 성적도 망칠 정도로 희생했는데 돌아온 것은 쓰디쓴 배신감뿐이었다. 정말 쇼크 그 자체였다. 나는 바보같이 내가 그렇게 잘하면 선배도 언젠가 그만큼 나에게 돌려줄 거라고 믿고 있었던 것이다. 하지만 나의 헌신과 희생 끝에 돌아온 것은 '양다리'였기에, 나는 그를 미워하고 원망하게 되었다.

그와 헤어지고 확고한 연애철학이 생겼다. '절대로 상대방을 위해서 내 것을 희생하지 않는다.' 그 이후 남자친구를 사귈 때는 일단 내가 해야 할 것을 다 해놓고 시간이 나면 데이트를 했다. 아무리 보고 싶다고 해도 내가 공부해야 하거나 일해야 하는 게 있으면 바로 만나주지 않았다. 물론 백퍼센트 독단적으로 나에게만 맞춰서 상대방을 대한 것은 아니었다. 그것은 타협이었지 결코 내 것을 포기하면서까지 해야 하는 희생은 아니었다. 그러다 보니 남자친구와 헤어져도 원망하거나 미운 감정이 들지 않았다. 다만 한 가지 부작용이 있었는데, 남자친구들은 하나같이 나더러, 놓으면 날아갈 풍선처럼 느껴진다고 했다. 그들에게는 힘들었을지 모르겠지만 나에게는 그것이 오히려 긍정적인 효과를 불러일으켰다. 나의 그런 행동이 늘 아쉬움과 긴장감을 유발시켰기에, 다시는 나를 두고 딴 여자를 만나는, 양다리를 걸치는 놈이 없었기 때문이다. 여하튼 그 선배는 어린 나에게 이와 같은 엄청난 교훈을 안겨주어 이후 연애의 힘겨움을 덜어주었기에 어찌 보면 꽤나 고마운 대상이기도 하다.

　주변에 스무 살이 넘은 아이를 둔 언니들이 많은데, 얘기를 들어보면 하나같이 자기의 인생을 후회한다는 것이다. 애만 키우지 말고 하고 싶은 걸 했어야 하는데 그러지 못한 것이 너무 후회가 된다고. 키워놓으니 애들은 다 떠나가버리고 연락도 자주 오지 않는다고. 남은 건 쓸쓸하게 텅 빈 집구석에 처박혀 능력 없는 늙은 아줌마로 살고 있는 자기 자신뿐이라고. 그런 이야기를 들으면 그때의 그 나쁜 남자친구 이야기가 늘 떠올랐다.

　지나친 것은 아름답지 못하다. 헌신 또한 그러하다. 누군가를 위해 자기의 모든 것을 희생해가면서 하는 헌신은 절대 숭고하지 않다. 헌신은 다른 대상을 나라는 존재보다 더 많이 사랑하는 행위 중 하나이다. 자기를 사랑하지 않으면 결국은 그 헌신 또한 퇴색되어 원하지 않는 부정적인 형상으로 바뀌어버린다. 원망과 증오, 미움이 된다. 우리는 자아와의 공존에 있어서 항상 외부와 조화를 이루어야 한다. 나를 먼저 사랑하고 아끼고, 거기서 나오는 긍정적 에너지로 다른 것들을 사랑해야 한다. 맹목적인 헌신은 그 헌신을 받는 대상과 자기 자신에게도 독이 될 것이므로. 엄마라고 절대 모든 걸 희생하지 말라! 그것이 자신과 아이와의 건강한 관계의 시작이다.

5

잘못 키운 게 아니라 천성은 이미 정해져 있다!

첫째 아이가 태어나고 3개월도 되지 않았을 때부터 나는 하던 일을 계속하기 위해 아이를 어린이집에 보내기 시작했다. 그래서 다소 방방 뜨는 경향이 있는, 조용하고 차분하지 못하고 지나치게 활발한 생명체(?)인 첫째를 볼 때면, 내가 2년 정도 일을 쉬고 아이를 돌보았어야 하는데 너무 일찍 어린이집에 보내서 저렇게 된 것이 아닐까 하는 왠지 모를 죄책감을 느끼곤 했다.

둘째가 태어났다. 둘째는 첫째보다도 더 빠르게 태어나고 두 달도 채 안 되어 어린이집을 보내기 시작했다. 하지만 둘째는 구름 위에 방방 떠 있는 것 같은 첫째와 달리 차분했다. 무얼 하든 구멍이 숭숭 뚫려 있는 것 같은, 허당 끼가 다분한 첫째와 달리 둘째는 꼼꼼하고 야무졌다. 그런 의도치 않았던 비교연구(?)가 진행된 덕분에 나는 자연스레 알게 되었다. 첫째 아이가 지나치게 활발한 것은 어린이집에 너무 일찍 보낸 탓이 아니라 그 아이의 타고난 천성이 그러해서임을. 그리하여 첫째에 대한 나쁜 엄마 콤플렉스에서 다소 벗어나게 되었다. 하지만 첫째의 지나치게 활발한 성격에 대한 죄책감은 그 녀석이 초등학교를 가던 때부터 다시 슬그머니 고개를 내밀었다.

우리 첫째 아들은 소문이 자자한 개구쟁이였다. 녀석 때문에 다른 학생들이 피아노 학원을 그만 다니고 싶다고 하는 바람에 학원 원장님이 직접 전화해, 아드님이 우리 학원을 그만두면 어떻겠냐는 소리를 여러 번 하였다. 그런 녀석을 초등학교에 보내 놓으니 유치원 다닐 때보다 더 골치 아픈 일들이 많이 생겼다. 담임선생님한테 전화가 왔는데 우리 아이가 수업 시간에 교실을 돌아다니고, 앉아 있어도 수업에 집중하지 않고 혼자 교과서에 낙서를 하고 있다고 했다. 체육 시간에 다 같이 체조를 할 때에도 혼자만 따라하지 않고 운동장 바닥에 쪼그리고 앉아서 지나다니는 개미를 관찰한다고도 했다.

그런 말을 들을 때면 하루 종일 속에서 천불이 나는 것 같았다. 내가 일한다고 애를 잘 돌보지 못해서 나 땜에 잘못된 것은 아닐까 하는 죄책감이 옥죄여왔다. 나름 책도 많이 읽어주고, 주말이면 전국 방방곡곡으로 함께 여행도 다니며 내 여건에서 최선을 다해 잘 키운 거 같은데 도대체 녀석이 왜 그러는지, 내 마음대로 되지 않는 아이의 행동에 화가 나는 동시에 뭐라 표현하기 어려운 억울한 마음이 들기도 했다. 아이가 계속 그런 식으로 자란다면 내가 어떻게 감당할 수 있을지 막막하고 두려운 나머지 심할 때는 극심한 우울증에 시달리기도 했다. 첫아이를 그렇게 초등학교에 보내고 1년이란 기간 동안, 너무 스트레스를 많이 받아서 뒤통수 머리카락이 주먹만큼 뽑히는 원형탈모증이 생겼다. 돌이켜 생각해보면 자유분방하게 자라던 아들 녀석도 지 맘대로 활보하던 유치원과 확연히 다른, 규칙에 따라야 하는 학교생활에 적응하느라 많이 힘들었을 것이다. 나 역시 그때가 다시는 돌아가고 싶지 않은 힘든 시간들이었다.

잠을 잘 때도 웃으면서 잔다고 신기해했을 정도로 초긍정주의자였던 내 얼굴에 웃음기가 자취를 감추고, 세상의 모든 고통을 어깨 언저리에 매고 다니는 듯 침울해진 나의 분위기에 주변에서 많이 걱정을 하였다. 도대체 무슨 일이 있기에 그토록 얼굴이 안 좋은 거냐고. 현재 상황을 솔직하게 털어놓으면, 모두가 다 내 잘못이고 내 허물이라고 뒤에서 흉들을 볼까봐 말할까 말까 고민도 많이 했었다. 하지만 여자는 말로 스트레스를 푸는 존재 아니던가. 터질 것 같은 육아 스트레스에서 조금이나마 벗어나고자 나의 상황과 심정을 허심탄회하게 털어놓았다. 어쩌면 나의 치부가 될지도 모르는 그런 이야기를 솔직하게 털어놓으니 상대방도 자신들의 힘겨웠던 육아 스토리를 여과 없이 이야기해주었다. 그때 그렇게 나의 고민을 나눈 것은 스트레스 해소에 큰 도움이 되었고 심리적인 문제 해결에도 큰 역할을 했다. 아들 육아 고충에 대한 이야기보따리를 공유함으로써 배우게 된 것이 정말 많았기 때문이다. 아들을 가진 엄마들은 거의 대부분 나 같은 일을 겪는다는 것, 그런 힘든 시간들을 결코 나만 겪는 게 아니라는 것을 알았다.

아들을 키우는 엄마들 거의 대부분이 특히 초등학교 1학년 때, 학교에서 담임선생님께 한 번 이상씩은 호출(?)을 당해본다고 한다. 전화를 받고 죄인이 된 심정으로 학교에 출두(?)해서 선생님의 사실 증언을 들어보면 대체로 이러하다. 당신 아이가 너무 유별나서 수업에 잘 집중하지 못하고 장난도 너무 많이 친다, 한마디로 학교생활에 적응을 잘 못한다, 이대로 두면 정말 큰일 난다…… 그런 일이 발생했을 때 대응하는 엄마들의 방식은 천차만별이다. 어떤 엄마는 너무 속이 상한 나머지 집에 가서 퇴근한 남편을 붙잡고 엉엉 울었다 하고, 또 어떤 엄마는 계속 그런 전화가 오든 말든 목구멍이 포도청이라 일해야 해서 무시할 수밖에 없었다고 한다. 당시 시청 7급 공무원이었는데 그런 일을 겪은 후 돈보다는 아이를 잘 키워야 한다는 생각에 그 황금 직장을 포기하고 전업주부로 아이를 돌보게 되었다는 엄마도 있었다. 모두가 하나같이 하는 말이 그 뒤 아이들이 더 크고 나니까 학교에서 더 이상 그런 전화가 오는 일이 없어졌다는 것이다.

남자애들은 다른 사람들의 감정을 읽을 줄 아는 공감 능력을 가진 여자애들과 달라서 유독 눈치가 없는 데다 몸 움직이는 것을 좋아하고 자유분방하기 때문에, 처음 초등학교에 들어가 가만히 앉아서 수업을 듣거나 선생님의 규칙을 따르는 것을 다들 힘들어한다고 한다. 그런데 결국 시간이 지나면 아이들도 스스로 생존하기 위해 그 규칙에 다 적응하게 되어 있다고, 시간이 해결해줄 일이니 너무 걱정하지 말라고, 육아 대선배님들이 조언을 해주었다.

　　그 말은 사실이었다. 남자아이들의 심하게 발랄(?)한 타고난 천성은 초등학교 고학년이 되어가면서 점차 누그러졌다. 3학년까지는 그런 일들이 한 번씩 발생하고는 했다. 약육강식의 원리가 작용하는, 동물의 세계인 남자아이들 세계에서 싸움은 피할 수 없는 일이기 때문이다. 친구들이랑 한 번씩 다투어서 전화가 오는 것 말고는 그전처럼 학교에 적응을 못 한다는 내용의 전화는 더 이상 걸려오지 않았다. 아이에게 심리치료를 받게 하거나 다른 조치를 취했던 건 아니다. 아이에게 늘 하던 대로 대하다 보니 자연스럽게 그런 상태가 되었다. 육아 방식에 크게 문제가 없다면, 아이는 몸과 마음이 성숙해감에 따라 자연스럽게 사회에서 말하는 정상궤도의 범주로 들어오게 된다. 그러니 내가 겪었던 그 일을 지금 누군가 겪고 있다면 너무 걱정하거나 좌절하지 않기 바란다.

이제 나의 말썽꾸러기 아들은 반에서 발표를 제일 잘한다고 담임선생님께 칭찬받는 아이가 되었다. 박물관이나 과학관 등으로 현장학습을 갈 때면 학교 대표로 손 들고 발표할 정도로 사람들 앞에 나서서 이야기하는 것을 부끄러워하지 않고 즐긴다. 수업 시간에 돌아다니는 버릇도 없애고 이제는 수업에 매우 적극적으로 참여하는 아이가 되었다. 다른 아이들을 위해 제발 그만 다녀주었으면 하던 학원에서도, 이제는 칭찬을 받는다. 코딩 학원에 다니는데 다른 아이들과 달리 만드는 과정을 설명해주지 않고 만들어진 완성품을 보여주기만 해도 다 만들어낸다고, 집중력이 매우 높다고 했다. 친구들과도 시간 가는 줄 모르고 수다를 떨면서 아주 잘 지낸다고 했다.

하지만 솔직히 아직도 아들아이 행동 가운데 내 마음에 안 드는 구석이 많이 있다. 참고로 녀석은 B형 남자이다. 어떤 일이 좋고 싫음에 대한 감정표현이 매우 솔직하고, 평소 자상하기는 하지만 한번 마음에 안 드는 일이 있으면 정말 괴짜 짓을 한다. 물론 그 아이도 엄마인 내가 마음에 안 드는 면이 많을 것이다. 다른 엄마들처럼 집안일을 잘하는 것도 아니고, 집에 있기보다는 밖에서 활동하는 것을 선호하고, 아이보다는 내가 우선인, 다소 이기적인 유전자를 지닌 내가 엄마로서 마음에 들지 않을 수도 있다. 하지만 아이가 원한다고 해서 나 역시 나의 천성인 외향적이고 다소 자기중심적인 성향을 바꿀 수는 없을 것이다. 집에서 십자수를 놓고 꽃꽂이를 하는 섬세하고 여성스러운,

그리고 아이들에게 헌신적인 성향으로 말이다.

아이도 마찬가지다. 온갖 방법을 동원해서 그 아이를 내가 생각하는 이상적인 아이로 바꿔보려고 해도 쉽사리 바뀌지 않는다. 마음에 안 드는 아이의 행동을 바라볼 때면 초보 엄마 시절에 내가 잘못 키워서 그런 것이 아닐까 생각했었다. 제대로 잘키웠으면 아이가 저렇지 않을 텐데 하고 말이다. 하지만 전혀 아니다. 엄마가 어떻게 키우든 아이의 천성은 타고난 것이다. 천지가 개벽한대도 천성은 쉽사리 바뀌지 않는다. 그렇다고 걱정할 필요는 없다. 아이들은 우리가 생각하는 것보다 스마트한 존재들이다. 시간의 힘을 믿고 가만히 내버려두면, 스스로 알아서 자신의 다소 모나 있는 성향을 사회의 규율에 맞도록 융통성 있게 조절해나간다. 그러니 저 녀석은 어떻게 사회생활을 하려고 그러나 조급하게 걱정할 필요가 없다.

다소 마음에 들지 않는 아이의 성향에 대해서 엄마인 자신 때문이라고 죄책감을 느끼지 말고, 아이의 미래를 앞서서 걱정하지도 말라. 명심하라. 아이의 천성은 타고난 것이며 아이가 어떤 천성을 가지고 있든 그 아이는 우리가 생각하는 것보다 훨씬 놀라운 능력으로 사회에 맞추어나갈 수 있다는 사실을.

6

지금도 충분히 잘하고 있다고 생각하라!

모든 엄마들은 다들 자신이 아이들을 잘 키우고 있는지 아닌지에 대해서 항상 불안함을 가지고 있다. 자칭 타칭 꽤나 나쁜 엄마에 속하는 나도 그런 생각을 자주 하곤 했었다. 다른 엄마들은 애들이 학교 다녀오면 알림장도 봐주고 숙제검사도 다 해준다는데 나는 알림장도 확인하지 않고, 숙제검사도 하지 않은 채 자율적으로 할 수 있도록 아이들에게 위임했다. 준비물이 있거나 엄마의 동의나 서명이 필요한 경우에만 말하라고 아이들과 나름의 규칙을 정했다. 숙제는 아이들이 어른이 될 때로 친다면 자기들이 책임져야 할 일에 해당한다. 따라서 어릴 때부터 스스로 그러한 자기관리 습관을 훈련하도록 하는 것이 맞는다고 생각한다. 자기가 깜빡해서 혹은 귀찮아서 숙제를 안 해가면 선생님한테 혼나고, 친구들 앞에서도 성실하지 못함을 드러내는 꼴이 되니 부끄러워서라도 다음부터 스스로 알아서 한다. 그래서 굳이 숙제를 하라고 소리를 질러가며 나의 에너지를 낭비할 필요가 없다. 나의 지론은 그러했다. 이러한 나의 방식에 대해 얘기하면, 어떤 엄마들은 아이들이 어떻게 알아서 하느냐고, 어릴 때는 그런 것들 하나하나 엄마가 꼭 챙겨줘야 한다며 나보고 애들한테 너무 무신경하다고 말한다. 사람마다 생각과 가치관은 다를 수 있지만, 나와 다른 의견을 피력하는 엄마들을 만날 때면 나의 방식이 과연 옳은가에 대해 회의가 들곤 했다.

특히나 엄마들 모임에 한 번씩 나갔다 오면 한 삼사일은 멘붕이 찾아왔다. 나는 보습학원은 물론이고, 영어나 수학 학원 같은 사교육이 초등학교 저학년 때는 굳이 필요할 것 같지도 않고 또 돈 낭비라고 생각해서 전혀 시키지 않았다. 일단 책을 많이 읽게 하여 아이들이 인지적으로 준비가 되면 그때 그런 주요교과들을 시켜도 늦지 않다고 생각했다. 그래서 미술 학원과 피아노 학원 같은 예체능 학원에만 등록시켰었다. 그런데 엄마들 모임에 나가서 이야기를 들어보면 초등학교 저학년임에도 전 과목 문제지를 푸는 공부방에 보낼 뿐만 아니라 20만 원이 훨씬 넘는 영어전문 학원과 수학 학원, 논술 학원까지도 보내고 있었다. 다른 엄마들이 풀어내는 그런 사교육에 대한 정보들을 가만히 듣고 있자니 불안감이 엄습해왔다. 다른 애들은 저렇게 선행 학습해서 다 배우는데 우리 애들만 너무 뒤처지는 게 아닐까 걱정스러웠다. 나름대로 확고했던 나의 교육 철학을 송두리째 수정해야 하는 것인지, 그래서 우리 아이들도 다른 아이들처럼 일찌감치 경쟁력을 확보할 수 있도록 사교육 시장에 내보내야 하는가에 대해서 고민하고 또 고민했다.

　나와 같이 대학원을 다녔던 한 부잣집 사모님은 나에게 육아 정보를 참 많이 주셨다. 나를 아끼는 마음으로 해준 말들이었겠지만, 얘길 듣고 나면 내가 엄마 역할을 잘 못하고 있는 것 같다는 생각에 늘 힘들었다. 한 예로, 아들이 있다면 초등학교 1학년 때 무조건 축구 모임에 나가서 좋은 친구들 무리를 만들어줘야 한다고 했다. 그러한 모임을 통해서 아이가 사회성을 훈련할 수 있고, 또 아이들과 같이 운동하다 보면 친해져서 초등학교 내내 자기편이 되어줄 친구들을 만들 수 있다는 것이었다. 그러한 축구 모임에 나오는 아이들은 부모님이 거의 의사, 변호사 같은 전문직이거나 큰 사업을 하시는 분들이라 가정형편이 좋기 때문에 크게 삐뚤어진 아이들이 없다고도 했다. 그 말도 물론 일리가 있지만, 우리 아들은 축구를 좋아하지도 않을뿐더러, 나도 일주일에 한 번씩이나 그 모임에 나가서 앉아 있을 자신이 없었다. 그런 모임에 나가는 것 자체가 내겐 스트레스였다. 아이를 위해 그 정도도 해줄 수 없는 이기적이고, 인내심 없고, 모성애조차 별로 없는 내가 밉지만 나도 어쩔 수가 없었다.

아이를 잘 키운다는 것의 기준은 무엇일까? 어느 날 운전을 하고 있다가 문득 그러한 의문이 들었다. 나에게는 그 답이 매우 절실하게 필요했다. 내가 아이를 잘 못 키우고 있다는, 일종의 죄책감에 시달리는 느낌이 정말 끔찍하게 싫었기 때문이다.

내가 생각하기에 아이를 잘 키우는 기준을 정하기 위해서는 아이가 우선이 되어야 한다고 본다. 아이가 느끼고 있는 자존감이나 자기효능감이나 행복감이 먼저라는 것이다. 아무리 사교육으로 선행학습을 많이 시켜서 전교 1등을 하고, 초등학생이 중학교 수학 문제까지 척척 풀 수 있다고 해도 아이가 그것으로 인해 행복하지 않고 전교 1등 자리를 뺏길까봐 불안해한다면, 그것은 아이를 위해 옳은 방식의 교육이 아니다. 지나친 사교육으로 친구들과 놀 시간마저 다 빼앗긴 아이가 사는 게 너무 힘들다며 인생의 고뇌를 느낀다면, 이는 아이를 위한 교육이 아니라고 본다.

아이를 잘 키우고 있느냐 할 때 무엇보다 중요한 것은 아이가 안정감을 느끼고 있느냐이다. 튼튼하게 지어진 벽돌집과도 같이 심리적으로 안정감을 주는 가정에서 아이들은 행복이란 감정의 기초를 마련할 수 있다. 이는 학업과도 연관이 크다. 한 연구실험에서도 이러한 심리적 안정감이 아이들의 학업성적에 커다란 영향을 미친다고 보고된 바 있다. 나 역시 의도치 않게 임상적으로 이를 경험했다.

아르바이트로 과외를 참 많이 했었는데, 그중에 잊을 수 없는 일이 있다. 우리 동네에 사는 이장 집 아이들 셋을 가르칠 때였는데 그 집의 첫째는 중1, 둘째는 5학년, 셋째는 3학년이었다. 집은 꽤나 부유한 편이었다. 시골 동네라 땅값이 싸기는 했지만 새로 지은 집에 평수도 넓었고, 집안의 가구들도 고급이었다. 아이들 영양 상태가 좋아서 다들 키도 크고 피부도 빛나고, 내 눈에는 하나같이 정말 예쁜 아이들이었다. 머리가 나쁜 아이들도 아니어서 문제를 풀어가며 설명해주면 핵심을 쉽게 알아들었다. 그런데 이상하게도 문제지를 혼자서 풀게 하면 세 명 모두, 분명히 풀 줄 아는 문제임에도 불구하고 반절 이상을 틀렸다. 문제를 잘못 읽고는 틀린 것을 고르라는데 맞는 것을 고른다거나, 두 개를 고르라 했는데 한 개만 고른다거나, 더하기 할 것을 뺀다거나 하는 등등의 사소한 실수들이었다. 그런 경우를 처음 접해본 나는 그 아이들의 행동이 이해가 가지 않았다. 더 신기했던 건 세 명이 전부 비슷한 유형의 문제를 틀렸다는 것이다. 왜 그럴까 생각하고 있던 중에 그 원인을 얼마 지나지 않아서 알게 되었다.

어느 날 저녁, 밤 10시 정도가 지나서 잘 준비를 하고 있었는데 누가 우리 집 아파트 문을 두드렸다. 문을 열어보니 그 아이들 셋이 울고 있었고, 특히 막내는 공포에 떨고 있었다. 무슨 일이냐고 했더니, 아빠가 엄마를 심하게 때리고 있다고 했다. 술을 마시고 들어와 무엇 때문인지 화가 나서 아빠가 엄마를 발

차기로 때리고, 따귀도 때리고 마구잡이로 때리고 있다고. 나는 말려야겠다는 생각에 일단 경찰서에 신고를 하고, 놀라서 울고 있는 아이들을 데리고 집으로 들어와 달랜 뒤 따뜻한 차와 간식을 주며 진정시켰다. 아이들이 말하기를 아빠는 술을 마시고 들어오면 상습적으로 엄마를 때려왔다고 했다. 엄마 얼굴에 시퍼런 멍이 들고, 피를 철철 흘리면서 이모네 집으로 도망가야 그 상황이 끝난다고 했다. 친할머니가 계시지만 말려주시지 않는다고 했다. 아니 오히려 더 때리라고 부추긴다는 것이다.

그 일이 지나고도 오랫동안 그 집 아이들 과외를 했었다. 계속 지켜보니 그 아이들은 활발한 듯했지만 뭔가 어두운 면이 많았다. 말은 안 하고 있지만 아이들은 싸움이 잦은 부모님의 모습에 마음이 멍들고 있었다. 과외를 하면서 틀린 것을 지적해주고 실수하지 않도록 줄을 그으며 한 번 더 문제를 차분히 읽어보도록 연습시켜도, 아이들은 똑같은 실수를 계속 반복해서 아는 문제를 틀렸다. 나중에 교육학을 배우면서 안 사실이지만, 심리적으로 안정되지 못한 가정환경 때문에 아이들은 그런 행동유형을 보였던 것이다.

그 이후로 2년 정도가 지나고 아이들의 부모님은 별거에 들어갔다. 엄마가 참다못해 집을 나가 이혼을 요구했지만 아빠가 합의해주지 않아서 이혼소송을 한다는 말을 들었다. 걱정되는 마음에 아이들을 불러내 맛있는 것을 사주며 이야기를 나누어보았다. 오랜만에 날 보고 아이들은 반가운 웃음을 보였지만 아

이들 얼굴에는 그늘이 가득했다. 밥을 먹으며 대화를 나누는데 아이들 말투에서 전과 다른 냉소적인 느낌이 묻어났다. 아이들이 많이 혼란스럽고 힘들다는 것을 느낄 수 있었다.

그때 나는 가정의 분위기가 아이들에게 얼마나 큰 영향을 미치는지 알게 되었다. 가정환경에 따라 아이들의 표정과 말투는 확연히 바뀐다. 안정적인 가정의 분위기는 아이들의 행복감은 물론이고, 학업 성적까지도 좌우한다. 엄마가 강남의 헬리콥터 맘이라 유명한 강사나 과외 선생님에게 수준 높은 사교육을 시킨다 해도, 부모가 매일 다투고, 이혼 얘기가 수시로 오가는 등 가정환경이 불안정하면 좋은 학업 성적을 기대하기 어렵다.

비싼 학원이나 과외 공부를 시켜주지 못한다고 아이들에게 전혀 미안해할 필요가 없다. 아이들 앞에서 싸우지 않고 남편과 서로를 배려하고 사랑하는 모습만 보여준다면, 엄마는 아이들에게 충분히 좋은 교육 환경을 만들어주고 있는 것이다. 아이들은 그런 안정감 속에서 행복의 씨앗을 뿌릴 수 있기 때문이다. 또한 자신이 부모님의 사랑 속에서 자라나고 있다고 생각하기에 자존감도 자연스레 높아질 수밖에 없다. 아이들에게 안정적인 가정환경을 만들어주기 위해 노력하라. 그것만으로도 훌륭한 부모의 역할은 충분하다.

7
너무 겁먹지 마라!

　겨울방학을 이용해 힘들게 시간을 내서 아이들과 필리핀 어학연수를 갔다. 한국의 추운 날씨를 피해 따뜻한 동남아로 가니 기분이 좋았다. 따뜻한 날씨 덕에 그곳이 좋기도 했지만 무엇보다 그곳 영어 선생님들과 수다를 떠는 것이 재미있었다. 엄마들은 보통 골프를 치거나 마사지를 받으며 시간을 보냈는데 나는 수업을 듣겠다고 했다. 다른 엄마들의 은근한 눈총을 받기도 했지만 나는 아이들과 동병상련의 감정을 나누고 싶기도 했고, 이왕 외국에 나와 있을 때 영어회화 공부도 해보고 싶었다.

　평소 호기심 천국인 나에게 필리핀 선생님들과의 대화는 무척 즐거운 시간이 되었다. 토론 주제와 질문들이 적혀 있는 교재를 보면서 서로 이야기를 주고받았는데, 그 시간을 통해 필리핀과 한국의 문화 차이를 확연히 느낄 수 있었다.

필리핀 사람들은 매사에 매우 긍정적인 사고방식을 가지고 있고, 일을 처리할 때 우리처럼 빨리 하려고 서두르지 않고 느긋하며, 미래에 대해 불안감을 가지지 않는다. 이것이 필리핀과 우리의 다른 점이다. 나는 필리핀에 대해서, 한때 미국의 식민지였기 때문에 공식적인 언어로 영어를 사용하고, 문화 또한 미국의 영향을 많이 받아 미국 사회가 그러하듯 개인주의가 강한 나라인 줄로만 알고 있었다. 그런데 필리핀은 내 생각과 달리 공동체주의, 특히 가족 공동체주의가 매우 강한 나라였다.

필리핀 선생님들과 대화를 나누면서 그들의 가족에 대한 사랑이 놀라웠다. 4년제 대학을 나와 가정교사로 한 달 동안 근무하면서 받는 월급이 20만 원 정도인데 대부분의 선생님들이 그 돈을 엄마에게 전부 드린다고 했다. 가족의 수를 물어보면 평균 열 명 정도 되는데 형제자매가 보통 일곱 명이나 여덟 명이라고 했다. 그래서 동생들 학비를 위해, 혹은 조부모들과 같이 생활하니 늘 생활비가 부족하기 때문에 당연히 자기 월급을 모두 부모님께 드려야 한다고 했다. 우리 같으면 내가 벌고도 나에게 한 푼 쓰지 못하는 그런 상황이 불행하다고 여겨질 법도 한데 필리핀 선생님들은 아무런 불만 없이 늘 행복해 보였다.

또 특이한 점은 필리핀에는 어린이집이 없다는 것이었다. 당시 우리나라 어린이집 아이들이 교사에게 학대당하는 뉴스가 한창 보도되고 있던 터라 그 주제에 대해 선생님과 이야기를 나누며 알게 되었다. 부잣집 아이들이 사립유치원에 다니기는 한다지만, 그곳은 우리처럼 온종일 아이들을 맡아 보육을 하는 시스템이 아니라 잠시 유치원에 가서 영어공부와 같은 교과를 배우는, 교육이 중점인 공간이었다. 부부가 맞벌이를 할 경우에 아기는 누가 봐주느냐고 물었더니 대부분 조부모들이 아기를 돌본다고 했다. 가족애가 무척 강해서 집이 아무리 작아도 자식이 결혼을 하겠다고 하면 아내와 들어와 살게 해주고, 자식 부부가 아기를 낳으면 아이까지 키워준다고 했다.

필리핀은 이처럼 아이 보육에 대한 걱정이 없는 가족환경에다 공립학교는 고등학교까지 거의 무료여서 학비 걱정도 없다. 또한 필리핀 사람들 대부분이 공교육에 100프로 의존하고 사교육을 따로 시키지 않기 때문에 아이를 한 명 키우는 데 우리나라처럼 돈이 많이 들지 않는다. 그래서 필리핀 사람들은 아이 낳는 데 크게 부담을 갖지 않는다. 아이를 많이 낳아도 그 아이들이 커서 부모를 부양하는 것이 당연하기에 상부상조인 것이다.

따라서 필리핀에는 어린이집만 없는 게 아니라 요양원도 없다. 그러니 필리핀에서는 자식을 낳는 것이 한편으로는 자신의 미래에 대한 투자가 된다. 그러다 보니 사람들이 한국에서처럼 미래와 자신의 노후에 대해서 크게 걱정하지 않는다. 나라의 복지 시스템은 미비하지만 국민들 스스로가 이렇듯 자연스럽게 복지체계를 구축해놓았다. 한국보다 국민소득이 훨씬 더 낮고, 세탁기가 없는 집이 허다할 정도로 표면상으로는 삶의 질이 낮을지 모르겠지만 필리핀 국민들은 분명 우리보다 행복하다.

1980년대까지만 해도 한국은 필리핀과 비슷했다. 대부분 삼대 이상, 즉 조부모와 부모, 손자들이 한 집에서 대가족을 이루어 같이 생활하였다. 또한 공교육에 대한 의존도가 높고 사교육을 받는 일은 흔하지 않았기에 자식을 낳는 것에 대해 부담을 느끼지도 않았을 것이다. 조부모들도 자식들과 함께 생활하기에 자신의 노후에 대해서 크게 걱정하지 않았으리라. 그런데 급속한 도시화와 서양문화의 이입은 우리 가족사회의 모습을 이상하게 변질시켰다. 우리의 가족문화는 서양의 개인주의도 아니고 우리 고유의 가족 공동체 모습도 아닌, 기형적인 모습으로 바뀌었다.

서양도 필리핀에서처럼 아이를 낳는 데 커다란 부담이 없다. 공교육에 대한 의존도가 높아 사교육을 따로 시킬 필요가 없어 아이를 키우는 데 돈이 많이 들지 않기 때문이기도 하고, 고등학교를 졸업하면 대부분의 아이들이 독립을 하기 때문이기도 하다. 우리나라 나이로 스무 살이 되면, 집을 나와 부모와 따로 생활하면서 바로 직업전선에 뛰어들거나 학자금 대출을 받아 대학교를 다닌다. 결혼할 때도 부모의 도움 없이 스스로 주택과 살림살이를 마련해 결혼식을 치르는 것을 당연한 일로 여긴다.

부모가 자식에게 부담을 갖지 않듯 자식도 부모에게 부담 없이 대한다. 부모님 생일에 카드 하나만 달랑 보내서 생일 축하 메시지를 전한다. 생일이라고 용돈을 따로 챙겨드리거나 값비싼 선물을 하지 않는다. 그리고 부모님이 연세가 많아져 누군가의 도움이 필요한 순간이 되면 국가에서 제공하는 요양원에서 노후를 보내게 해드린다. 개인주의 경향이 매우 강하지만 어떻게 보면 합리적인 방법 같다. 서로 부담을 주는 사이가 아니기 때문에 감정이 상하거나 다툴 일도 없어 괜찮아 보인다.

이와 달리 한국은 지금 여러 가지 사회 문제가 심각히 대두되고 있다. 그중 가장 큰 문제는 바로 아이를 낳지 않으려는 사회적 풍토다. 우리나라는 현재 저출산 문제가 너무나 심각하다. 내 주변에도 결혼은 했으나 아이 없이 살겠다고 말하는 딩크족들이 무척 많다. 그들은 하나같이 아이를 위해 자신의 인생을 희생하거나 낭비하고 싶지 않다고 말한다. 우리나라에서 어쩌다 자식이란 대상이 천덕꾸러기 같은 존재가 되었을까? 그 이유는 다음과 같다.

한국의 미풍양속인 '효' 문화는 이제 호랑이 담배 피우던 시절 이야기가 되어버렸다. 자식과 부모는 더 이상 서로를 의지하고 믿을 수 있는 관계라 말하기 어려워졌다. 젊은 세대가 아이를 낳으면 보육문제에 부딪히게 된다. 이전과 달리 조부모들은 손자들 돌보기를 거부한다. 손자를 돌보다 병이라도 나면 자신만 손해라는 것을 알기 때문이다. 그리고 예전과 달리 건강하고 젊은 감각을 가진 지금의 실버세대는 은퇴 후의 시간을 손자 손녀들 돌보는 데 희생하기보다는, 젊었을 적 일하며 자식 돌보느라 해보지 못했던 일들을 하는 데 사용하고자 한다. 그래서 조부모의 역할을 대신하는 어린이집이 전국 방방곡곡에 생겨났다.

그런데 어린이집도 믿고 맡기기 불안하다. 보육교사들의 처우가 매우 좋지 않기 때문이다. 하루 열두 시간 이상의 장시간 근무를 하는 보육교사들이 대다수이고, 일은 그렇게 많이 하지만 월급이나 복지와 같은 처우가 좋지 않다. 선생님 한 명당 돌보아야 할 아이의 수도 선진국들보다 무척 많다. 그러다 보니 스트레스가 쌓이고 쌓여서 폭발하는 일이 생긴다. 잊힐 만하면 한 번씩 아이를 던지거나, 주먹으로 때리는 등의 어린이집 교사 아동폭행사건이 뉴스에서 보도된다.

그렇게 어린이집을 거쳐 초등학교에 입학시키면 더 머리 아픈 일이 기다리고 있다. 어린이집은 보통 오후 5시까지, 늦게는 7시나 8시까지도 아이를 돌봐줬는데, 초등학교는 1시면 수업이 끝난다. 심지어 고학년이 되어도 3시면 학교 수업이 모두 종료된다. 방과 후 수업도 있지만 거의 5시 이전에 모든 수업이 끝난다. 그때부터는 아이를 돌봐줄 사람이 없기 때문에 맞벌이 부부는 아이를 학원으로 뺑뺑이를 돌려야 한다.

학원 한 곳을 보내는 데 최소 월 15만 원은 든다. 요즘엔 아이가 초등학교 고학년이 되면 영어와 수학 학원은 필수로 보내야 한다. 다른 집 아이들은 모두 영수 학원에 다니는데 우리 집 아이만 학원을 안 다닌다면 뒤처질 수 있기 때문이다. 논술 같은 과목은 제외하고 사교육의 최소 과목인 영어와 수학 학원만 보내도 애 하나당 최소 월 40만 원이 든다. 거기다 중학교를 가면 아이들 대부분이 전 과목 학원을 다니기에 우리 애도 보내야 하는데 최소 매월 60만 원이 든다. 고등학교는 의무교육이 아니기에 학비도 높고, 사교육비 지출도 중학교 때보다 훨씬 커진다.

그렇게 고등학교를 마치고 대학에 가게 되면 상황은 더 심각해진다. 대학 학비는 국립대가 한 학기당 3백만 원 가까이 하고, 사립대는 5백만 원도 훌쩍 넘는다. 거기다 생활비도 대주어야 한다. 지방에서 서울로 학교를 보내면 방값과 생활비와 학비를 포함해 평균 적어도 한 달에 2백만 원 이상을 아이에게 보내줘야 한다. 그리고 대학 졸업 후 결혼할 때가 되면 아들에겐 최소 1억 이상의 자금을 주택마련 비용으로 보태줘야 한다. 딸이라고 해도 결혼식 치르고 살림살이 장만하는 데 최소 3천만 원 이상은 써야 한다. 이렇게 대한민국에서는 아이 하나를 키우는 데 드는 비용이 적어도 2억 원이 넘는다고 한다.

그런데 이 아이가 자라서 나의 노후를 보장해주지는 않는다. 그렇게 많은 돈을 투자하면서 내 젊은 시절의 시간을 쏟았음에도 불구하고 말이다. 게다가 슬프게도 우리나라는 국가 제도적으로 노인 복지가 미비하다. 겨울이 되면 전기료를 납부하지 못해 전기가 끊겨 냉골에서 저체온증으로 사망하는 노인들이 넘쳐난다. 가족의 따뜻한 품이 아닌, 싸구려 요양원에서 쓸쓸한 임종을 맞이하는 노인들도 많다. 그러다 보니 자식 낳아 키울 바에야 그 돈과 시간으로 내가 더 즐기고, 나의 노후를 준비하는 편이 낫겠다고 생각하는 사람들이 점차 늘어난다. 앞뒤 정황을 살펴보면 그들의 생각을 마냥 이기적이라고 표현할 수만은 없다.

어디서부터 잘못된 것인지 우리 사회는 지금 커다란 위기 상황에 처해 있다. 한국의 가족 공동체문화를 되살리든 서양의 합리적인 개인주의를 올바르게 정착시키든 특별한 대책이 필요하다. 우리 집에서 그 시작은 나부터로 정하고자 한다. 나는 나의 자손들을 포함하여 나 역시 행복하기를 바란다. 그래서 나는 아이들이 초등학교 입학 전부터 우리 집의 룰에 대해 귀에 딱지가 앉도록 자주 들려주고 있다. 너희들은 스무 살이 되면 독립해야 한다. 고등학교 졸업 이후부터는 스스로 생활해야 한다. 편의점이나 식당에서 아르바이트를 하는 것보다 장학금을 받거나 과외를 해야 너희가 생활하기 편할 테니 열심히 공부하는 게 좋을 거라고도 충고한다.

나는 영어나 수학 같은 사교육에는 돈을 쓰지 않을 것이다. 대신 아이가 중학교 들어갈 때부터 매월 30만 원씩 저축하여 스무 살이 되면 그 통장을 줄 것이다. 그 돈으로 공부를 하든 사업을 하든 마음대로 해도 좋다. 결혼식 비용도 여기에 포함된다. 내가 준 종잣돈으로 나중에 결혼 비용도 스스로 마련해야 한다. 나의 노후는 내가 알아서 준비할 터이니 걱정하지 않아도 된다. 이같이 서로에게 부담을 주지 말자는 것이 우리 집 가족관계의 핵심이다. 물론 이러한 나의 방식이 아직은 한국 사회에 통용되지는 않겠지만 이런 방향으로 삶의 문화가 변화되어가리라 생각한다.

　젊은 세대가 아이 낳고 키우는 것을 너무 두려워하는 현실이 참으로 안타깝다. 남들처럼 유복하게 키우지 못할 바에는 아예 낳지 않겠다고 말하는 사람들이 많은데 그건 어리석은 생각이다. 남의 기준 말고 자신의 기준에 맞춰 키우면 된다. 자식 키우기란 물론 쉽지 않다. 하지만 그만큼 보람도 많다.

　육아 방식을 합리적으로 바꾸자. 자식을 부담스러운 대상이 아닌 사랑스러운 대상으로 바라보자. 세상의 많은 일들이 생각한 것과 달리 닥쳐서 막상 부딪혀보면 별것 아니다. 육아 역시 그러하다. 그리스 로마 신화에 로마군이 사자 무리들과 싸워서 이겼다는 스토리가 있다. 전쟁 중에 적들이 사자 무리를 보내어 공격을 가하자 로마군들은 공포에 질려 어쩔 줄 모르고 있었는데, 재치 있는 로마군 대장이 사자를 보고 "저것은 개다!" 하고 외쳤다. 그러자 로마군들이 두려움을 떨쳐내고 마치 개를 상대하듯 사자와 싸워 이겼다. 육아도 우리가 어떻게 보고 대하느냐에 따라 달라지지 않을까? 너무 겁먹지 마라! 육아는 생각하는 것만큼 그렇게 무서운 문제가 아니다.

8
·
흔들리지 말고, 중심을 잡아라!

　나는 초등학교 5학년 때 이미 63킬로그램이나 나가는 비만 아동이었다. 어릴 적 별명은 늘 슈퍼 뚱땡이나 뚱돼지였다. 그 수치스러운 호칭에서 탈피하고 싶었다. 그러므로 다이어트는 나에게 있어서 정말 평생의 숙제였다. 도대체 어떻게 하면 살을 뺄 수 있을지가 항상 고민이었다. 세상에는 참 많은 다이어트 방법이 있었다. 먼저 가장 원초적이고 무식한 방법이지만 효과는 제일 눈에 띄게 드러나는 무작정 굶기가 있다. 하지만 이 방법의 함정은 요요현상으로 인해 다이어트를 하기 전보다 살이 더 많이 찌는 체질로 바뀔 수 있다는 것이다. 또 한 가지는, 음식은 그대로 먹되 운동을 많이 해서 칼로리를 소비하는 방법인데 여기에도 함정은 있다. 평소 안 하던 운동을 갑작스레 많이 하다 보면 식욕이 엄청나게 증가하여 더욱 살이 불어날 수 있다.

한때 무척 유행했던 원푸드 다이어트도 있다. 짧게는 사흘, 길게는 보름 정도를 한 가지 음식만 먹는다. 고구마, 사과, 포도, 달걀, 우유, 분유 등등 고를 수 있는 옵션은 꽤나 많다. 하지만 그중 딱 하나를 골라, 곰이 인간이 되기 위해 동굴에서 쑥과 마늘만 줄창 먹었듯이 날씬한 인간이 되겠다는 마음으로 그 한 가지 음식만을 먹으며 견뎌내야 한다. 부작용은 무작정 굶기와 비슷하다. 요요 현상이 아주 심하다. 그밖에도 채식만 먹는 채식 다이어트, 하루에 한 끼만 먹는 1일 1식, 그리고 1일 1식 다이어트의 사촌 격인, 하루에 한 끼나 두 끼만을 먹는 간헐적 단식, 탄수화물을 극도로 제한하는 저탄수화물 다이어트, 양방이나 한방 다이어트 약을 복용하고 지방분해 주사나 침을 맞는 등 의학 기술의 도움을 받는 방법 등이 있다.

위의 다이어트 방법들을 책까지 구입해 마치 고3 학생이 수능 공부하듯이 줄 그어가며 읽기도 하고, 실천해보기도 하면서 느낀 바가 있다. 어떤 다이어트 방법이건 누군가 엄청난 효과를 보았다 하더라도 그 사람에게는 그토록 효과적이었던 방식이 나에게는 맞지 않을 수도 있다는 것이다. 그리고 각 다이어트 방법들마다 이론이 분분하여 서로 합치되지 못하는 부분이 있다는 점이다. 예를 들어 어떤 연구 보고서에 따르면, 세끼 다 챙겨

먹는 것이 과식을 막고 신진대사를 활발하게 해주기 때문에 다이어트에 있어서 매우 중요한 습관이라고 한다. 하지만 최근 매우 핫한 다이어트 방식으로 떠오른 1일 1식이나 간헐적 단식의 이론은 인류가 세끼를 먹으면서 오히려 병을 얻었다고 말한다. 외부로부터 음식 섭취를 중단하고 우리 몸이 스스로 정화할 시간이 필요한데 세끼를 먹으면 몸이 정화할 시간이 부족해져 건강을 유지하는 항상성이 저해된다는 것이다. 둘 중 어떤 이론이 옳은 것인지 의학계통의 전문가가 아닌 나로서는 도저히 알 방법이 없다.

다이어트만 놓고 보더라도 많은 방법이 있듯이 육아법 또한 그러하다. 세상에는 여러 종류의 다양한 교육법들이 있다. 너무나도 유명한 유태인식 교육법을 비롯하여, 교구나 실물도구 등을 사용해서 가르치는 몬테소리 교육법, 써머힐 학교의 자연주의 교육법, 정해진 교과가 아니라 프로젝트식 수업을 진행하는 듀이의 진보주의 교육법…… 학술적으로 연구되고 알려진 이런 교육법 외에도 서점에 가보면 너무도 많은 육아서적이 진열되어 있다. 아이를 어떻게 키웠는지 자기 경험을 담은 책들 또한 참 많다. 이렇듯 육아에 대한 정보가 범람하는 시대에 살고 있지만 육아에 대한 정보들은 책에서만 얻을 수 있는 것이 아니다. 일명 '카더라' 통신도 있다.

예를 들면 이런 것이다. 옆집 철수네 엄마는 애들 두 살 때부터 ○○학습지에 한글수업을 시켜서 지금 애가 네 살인데 벌써 한글을 소리 내어 줄줄 읽는다더라, 순이네 집 엄마는 애를 놀이중심식 어린이집에 보내는데 거기는 한글이나 영어, 수학 같은 것은 가르치지 않지만 책 만들기나 로봇 조립 등의 창의적인 활동을 많이 한다더라. 학교 앞에 새로 생긴 논술 학원이 애들을 대회 같은 데 많이 데리고 나가 상도 받게 하고, 책도 많이 읽게 하여 엄마들에게 평이 좋다더라 등등. 안 듣고 싶어도 이런 정보들이 귀에 자꾸 들려오니, 나도 모르게 우리 아이에게 새로 시켜야 할 건 없는지 고민이 시작된다.

교육이론에 대한 책이나 엄마들의 '카더라' 통신뿐만 아니라 뉴스나 신문 같은 언론도 합세해 엄마들의 마음을 뒤흔들어놓는다. 뉴스를 보니 내년부터는 중학교에서 컴퓨터를 프로그래밍하는 코딩교육이 의무화된다고 말한다. 그리고 그 후년에는 초등학교까지도 의무화된단다. 교육 선진국인 핀란드 아이들이 코딩을 하는 모습이 방영되는 가운데 우리나라가 현재 코딩교육 분야에서 한참 뒤처졌다고 전하는 영상이 자료화면을 통해 계속 나온다. 아니, 그럼 다른 엄마들은 모두 이런 정보를 이미 알고 있는데 나만 몰랐다는 것인가 하는 생각이 들면 그때부터 날밤 새워가며 인터넷으로 코딩에 대한 정보를 낱낱이 검색해보게 된다.

게다가 어디서나 인터넷을 이용할 수 있는 유비쿼터스 정보화 사회인 우리 시대에는 인터넷만 들어가도 교육에 대한 정보들이 넘쳐난다. 교육 관련 블로그나 카페에 가입하면 많은 사람들이 올려놓은 정보들을 돈 들이지 않고도 쉽게 얻을 수 있다. 비록 그 자료에 대한 신빙성은 확신할 수 없지만 말이다. 이처럼 아이들 교육에 대한 정보들은 우리 주변에 많아도 너무 많다. 예전보다 많은 정보를 얻을 수 있다는 것은 좀 더 현명한 선택을 하는 데 도움이 될 수도 있겠지만 자칫하면 너무 많은 선택의 갈림길에서 길을 잃을 수도 있다.

눈앞에 오솔길이 있다. 그 길은 여러 갈래로 나뉘고 서로 다른 세계로 연결되어 있다. 어떤 길을 선택할지 그 길에 대한 많은 정보를 바탕으로 확실하게 결정을 내려야 한다. 가다가 장애물을 마주쳐도 이겨내고 계속 앞으로 나아가야 한다. 결정과 선택을 한 순간 가지 않은 옆길을 곁눈질해서는 안 된다. 처음 선택한 길을 믿으며 앞으로 가야 한다.

자신의 육아철학과 가치관에 따라 엄마는 묵묵히 나아가야 한다. 평소 팔랑귀라고 할지라도 교육에서만큼은 남들 말에 이랬다저랬다 해서는 안 된다. 엄마가 일관성 없이 교육방식을 수시로 바꾼다면 아이는 극도의 혼란스러움을 겪게 되고, 정서적으로도 불안해진다. 인간은 예측할 수 없는 상태와 통제가 불가능한 상황에서 극도의 스트레스를 받기 때문이다. 조금 극단적인 표현일지 모르겠으나, 엄마가 아이들의 교육방식을 두고 이

랬다저랬다 할 바에는 아예 아무것도 하지 않는 게 나을지도 모른다. 그럴 바에는 차라리 자연 상태로 내버려둬라. 엄마의 교육방식에 맞게 스스로 적응하기 위해 노력하고 있는 중인데 엄마가 자꾸 교육방식을 바꾸면 아이는 스트레스를 받게 되고, 그 스트레스를 회피하기 위해서 아예 적응하기를 포기할지도 모른다. 엄마에 대한 신뢰가 사라지면 그 방법이 무엇이든 좋은 결과는 기대하기 어렵다. 그러면 아이는 내 속으로 낳았지만 내 마음을 몰라주는 자식이 되는 것이다.

자신의 육아관과 교육관을 확실하게 정해라. 그리고 누가 뭐라든, 그 큰 틀에 맞게 내 아이를 양육할 수 있도록 노력해라. 그러기 위해 먼저 가치관의 우선순위를 정하라. 인성인지 학업인지, 아니면 아이의 행복인지, 확실하게 가치의 순위를 정하고 그것을 바탕으로 아이의 교육환경을 구성해주어라. 아이를 교육하는 것은 책을 만들어내는 것과 같다. 일관성 없는 내용의 책은 독자의 선택을 받기 어렵다. 육아의 길 위에서 곁눈질하지 말고 앞으로 계속 나아가라! 흔들리지 말고 중심을 잡아라! 그것이야말로 최선의 육아법이다.

2장

먼저 행복한 엄마가
되어라!

1

·

아이 미래 말고 나의 미래를 꿈꿔라!

나는 꿈이 참 많은 소녀였다. 어릴 적에는 치킨이 마냥 좋아 매일 먹고 싶은 마음에 치킨집 사장님이 되고 싶었고, 좀 더 커서는 한비야 작가의 『바람의 딸 걸어서 지구 세 바퀴 반』이란 책을 감명 깊게 읽고, 세계여행을 하며 글을 쓰는 작가가 되고 싶었다. 고등학교 때는 하늘을 나는 멋진 파일럿이 되고 싶었다. 그리고 대학에 가서는 나만의 회사를 만들어 운영하는 사업가가 되고 싶다는 생각도 했다. 한때는 누군가를 가르치는 것이 재밌고 보람되어, 또 공부하는 것을 좋아해서 대학교수도 되고 싶었다. 지금도 나의 꿈은 현재 진행형으로 계속 만들어지고 있다. 인생은 짧고, 나에게는 하고 싶은 일들이 너무 많다.

이 가운데 내가 이룬 꿈들이 그래도 몇 가지 있다. 한비야 작가처럼 책을 쓰지는 못했지만 꽤나 여러 나라를 여행했다. 중국, 일본, 필리핀, 태국, 대만을 비롯해서 미국, 캐나다, 호주, 그리고 유럽 대륙의 프랑스, 영국, 스위스, 이탈리아, 네덜란드, 심지어 남아프리카 공화국까지 가보았다. 일반인치고는, 거기다 아이 둘 딸린 엄마로서는 꽤 많이 다닌 셈이다. 이 책을 시작으로 계속 글을 쓰게 된다면 가까운 미래에는 나의 여행 이야기에 대해 한번 써보고 싶다.

나는 죽기 전에 꼭 한번 비행을 배우고 싶었다. 그리고 실제로 애들이 필리핀에 가서 영어를 배울 때 나는 파일럿이 되기 위해 비행학교를 다녔다. 기상학, 비행의 원리처럼 한국말로도 어려운 과목들을 영어로 배우고, 영어로 시험을 보았다. 높은 점수로 시험에 통과한 뒤 그라운드 스쿨을 마치고 비행을 시작했다. 그리고 공항 활주로에서 교관 없이 목숨 걸고 혼자 비행기를 조종해 이륙과 비행, 착륙을 하는 솔로비행까지 해냈다. 정말 짜릿했고, 어릴 적 꿈을 실현할 수 있었기에 세상을 다 얻은 듯 너무나 기뻤다.

세 번째 꿈인 사업가가 되고자 전공인 교육학을 바탕으로 현재 소프트웨어 교육을 하는 법인을 설립해서 대표직을 맡고 있다. 소프트웨어 교육에 전문성을 갖추기 위해 얼마 전 집 근처 대학의 대학원 컴퓨터공학과에 지원하여 곧 입학을 하게 된다.
몇 년 뒤에는 나의 또 다른 꿈이었던 대학교수도 될 수 있을 것
이라 스스로 믿는다.

이렇게 하고 싶은 대로 하고 사는 나에게도 한때는 무척 우울하던 시기가 있었다. 아이들을 낳고 키우면서 엄마라는 역할과 나의 꿈을 일구는 것이 서로 충돌하는 일이 많았다. 그래도 엄마인지라 아이들은 포기할 수 없으니 내가 하고 싶은 일을 다 접어야 하는 것이 아닌가 하는 생각이 들었다. 그때는 내 꿈의 실현과 아이들의 좋은 엄마로 살아가는 것이 서로 상충된다고 생각했다. 왜 탄탄대로의 성공한 커리어우먼이 아닌, 험난한 가시밭을 헤쳐 나가는 엄마의 길을 선택했는지 후회한 적도 있었다. 세상 위로 훨훨 날고 싶어 하는 날개를 다 꺾어버린 것 같아 남편이 원망스럽다 못해 증오스럽기까지 한 적도 있었다.

그렇게 아이들의 엄마와 커리어우먼이라는 역할 갈등으로 괴로워하던 스물아홉 살 겨울, 나는 자궁암에 걸린 사실을 알게 되었다. 충분히 무언가를 할 수 있음에도 하고 싶은 것을 하지 못하는 괴로움으로 나는 서서히 병들어가고 있던 터였다. 현실과 이상의 괴리로 인한 스트레스로, 제일 먼저 뒤통수 하단의 머리카락이 주먹만큼 빠졌다. 어느 날 머리를 감고 드라이어로 말리다가 뒤통수에 맨살이 만져져서 딸아이를 시켜 사진을 찍어보니 꽤 넓은 면적에 머리카락이 다 뽑혀 비어 있는 것이다. 몇 달간 대학병원을 다니며 머리가 빠진 부분에 주삿바늘로 약을 수십 번 찔러 넣는 고통을 맞봐야 했다.

그리고 얼마 후, 집안 내력이 없음에도 불구하고 이십대 나이에 부정맥이 찾아왔다. 중고등학교 때 체력장을 하면 전교 1등을 하던 강단 있는 몸이었는데…… 스트레스로 인해 심장이 불규칙적으로 뛰어 숨쉬기도 괴롭고 가만히 앉아 있기도 괴로웠다. 앉아서 일상 업무를 보는 것조차 불가능해 병원에 입원하여 치료를 받았다. 의사선생님이 누차 말하길, 뭐가 그렇게 힘든지는 모르겠지만 다 내려놓고 스트레스를 떨쳐버리라고 했다. 하지만 그 후로도 스트레스를 이겨내지 못했던 나는 결국 정기검사에서 자궁암이라는 진단을 받았다. 물론 초기라서 간단한 수술로 제거할 수 있었지만 당시에는 정말 큰 충격을 받았다. 이후에도 스트레스로 면역력이 깨지면서 각종 병을 앓고 1년 동안 수차례 입원을 했다. 그러면서 잠시 모든 것을 멈추고 내 인생을 되돌아볼 시간을 갖게 되었다.

그때 나는 버킷 리스트를 실현하고 죽어야겠다고 생각했다. 그리고 남들이 보면 더욱 이기적이고 나쁜 엄마가 되기로 했다. 버킷 리스트 중 제일 처음 실현한 건 유학이었다. 어린 시절 너무 가난해서 나는 어학연수를 가보지 못했었다. 중학교 때 제일 친한 친구가 필리핀에서 고등학교를 졸업하고, 미국의 대학에 입학하는 것을 보고 무척 부러웠다. 그래서 남편에게 한 달만 캐나다로 TESOL 유학을 보내달라고 했다. 착한 남편은 나의 심적 괴로움과 고통을 잘 알고 있었기에 흔쾌히 허락해주었다. 유학원에 연락해 알아보니 처음부터 TESOL반을 들어가는 것은 힘들다고 했다. 보통 ESL반을 6개월 정도 듣고 TESOL 과정에 들어갈 수 있다고 했다. 내가 계속 고집을 부리자 TOEIC 시험을 800점 이상 받으면 그것을 증빙서류로 제출해서 TESOL반 입학이 가능한지 알아보겠다고 했다. 이 악물고 공부해서 860점을 맞았다. 이 점수를 가지고 캐나다 현지 교사와의 전화인터뷰 끝에 나는 바로 TESOL 과정을 들어가게 되었고, 밴쿠버로 한 달간 혼자만의 유학을 떠났다.

거기에서 또다시 악바리 정신을 발휘하여 총 과정 평균 A⁺를 받고 수료했다. 늘 적극적이고 열심히 하는 내 모습을 보고 처음부터 잘할 줄 알았지만 생각보다 더 훌륭했다고 담당교사가 칭찬하며 안아주었다. 다른 학생들보다 나이도 훨씬 많고, 캐나다에 체류한 지도 얼마 안 되어 영어 실력이 부족했지만 누구보다 성실하게 공부해서 얻은 결과였다. 그 일이 상처 나고 멍들었던 내 자존감 회복의 시작점이 되어주었다. 나는 한국으로 돌아와 그동안의 우울했던 모습을 떨쳐버리고 아이들에게는 쾌활하고 꿈 많은 엄마, 남편에게는 활기차고 능력 있는 아내의 모습을 보여주게 되었다.

한창 우울하던 시기에는 애들 앞에서 짜증내고 소리 지르고 심지어 아이처럼 엉엉 울기도 했었다. 부끄러운 얘기지만 그 꼬맹이들 앞에서 내 신세를 한탄하며 가슴을 치며 통곡한 적도 있었다. '나'라고 하는 하나의 인격체, 자아를 버리고 오로지 아이들의 엄마로 사는 인생을 스스로에게 강요하려니 너무 힘들었던 것이다. 그때는 애들도 이상한 행동을 했다. 유치원에 가서 심하게 짜증을 내고 이유 없이 울었다고 한다. 매일 한숨을 쉬고, 잘 웃지도 않는다고 했다. 내가 마음을 회복하여 다시 정상 궤도로 돌아오니 아이들의 상태도 좋아졌다. 내 표정을 그대로 반영하는 거울처럼, 아이들도 다시 밝아졌다. 그래서 나는 엄마의 행복이 무엇보다 중요하다는 사실을 분명히 깨닫게 되었다.

그 이후 나는 아이들과 조화를 이룰 수 있는 선에서 내가 하고 싶은 일들을 하나씩 하기 시작했다. 아이들은 내가 무언가 꿈을 꾸고 열심히 노력해서 성취하는 모습을 바라보며 자기들만의 꿈을 꾸었다. 항상 새로운 일에 도전하며 열정적인 삶을 살아가는 나의 모습을 보면서 아이들은 별로 잘나 보일 것도 없는 엄마를 자랑스럽게 생각하게 되었다. 초등학교 고학년만 되어도 엄마를 무시하는 아이들이 많다던데…… 나는 그 무엇보다 아이들에게 존경받는 엄마라는 것이 자랑스럽고 뿌듯하다.

친하게 지내던 아들 친구의 엄마가 이런 얘길 했다. 아이가 말하길, 다른 친구 엄마들은 의사나 교사, 아니면 사장님인데 엄마는 왜 그냥 주부냐고 그랬단다. 다른 애들이 엄마 직업이 뭐냐고 물었을 때 그냥 집에만 있다고 대답하는 게 창피하다고 말했다는 것이다. 아들을 위해 하던 일도 포기하고 전업주부가 되었는데 그런 말을 들으니 너무 속상하고 충격이 컸다고 한다. 남의 일처럼 들릴지 모르겠지만 이것이 곧 나의 미래가 될 수도 있다. 전업주부의 삶이 꿈이었고, 지금 만족하여 살고 있다면 문제는 없다. 하지만 꿈이 있는데 아이 때문에 그것을 포기하고 어쩔 수 없이 전업주부로 살고 있다면 오늘, 지금 바로 나의 꿈을 실현할 수 있는 방법에 대해 한번 진지하게 고민해보아야 한다.

나의 꿈은 어디로 갔는지 찾을 수 없고, 오로지 자식의 꿈을 실현시키는 데에만 목을 매는 엄마가 되지는 말자. 아이들은 저마다 자신의 길을 찾아 떠나갈 것이다. 아이들의 꿈은 저희들 몫으로 맡겨두고 자녀들에게 엄마도 꿈이 있다는 것을 알게 하고, 그 꿈을 하나씩 실현해나가는 엄마의 모습을 보여주자. 그 어떤 값비싼 과외보다 그런 엄마의 모습이 훗날 내 아이의 꿈을 이루게 하는 밑거름이 될 수 있다. 소중한 나를 위해서도, 아이들을 위해서도 바로 이 순간부터 나만의 꿈을 꾸며, 그 꿈을 실현해가는 엄마가 되자.

2

궁상떨지 말고, 내 옷부터 사 입자!

나는 인터넷 쇼핑으로 옷 구매하는 것을 좋아한다. 같은 브랜드의 똑같은 옷인데 인터넷으로 이월상품을 사면 못해도 50퍼센트 이상은 할인을 하고, 어쩔 때는 무려 90퍼센트를 할인하기 때문이다. 고퀄리티인 70만 원짜리 옷을 8만 원 정도에 사니 누군들 안 좋아할 수 있을까?! 내가 입은 옷이 다 고급스러워 보인다며 사람들이 어디서 그런 옷을 사 입느냐고 물어본다. 다들 내가 백화점에서 비싼 돈을 주고 사 입은 줄 안다. 백화점 브랜드가 맞긴 하지만 나는 절대 옷 한 벌에 수십만 원의 정가를 다 주고 사 입지 않는다. 누가 사준다고 해도 싫다고 정중하게 거절할 것이다. 내 돈은 아니지만 너무 아깝기 때문이다.

　내가 질 좋은 옷을 싸게 사 입는 팁은 이러하다. 평소 백화점이나 아울렛에 가서 나에게 어울리는 브랜드를 눈여겨봐두고, 몇 벌 입어보기도 하면서 66 정사이즈인지 조금 넉넉하게 나온 사이즈인지 나에게 맞는 사이즈를 파악한 다음 인터넷으로 최저가를 검색해주는 포털 사이트에 그 브랜드 이름을 쳐서 폭풍 검색을 한다. 웬만한 백화점 브랜드들은 거기 다 있다. 게다가 세일도 엄청나게 많이 한다. 겨울옷은 워낙 단가가 비싸다 보니 90퍼센트를 넘게 하는 일도 많다. 이렇게 옷을 구매하면 마치 돈을 버는 것 같은 느낌이 들어서 너무 기분이 좋다. 스트레스가 풀린다. 이는 내 삶의 소소한 즐거움 중 하나이기도 하다.

　성큼 다가온 겨울을 맞이하여 어제 저녁에도 나를 위한 코트 한 벌을 장만했다. 원래 정가는 40만 원인 롱 무스탕 코트인데 이월상품이라서 무려 9만 원에 팔고 있었다. 냉큼 장바구니에 담았다. 며칠 동안 그 녀석이 오기를 기다리며 설레는 마음을 즐길 수 있겠다. 딸을 위한 점퍼도 하나 검색했다. 딸의 옷도 본래 16만 원에 출고된 패딩 점퍼인데 3만 원에 파는 착한 가격의 제품을 골라낸다. 합리적이면서도 매우 만족스러운 쇼핑을 했다고 스스로를 칭찬하며 잠자리에 든다.

　이런 나를 보고 욕하는 사람도 있을지 모르겠다. 둘 다 그리 비싼 옷을 구입한 것은 아니지만 딸은 3만 원 하는 옷을 사 입히고 엄마는 9만 원이나 하는 훨씬 비싼 옷을 사 입는다고. 엄마가 자기밖에 모르고 너무 이기적인 것 아니냐고. 나는 엄마가 아이보다 좀 더 비싼 옷을 사 입는 것이 당연하다고 생각한다. 애들은 금세 자라기 때문에 비싼 옷을 사봤자 어느새 못 입게 되어 너무 아깝기 때문이다. 예전처럼 동생들이 여럿 있어 물려받아 입는다면 모를까 지금은 형제가 많지 않아 그럴 일도 없고⋯⋯ 품질도 나쁘지 않고 가격도 저렴한 옷을 구입해서 한 해 열심히 입히고 재활용 헌옷 수거함에 분리수거하면 된다. 반면에 엄마는 이제 더 이상 자라지 않는다. 새로 산 옷을 십 년이고 이십 년이고 입을 수 있다. 따라서 조금 비싸더라도 오래 입을 수 있기에 고급재질의 옷을 사도 아깝지 않다.

요즘 겨울이 되면 중고등학생 자녀를 둔 부모들에게 '등골브레이커'로 등장하는 제품들이 있다. 바로 외투다. 교복을 입지만 너무 춥다 보니 외투를 걸치게 되는데 그 외투의 가격이 상상을 초월하게 비싸다. 점퍼 하나에 50만 원에서 70만 원 정도 한다. 게다가 아이들 사이에 지금 한창 유행하는 아이템이므로 세일도 안 한다. 그래도 애들이 학교에서 기죽을까봐 그렇게 고가의 점퍼를 대부분 사주고 만다. 반면 엄마 자신을 위해서는 생활비 걱정으로 홈쇼핑에 나오는 10만 원도 안 하는 코트 하나 사지 못하고 휴대폰을 들었다 내려놨다를 계속 반복한다.

헌신하다가 헌신짝 된다는 말이 있다. 위와 같은 상황이 계속 반복되면 생겨나는 결과이리라. 아이들은 등골브레이커 물품을 해마다 사주는 헌신적인 엄마의 모습을 당연하게 생각할 것이다. 하지만 성인이 되어 자기 월급으로 자기 외투를 사 입어보면 그 가격이 벅찰 것이기에 엄마 것도 함께 살 생각은 하지 않으리라. 좋은 외투를 입은 엄마를 본 적도 없기 때문에 엄마에게는 어울리지 않을 거라는, 그런 말도 안 되는 생각을 하면서.

밍크코트 사 입는 중년여성들을 욕하는 것은 잘못되었다고 생각한다. 중고등학생들이 한번 사서 길어봤자 일이 년 입고 다니다가 유행 지났다고 딴 거 사달라고 조르는 등골브레이커 점퍼 하나 가격이면 엄마가 평생 입을 밍크코트를 살 수 있다. 가족들을 위해 그동안 수고해온 엄마로서 그런 밍크코트 하나 못 사 입는다는 건 너무 억울하지 않은가?

나는 아이들 학교에 공개수업 가는 것을 즐긴다. 우리 아이들이 다른 친구들한테 나를 자랑스러워하는 것이 기분 좋기 때문이다. 친구들이 누구 엄마냐며 세련되고 예쁘다고 한단다. 애들이 유치원 다닐 때에도 유치원 아이들이 나더러 선녀 같다고 말하곤 했다. 그러면 애들은 집에 와서 늘 그런 일을 자랑하곤 했다. 애들한테 부끄러운 엄마가 아니라 자랑스러운 엄마가 되어 기분이 좋다. 애들이 더 성장할수록 아이들의 친구들이 모인 자리에 가야 하는 일이 많을 텐데 빡빡한 생활비 걱정에 애들 옷만 사주고 엄마는 후줄근한 옷만 입고 다닐 것인가?

집에서도 남편이 입다가 목 다 늘어나서 더 이상 안 입는 티

셔츠를 입고 있는 엄마들이 많다. 그런 옷은 버려라! 아니면 걸레로 써라. 절대로 입지 마라. 그런 옷을 입으면 가족들은 엄마를 그렇게 대접해도 되는 사람인 줄 안다. 가족들 사이에서도 이미지 관리를 해야 한다. 그래서 나는 집에서도 트레이닝복은 입지 않는다. 주로 홈웨어 원피스를 입고서 푹 퍼진 아줌마가 아닌 단아한 미시 느낌을 풍기려고 노력한다. 아침에 일어나면 바로 샤워를 하고 머리도 단정하게 정리하고 기본 화장을 하고 가족들을 대면한다. 내 딸과 아들도 커서 배우자에게 그런 사람이 되면 좋겠기에 나는 힘들어도 계속 그렇게 할 것이다. 특히 남편에게 절대 아줌마로 보이고 싶지 않다. 같은 집에 살면서 볼꼴 못볼꼴 다 보여주지만 그래도 아줌마라는 느낌을 주고 싶지는 않다. 그런 노력 덕에 팔짱을 끼고 데이트하는 우리 부부를 보는 사람들은 뭔가 애틋해 보인다며 결혼한 지 십 년 넘은 부부가 아니라 연인인 줄 알겠다고 말한다.

생활비 걱정으로 자신에게는 조그마한 투자도 하지 않은 채 후줄근하고 억척스러운 아줌마의 몰골로 늙어가지는 말자. 남편들의 세계에는 '아내부심'이라는 것이 있다. 오십대가 넘었는데도 금슬이 좋아 모임 같은 데 늘 함께 다니는 부부를 보면 그 아내는 스스로를 꾸밀 줄 아는 우아한 중년여인의 모습이다.

아이들에게 줄 수 있는 최고의 선물은 부부의 사랑에서 비롯되는 안정감이다. 따라서 엄마가 자신을 치장하는 데 투자하는 그 돈은 궁극적으로 아이들, 즉 가족의 행복에 기여한다. 그러

니 아까워하지 마라. 아이들 학원비로는 한 달에 50만 원도 넘게 쓰면서 자신에게는 일주일에 3만 원, 한 달에 총 12만 원 하는 피부 관리도 받지 못하는 건 너무 억울하다고 생각한다. 피부 관리를 받고 와서 대접받은 기분, 예뻐진 느낌에 가사노동으로 인한 짜증도 사라지고 몸 컨디션도 좋아져 가족들에게 한결 더 잘해줄 수 있다면 이는 온 가족을 위해서도 좋은 일이다. 엄마인 자기 자신을 위해서도 돈을 써라. 가족을 위한다고 자신한테만은 지독하게 아끼다가 애들 다 크고 나서 '내가 너희들을 위해 어떻게 살았는데' 하며 크게 후회하고 한탄하지 마라. 자기 삶의 몫을 챙기고 스스로를 대접하라. 누구에게도 천대받는 존재로 자신을 전락시키지 마라.

3

·

나를 최고로 극진하게 대접하라!

나는 집에서 책 읽으며 차 마시는 것을 좋아한다. 그 시간은 바쁜 내 일상에 느림의 미학을 선물하는 시간이다. 나는 혼자 차를 마셔도 컵 하나만 달랑 꺼내서 차를 타 마시지 않는다. 꼭 찻잔을 받쳐서 차를 마신다. 삼시세끼 꼬박꼬박 챙기고, 혼자 밥을 먹을 때에도 고기 구워서 채소 몇 가지에 과일까지 알록달록하게 한 상 잘 차려 먹는다. 집에 가족들이 없다고 혼자 물에 밥 말아서 김치나 마른반찬 종류로만 끼니를 해결한다는 건 나에게 있을 수 없는 일이다.

가족들과 외식을 하러 나가도 맛있는 것, 좋은 것을 애들 먼저 많이 먹으라고 챙겨주거나 하지 않는다. 맛있고 좋은 것은 항상 나부터 먹는다. 남편은 좋은 음식이 있으면 애들에 앞서 나에게 먼저 챙겨준다. 현명한 처사다. 엄마가 행복해야 가족이 행복하다는 것을 알기 때문이다. 먹기 귀찮아하는 나를 위해 새우나 게 등을 직접 까서 먹기 좋게 손질하여 내 밥 위에 얹어준다. 이런 모습을 어릴 때부터 보고 자란 우리 아이들, 특히 우리 아들은 아빠가 없을 때 아빠처럼 나를 챙겨준다. 무거운 짐도 자기가 다 들어주고, 집안일도 엄마 힘들다며 하지 말라고 한다. 참으로 자상한 부자이다. 우리 남편 휴대폰에 나는 '여왕마마'로 입력되어 있다. 실제로 나는 우리 집에서 여왕마마처럼 모심을 받고 있다.

나는 일주일에 한 번씩 마사지도 받으러 간다. 마사지 후 조금은 팽팽해진 것 같은 피부 느낌도 기분 좋지만, 어깨랑 목이 시원한 그 느낌이 너무 좋다. 나름 나쁜 엄마로 살고 있지만 그래도 엄마인지라 집안일의 스트레스는 피해 갈 수 없다. 일주일에 한 번 마사지를 받고 나면 그 일주일치 쌓인 스트레스가 날아가는 것 같다. 그러고 나서 집에 가면, 평소 같으면 애들한테 화낼 일에도 화가 나지 않는다. 화가 나다가도 누그러진다. 내가 마사지를 받고 온 날은 우리 가족이 모두 화목해진다.

나는 자기애가 강한 사람이어서 엄마 역할을 잘할 수 있을지 몰랐다. 주변을 보니 자기애가 강한 사람들은 대부분 혼자 사는 삶을 선택하기 때문이다. 하지만 나는 누구보다 잘 살고 있다. 두 아이의 엄마로 말이다. 주변에서 뭐라 하든 말든 나답게 살았기 때문에 엄마라는 역할을 잘해내고 있는 것일지도 모른다. 만일 주변의 눈을 의식하며 희생하는 엄마의 모습으로 살았다면 나는 불행했을 것이다. 또한 그 불행의 파장은 아이들에게도 미쳐서 지금처럼 쾌활한 아이들로 자라지 못했을 것이다.

사람들은 타인의 눈에 비치는 자신의 모습에 지나치게 신경을 쓴다. 남들 입에 오르내리는 것은 한순간인데 말이다. 사람들은 심심풀이로 남 이야기를 해대다가 또 언제 그랬냐는 듯 금세 잊어버린다. 자신이 그 말을 언제 했는지조차 기억하지 못한다. 그러니 다른 사람들 시선에 크게 신경 쓸 필요가 없다. 사람들이 생각하는 일반적인 엄마의 이미지는 가족을 위해 희생하는 모습이며, 이는 숭고함으로 연결된다. 나는 이것이 우리나라가 저출산의 위기를 맞게 된 이유 중 하나라고 생각한다. 엄마가 자기 자신을 위하고 돌보는 모습은 남들에게 철없는 엄마, 이기적인 엄마로 비친다. 엄마도 여자인데, 여성의 본능인 심미적인 욕구를 채우겠다는 것마저 타인의 질타를 받는다. 남들이 생각하는 엄마란, 화려하기보다는 수수하거나 투박함이 정석인데 그런 이미지에 들어맞지 않다고 생각하기 때문이다.

아이를 낳고 시작한 나의 첫 직장생활은 참으로 험난했다. 일이 힘들어서라기보다는 남들 말에 엄청나게 상처를 많이 받았다. 아직 너무 어렸기에 대중의 습성을 잘 몰랐던지라 함께 밥을 먹으면서 생각 없이 나에 대해 이야기했던 것들이 모두 화살이 되어 고스란히 나에게 돌아왔다. 직장 동료들과 얘기 중에, 나는 샤워하고 화장하고 옷까지 다 입는 데 20분도 안 걸린다고 했다. 엄마이다 보니 애들도 준비시켜야 해서 엄청나게 빨리 움직여야 한다는 의미로 했던 말이다. 그런데 그 말이 직장 내에서 돌고 돌아 내 귀에, 아침에 일어나서 샤워만 20분을 하는 애 엄마라고, 애들은 그동안 누가 보느냐는 식의 비난으로 돌아왔다. 아줌마들의 적은 아줌마라고 다른 아줌마들에 비해 체형도 아가씨 같고, 옷도 세련되게 입고 다니는 내가 꼴 보기 싫었던 사람들이 퍼뜨린 악성 루머였다.

우리 아이들이 다니던 유치원 선생님 남편이 나와 같은 직장에서 일했는데 내가 애들 옷을 크게 입힌다는 소릴 들었나 보다. 그 말을 전해 들은 사람들의 비난하는 소리가 내 귀에까지 들려왔다. 자기는 예쁘게 입고 다니면서 애들한테는 너무한 거 아니냐는…… 정말 어이가 없었다. 애들 옷은 당연히 크게 사 입혀야 하는 거 아닌가. 한 철만 지나면 쑥쑥 크는데 딱 맞게 입히는 건 낭비 아닌가. 그리고 내 옷도 애들 옷도 똑같이 70퍼센트 이상 세일하는 브랜드의 이월상품이었다. 또 나는 화장하는 데 5분도 안 쓰는 사람이다. 눈화장은커녕 가장 시간이 오래 걸리는 눈썹도 안 그리고, 심지어 눈썹 정리도 안 하고 다녔다. 그저 비비 크림만 바르고 나와 운전하다가 빨간 신호등을 만나면 차 안에서 립스틱 바르는 게 다였는데 애들 신경 안 쓰고 나만 꾸미고 다닌다는 식으로 말하다니 여러모로 너무 억울했다.

사람들 입방아에 오르고 싶지 않아 일부러 머리를 새까맣게 염색해서 질끈 묶고 다니고, 검은색 뿔테안경을 써서 고시생 같은 느낌을 풍겼다. 그리고 일부러 땡땡이 원피스를 입고 하얀 양말을 신어서 나를 촌스럽게 꾸몄다. 지금은 누가 돈 주면서 그렇게 하라고 해도 하지 못했을 만한 패션을 하고 다녔다. 돌이켜보면 참 우스운 일이다. 남이 뭐라 하든 나만 아니면 그만인 것을 왜 그리 다른 사람들 눈을 의식하면서 나를 그토록 혹사했는지. 지금이라면 누가 무어라 하든 콧방귀나 뀌고 말았을 텐데. 부러우면 그냥 부럽다 할 것이지. 나는 그 직장에서 단 한 번도 지각을 한 적이 없고, 당연히 결근을 한 적도 없다. 일 못한다고 흉을 들은 적도 없었다. 아니 오히려 일 잘한다고 칭찬을 많이 받았었다. 그런데 아줌마같이 행동하지 않는다는 이유로 난데없는 비난을 받아야 했다. 사회적인 분위기 역시 엄마는 엄마다워야 한다며 '나'라고 하는 자아의 개성을 등한시하는 듯하다. 그러니 누가 애 엄마가 되고 싶겠는가.

한때 살이 좀 찐 것 같아서 동네에 있는 다이어트 클럽을 다녔었다. 거기에 가면 콩으로 만든 단백질 쉐이크 한 잔과 허브티를 주고 나무로 만든 통에 들어가서 건식 반신욕을 하게 한다. 가격도 1회에 3천 원 정도밖에 안 하고 건강에도 좋은 것 같아서 종종 이용했다. 반신욕 기계가 두 대 있었는데 그 속에 들어가 앉으면 할 일이 없어서 보통 옆 사람과 수다 삼매경에 빠지게 된다. 그날도 내 옆에 앉아 있던 여자분과 30분 동안 반신욕을 하면서 폭풍수다를 떨었다.

그분은 남편과 세차장을 한다고 했다. 비만인 체형에 새까만 피부인데 기미 주근깨가 많이 나 있고 피부 결도 무척 거칠어 보였다. 얼굴에도 주름이 많아서 사십대 이상이라고 예상했었다. 그런데 알고 보니 나와 같은 삼십대 초반이었다. 아들아이가 하나 있는데 지금 여섯 살이고 유치원을 다닌다고 했다. 그런데 요새 부쩍 엄마한테 뚱뚱하고 못생겼다고 말한다는 것이다. 심지어 유치원 버스 마중 나오는 것도 친구들한테 창피하니 오지 말라고 했단다. 그래서 너무 속상한 마음에 평생 안 해본 다이어트를 결심하게 됐다고 한다. 일하느라 자신을 돌보지 않은 게 후회스럽다고 했다. 다이어트를 하겠다고 했을 때 남편이 쓸데없는 데 돈 쓴다며 반대할 줄 알았는데 오히려 적극적으로 호응해줘서 놀랐다고도 했다.

조숙한(?) 아들 덕에 더 늦기 전에 자신에게도 투자해야 한다는 사실을 깨닫게 된 것이다. 생활비 아끼겠다고, 나에게 투자할 돈 있으면 가족들 맛있는 반찬 한 가지라도 더 해먹이겠다며 자신을 전혀 돌보지 않으면, 나중에 지난 세월을 반드시 후회하게 된다. 자신에게 투자하라. 아무리 생활비가 빡빡해도 나 자신을 위해 약간의 돈은 투자할 수 있다. 생활비가 모자라면 차라

리 아이들 학원을 하나 줄여라. 남들 다 다니는 영어, 수학 학원 다녀봤자 그 아이의 미래가 크게 달라지지 않는다. 차라리 그 돈을 자신에게 투자하라. 제대로 된 옷도 사 입고, 머리도 하고, 피부 관리도 받아라. 가족을 위해 무한정 희생하는 초라한 이미지의 엄마가 아니라 우아하고 기품 있는 한 여자로 살아라. 가족들 또한 엄마가 그러기를 바란다. 지나치게 사치스럽지 않은 이상, 자신에게 투자하여 젊고 아름답고 행복한 여성으로 살아간다면, 가족들은 나보다 더 기뻐할 것이다.

4

나만의 취미를 꼭 가져라!

　나는 책 읽기를 무척 좋아한다. 다들 무언가에 대한 기호가 있듯 나는 책을 사 모으는 것이 취미이다. 경제적으로 생각하자면 도서관에 가서 빌려 읽는 게 좋겠지만 책을 읽다가 마음에 드는 글귀에 줄을 긋고, 책장 위 빈 여백에 내 생각을 남기는 것을 좋아하기에 돈이 좀 들더라도 사서 읽는 편이 좋다. 주로 알라딘 중고서점을 이용하는데, 어떤 책을 바로 사서 읽고 싶을 때는 온라인 알라딘 중고서점에 접속해 구매하지만, 여유 시간이 생길 때는 아이들을 데리고 오프라인 알라딘 중고서점에 가서 새로 들어온 책들을 둘러보고 구매한다.

조용한 음악이 흐르는 가운데 책들이 가득한 그 공간에 있으면 편백나무 숲 속에 들어와 있는 것처럼 몸과 마음이 힐링되는 것 같다. 나의 이런 취미생활은 여러모로 장점이 많다. 누군가와 만나기로 했을 때 상대방이 약속시간에 좀 늦어도 화가 나지 않는다. 가방 속엔 늘 책이 한 권 이상 들어 있기에 꺼내 읽고 있으면 되기 때문이다. 만날 사람이 없을 때도 나는 전혀 우울하지 않다. 예쁜 커피숍에 가서 향 좋고 맛있는 커피를 마시며 읽고 싶었던 책을 보면 되기 때문이다. 밤에 잠이 안 와도 괴로워할 필요가 없다. 책을 읽다 보면 어느새 잠들게 되기 때문이다. 잠이 좀 늦게 들더라도 덕분에 책을 많이 읽을 수 있어서 좋다고 생각한다. 이처럼 독서는 내 삶에 있어서 여러 가지 긍정적인 요소로 작용하고 있다.

요가를 배우러 다니면서 무척 친해진 언니가 있었다. 언니의 남편은 케이블 방송 회사의 사장이었다. 시댁도 집안 대대로 부자라 50평대 아파트에 도우미 아주머니를 두고 살 정도였다. 외제차를 타고 다니는 그 언니는 한 백화점에서만 1년에 8천만 원어치의 물건을 쇼핑하는 VIP고객이다. 남들은 하나 있을까 말까 한 명품가방도 드레스룸에 한가득이다. 농담 삼아 한 얘기지만 자기는 이혼하면 위자료 한 푼 안 받고 있는 가방만 팔아도 먹고살 수 있다고 말할 정도다. 그런데 언니는 취미가 없었다. 운동을 싫어해서 부유한 여사님들의 필수코스인 골프도 자기와 맞지 않는다며 싫다 했고, 다른 무언가를 배우는 것도 귀찮다고 했다. 쇼핑을 좋아해서 단지 쇼핑을 하러 서울, 부산, 대전 등으로 돌아다니고 해외로도 다녔지만 그것마저 어느 순간 부질없게 느껴졌다고 했다. 그래서 늘 외롭고 자신이 쓸모없는 존재인 것 같다고 말했다. 남들 다 부러워하는 부잣집 사모님인데 자기 스스로는 그렇게 생각하는 것이다.

취미가 없는 사람들을 보면 대부분 자기는 취미를 가질 만한 시간적 여유도 금전적인 여유도 없다고 말한다. 그러면서 드라마 두세 편은 매일 본다. 매일 시청하는 드라마 한 편만 줄여도 충분히 그 시간에 취미를 만들 수 있다. 세상에는 돈 안 드는 취미도 많다. 적은 돈으로 즐길 수 있는 취미도 많다. 취미라고 하면 흔히들 골프를 치거나 와인을 시음하는 것 같은, 다소 비용이 드는 것들을 생각하게 된다. 하지만 그런 호사스러운 것 말고 내가 좋아하는 가수의 노래를 따라 부르거나, 요리 블로그를 보며 빵이나 쿠키를 굽거나, 손뜨개질로 예쁜 옷을 만들어보는 등 멋지고 재미있는 취미활동도 많다. 즐겁고 행복하면 무엇이든 취미가 될 수 있다.

내가 선호하는 취미는 혼자 즐길 수 있어야 하는 것이다. 누군가와 함께 하는 취미라면 곤란하다. 내가 원할 때면 언제든 취미생활을 할 수 있어야 한다. 혼자서도 즐길 수 있는 취미를 가져야 주변에 사람이 없어도 우울하지 않다. 지금 딱히 내가 무엇

을 좋아하는지 모르겠다면 도서관이나 서점에 가서 나의 마음을 사로잡은 제목의 책들을 다섯 권 뽑아보기 바란다. 그리고 고른 책에 소개되어 있는, 나의 새로운 취미가 될 만한 활동에 대해 찬찬히 읽어보라. 평소에는 책을 읽는 것이 노동처럼 힘들고 지루하게 느껴졌겠지만 자신이 고른 책들은 술술 잘 읽힐 것이고 책에서 소개하는 내용 중의 하나를 취미로 삼으면 된다.

누군가 나의 취미를 물었을 때 마땅히 대답할 거리가 없다면 앞에서 이야기한 것을 꼭 한번 실행해보기 바란다. 그것은 단순히 취미에서 끝나지 않을 수도 있다. 백세시대인 지금은 은퇴 후를 위한 제2의 직업이 필요한데 이왕이면 좋아하는 일을 하면 좋지 않을까? 그렇게 적은 돈이라도 벌 수 있다면 뿌듯한 행복감도 느낄 것이다. 취미가 있다면 스트레스도 풀리고, 감정적으로도 흔들리지 않을 수 있다. 취미생활을 할 때 세상에 대한 초점은 나 자신에게 맞춰져 있다. 그래서 타인에 의해 나의 삶이 크게 흔들리지 않는다. 자신에게 초점을 맞추지 못하는 사람은 타인에게 지나친 관심을 보이거나 감정적으로 많이 의존하게 될 수밖에 없다. 의존성이 높다 보니 기대감도 커지고, 원하는 바를 타인에게서 얻지 못하면 그만큼 실망감도 커진다.

취미생활은 삶의 초점을 자신에게 맞춰가는 연습의 기회가 될 수 있다. 취미생활을 통해 주변 사람들에게 분산된 삶의 초점을 나에게로 다시 돌릴 수 있다. 남편이 술 마시고 밤늦게 들어와도, 아이들이 말 안 들을 때도 취미가 있는 나의 삶에 집중하다 보면 그렇게 크게 화가 나지 않는다.

지인 중에 남편이 바람기가 다분하다는 언니가 있었다. 고등학교 영어교사였던 언니는 그로 인해 수업 시간에 스트레스로 쓰러져 입원까지 했다. 스트레스로 그 곱던 얼굴에 기미가 이마까지 올라오고 앞머리 쪽 두피가 하얗게 보일 정도로 탈모 현상이 나타났다. 동안 미인이었는데 마음고생을 하다 보니 외모마저도 변해버렸다. 그렇게 마음의 병이 깊어 아무리 약을 먹고 병원치료를 받아도 별다른 차도가 없었다. 몸과 마음의 괴로움으로 언니는 결국 일까지 그만두게 되었다. 나는 그 언니에게 취미생활을 가져보라고 말했다. 여태 직장 다니며 애들 키우느라 바빠 헬스장 한번 다니지 못했다는 언니에게 우선 몸을 회복하는 것이 중요하니 운동을 해보라고 권했다. 그렇게 해서 언니는 아침에는 요가클래스에 나가고, 오후에는 골프를 치러 다녔다. 나중에는 혼자 여행하는 데에 취미를 붙여서 국내 패키지여행을 홀로 대담하게(?) 다니기 시작했다. 또한 스트레스로 생긴 기미를 지우기 위해 화장품에 관심을 갖게 되었는데 그러면서 취미로 천연화장품을 만들기 시작했다. 천연화장품 만드는 과정을 좀 더 깊이 배우기 위해 미국으로 짧은 연수까지 떠나기도 했다.

불과 6개월 만에 언니는 다른 사람이 되었다. 이전엔 늘 피곤한 얼굴과 짜증 섞인 말투로 남편 흉을 보곤 했었는데 이제는 표정이 너무나 해맑다. 얼굴에 소녀 같은 생기발랄함이 묻어났다. 분위기가 완전히 달라진 그런 언니 모습이 무척 예뻐 보였다. 나만 보면 늘 입에 올리던 남편 흉도 더 이상 보지 않았다. 심지어 이전에 왜 그렇게 남편한테 집착했는지 모르겠다고 말한다. 자신이 달라지고 나니 남편과의 관계도 좋아졌고 지금은 남편이 자기의 취미활동을 열심히 응원해주고 있다고 한다. 언니는 자신의 취미생활이었던 천연화장품 만들기로 조만간 개인 숍을 오픈할 예정이라고 한다.

마찬가지로 육아를 하면서도 자기 취미가 있어야 아이들에게 평정심을 유지하며 대할 수 있다. 취미가 생겨 아이들에게 소홀해지는 것이 아니라 취미를 통해 스트레스를 풀 수 있기에 아이들한테도 더 잘할 수 있게 된다. 하지만 비용이 많이 들거나 가족들과 함께할 수 있는 시간까지 빼앗는 취미생활은 곤란하다. 가족들과 함께 조화를 이룰 수 있는 취미를 찾아서 즐겨라. 나와 가족들 모두에게 플러스 요인이 될 것이다.

5

•

1년에 한 번씩은 꼭 혼자 여행을 가라!

나는 시간이 있을 때마다 가족들과 함께 산이나 온천 등으로 여행 가는 것을 좋아한다. 쿠팡이나 위메프 같은 데서 싸게 나오는 펜션이나 리조트, 호텔 등을 틈틈이 검색해본다. 주말임에도 불구하고, 워터파크 시설을 갖춘 대형 온천장 대인 이용권 2매에 숙박할 리조트를 제공하고도 10만 원 초반대로 이용할 수 있는 여행상품들이 찾아보면 의외로 많다. 문제는 타이밍이다. 그런 초저가 상품이 떴을 때는 속도전으로 얼른 기회를 포착해야 한다. 어떤 사람들이 스트레스를 풀기 위해 쇼핑을 한다면, 내게는 이런 여행상품을 득템하는 일이 최고의 스트레스 해소 방법 중 하나이다.

이런 여행 덕분에 우리 가족은 추억 부자가 될 수 있었다. 한 달에 적어도 2회 이상 전국 방방곡곡을 누비고 돌아다녔다. 어릴 적에는 그런 것이 당연한 줄 알던 아이들이 점차 커가면서 자기들이 누린 혜택에 대한 고마움을 표현한다. 리조트 같은 곳에 한 번도 놀러가본 적 없는 친구들이 있다는 걸 알고 자기들이 얼마나 많은 것을 누리고 있는지 깨닫게 되었다고 한다. 딸아이가 유치원에서 친구들한테 바닷가 리조트에 놀러갔다 왔다고 얘기하니 그런 데가 세상에 어디 있냐며 거짓말하지 말라고 했다는 것이다. 자기가 경험해보지 않은 일이라 그렇게 말했나 보다. 부산이나 서울에 한 번도 가본 적 없는 친구들도 많다고 했다. 다른 친구들도 당연히 자기처럼 항상 주말에 나들이를 떠나는 줄 알았는데 알고 보니 그 아이들은 가족과 주말여행을 떠가기보다는 집에서 컴퓨터를 하거나 텔레비전을 보면서 쉰다는 것이었다. 내가 여러모로 이기적이고 나쁜 엄마이긴 하지만 아이들과 함께한 여행이라는 측면에 있어서는 착한 엄마였던 것 같다.

여행에 대한 나의 철학은 『바람의 딸 지구 세 바퀴 반』의 작가, 한비야 님으로부터 비롯되었다. 살아있을 때 최대한 많은 장소를 보고 느끼고 경험해보고 싶었다. 그리고 그러한 생각은 다양한 재테크 책을 읽으며 정립되었다. 여행에 대한 책이 아니라 웬 재테크냐고 반문할지도 모르겠다. 이유는, 재테크 책을 읽으면서 제한되어 있는 나의 시간과 돈을 현명하게 사용하는 방법을 깨달았기 때문이다. 그것은 바로 먹는 것이나 입는 것 그리고 주거하는 데는 최소비용을 투자하고, 거기서 절약한 여윳돈은 여행에 투자하라는 것이다.

내가 읽은 많은 재테크 책들마다 부자들의 현명한 돈 쓰기 방법에 대해 자세히 설명하고 있었다. 사용할수록 가치가 급락하는 유형의 상품들, 즉 자동차나 옷이나 가방 등에 돈을 많이 쓰는 것은 어리석은 소비이니 지양해야 하는 반면, 여행이나 사람들과의 만남 등 일종의 무형의 경험을 돈으로 사는 행위야말로 현명한 소비이고 시간이 흐를수록 그 가치가 더욱 빛나기에 그러한 소비를 해야 한다는 것이다. 누가 이런 내용을 책에 담았는지 참 현명하다는 생각이 든다. 나이 먹을수록 공감이 가는 말이기 때문이다. 아이들과 남편과 함께했던 여행의 추억은 곱씹을수록 내 기억 속에서 더욱 찬란하게 빛나기 때문이다.

하지만 아이들과 함께하는 여행은 친구들과 함께 떠나는 여행처럼 편안하지는 않다. 아직 아이들이기에 챙겨줘야 하고 소소한 일까지 신경을 써야 한다. 아이들은 무척 즐겁지만 솔직히 말해서 엄마인 내가 온전히 여행을 즐기기는 어렵다. 아이들이 편안하게 여행할 수 있도록 보살피는 내 모습이 때로는 여행 가이드가 된 것 같은 느낌이 들기도 한다. 신경을 곤두세우고서 장거리 운전을 하고 있는데 아이들이 차 안에서 별것도 아닌 일로

소리 지르고 싸울 때면 내가 뭐하자고 이 고생을 사서 할까 하는 생각이 들 때도 있다.

여행을 떠나와 24시간 아이들과 함께 있다 보면 스트레스 지수가 올라가는 순간이 있다. 그렇게 스트레스가 조금씩 쌓이다 보면 결국 여행 막바지에 폭발하는 일도 발생한다. 나는 그나마 휴가여행이 끝나면 출근이라도 하기 때문에 아이들과 떨어져 다소 격양되었던 마음을 가라앉히고 한숨을 돌릴 시간이 있다. 하지만 매일같이 하루 종일 아이들과 함께 있는 엄마들의 고충은 매우 클 것이다.

엄마가 하는 일을 직업으로 놓고 보면 3D업종보다 힘든데도 제대로 평가받지 못하는 고단한 직업이라는 생각이 든다. 첫아이를 임신했을 때 아기의 태동 때문에 잠도 잘 못 자고 잘 때면 피가 잘 안 통해 다리에 쥐가 나서 그 고통으로 잠을 깨곤 했다. 거동하고 생활하는 게 불편해 빨리 낳았으면 좋겠다고 말할 때마다 주변에선 하나같이 애가 배 속에 있을 때가 제일 편할 때라고 말하곤 했다. 낳고 보니 정말 그 말이 맞았다. 아이들이 태어나고 나니 우유 먹이고 기저귀 갈아주느라 잠을 설치는 등 몸이 몹시 고단했고, 아이들이 좀 더 크니 교육 문제로 늘 마음 언저리에 고민의 불씨가 놓였다. 아이들이 태어나는 순간부터 엄마는 1분 1초도 아이들 생각을 안 하고 살 수가 없다. 아마 세상의 모든 엄마들이 눈 감기 직전까지 자녀들 생각을 떨치지 못하고 살아가게 될 것이다.

마음만 그런 것이 아니라 엄마가 되면 육체 또한 매우 고단해진다. 엄마라는 직업은 하루도 쉬는 날을 허락하지 않는다. 남들 다 쉬는 주말에도 엄마는 가족들의 밥을 챙기느라, 집안을 치우느라, 밀린 빨래를 하느라 편히 쉴 수가 없다. 가족들이 집에 있는 주말이 한 일이 더 많아 힘들다. 평일에는 다들 밖에서 점심 식사를 해결하므로 밥을 안 챙겨도 되는데 주말에는 점심까지 세끼 밥상을 차리고 치우고 하느라 더 쉴 틈이 없다. 또 평일은 다들 밖에서 활동을 하니 집안이 크게 어질러지지 않아 치울 것도 많이 없는데, 주말에는 온 가족이 집에 다 옹기종기 모여 있다 보니 먼지도 더 많이 나고 쓰레기도 많이 생겨서 가족들 뒤꽁무니 쫓아다니며 온종일 힘들게 치워야 한다. 맞다. 정말 그러하다. 엄마라는 직업은 1년 365일 하루도 쉴 수 없는 극한직업인 것이다.

이렇다 보니 엄마라는 직업은 우울증을 유발하기도 한다. 극도로 피곤하다 보면 마음의 면역력이 떨어져 일종의 마음의 감기인 우울증에 걸리는 것이다. 엄마가 우울증에 걸리면 가족들은 모두 불행해진다. 남편도 아이들도 엄마의 우울증에 전염되어 집안 분위기가 무겁게 가라앉는다. 이런 상황을 방지하기 위해서라도 엄마에게는 휴가가 필요하다. 가족들에게서 벗어나 오롯이 자기 몸 하나만 생각할 수 있는 시간을 반드시 가져야 한다.

나는 아이를 낳은 첫해부터 남편에게 '엄마휴가'를 받아왔다.

벌써 십 년이 넘었으니 엄마휴가라는 분야에서 나는 선구자에 가깝다. 1년에 한 번씩 2주간의 휴가를 받아서 혼자 홀연히 여행을 떠났다. 미국에 살고 있는 친구 집도 찾아가고, 평생 동경하던 뉴욕의 브로드웨이에 가서 뮤지컬 〈맘마미아〉와 〈오페라의 유령〉도 보았다. 대학생들이 배낭여행으로 많이 가는 유럽에도 갔다. 경비를 최대한 아끼기 위해 경유는 필수인 저렴한 외국 항공사를 이용하였다. 뉴욕까지 가는 중에 대만과 알래스카를 경유했더니 2박 3일이 걸렸다. 숙식비를 아끼기 위해 8인실의 게스트하우스를 이용하고, 그곳에서 무료로 제공하는 아침을 먹고, 점심은 길가 푸드 트럭에서 치즈 베이글 한 쪼가리와 커피를 사 먹으며 때우고, 저녁은 다시 게스트하우스에 돌아와 장을 봐온 재료로 만들어 먹었다. 궁상처럼 보일 수도 있겠으나 나에게는 행복이었다. 내 인생은 엄마에서 끝날 줄 알았는데 그토록 가보고 싶었던 곳들을 여행할 수 있다는 사실에 너무 행복했다. 온전히 내 몸 하나만 생각하며 먹고 마시고, 혼자 조용히 여행지의 정취를 마음껏 음미할 수 있는 시간은 그야말로 인생 최고의 순간이었다.

하지만 그렇게 혼자만의 시간을 일주일 정도만 보내고 나면 고독이라는 녀석이 어김없이 찾아왔다. 낯선 나라에서 낯선 사람들 틈에 정처 없이 떠돌고 있는 내 존재가 서글프게 느껴졌다. 가족들과 있을 때의 북적북적한 시끄러움과 정신없는 시간들이 그리워졌다. 여행을 통해 그처럼 절대적인 고독을 맞보게 되면

서 가족들의 소중함을 절로 깨달았다. 그렇게 집에 돌아오면 육아의 고충으로 너덜너덜해지고 얼룩졌던 이전의 마음은 온데간데없이 사라지고 첫눈처럼 하얗고 뽀송뽀송한 새로운 마음으로 가족들을 대할 수 있었다. 그러고서 또다시 가족들을 돌보느라 힘겨운 시간이 찾아오면 마음속에 간직해둔 지난 2주간의 휴가를 되새기며 그 순간들을 이겨내는 힘을 얻는다. 2주간의 '엄마휴가'는 1년이라는 엄마로서의 복무기간(?)을 무너지지 않고 잘 버티게 해주는 치유의 시간인 것이다.

꼭 2주가 아니어도 좋다. 1년에 일주일, 아니 단 3일이라도 엄마휴가의 시간을 가질 수 있기 바란다. 남편이 봐줄 수 없다면 가사도우미 아주머니라도 고용해서 꼭 그러한 시간을 가져라. 그리고 철저하게 이기적이 되어 그 시간에는 나 자신만 생각하라. 내가 하고 싶은 것만 하고 내가 먹고 싶은 것만 먹어라. 가급적 그때는 가족들에게 전화도 하지 말기를 권한다. 나만을 위한 엄마휴가는 나 자신을 엄마라는 자리에서 더 오래 행복하게 버틸 수 있도록 해줄 것이고, 내 가족들에게도 두루두루 행복의 기운을 전하게 될 것이다.

6

·

기동력을 확보하라!

초등학교 때 매우 친하게 지내던 동네 친구가 있었다. 매일같이 우리 집이나 그 친구 집에서 인형놀이를 하며 놀았었다. 어쩌다가 오랜만에 연락이 닿아 그 친구가 결혼해 대구에서 살고 있다는 것을 알게 되었다. 때마침 평일에 쉬는 날이 있어 그 친구를 만나러 운전을 해서 대구로 찾아갔다. 어릴 적 친했던 친구를 다시 만나게 되어 너무 기쁜 나머지 아파트 복도에서 서로 부둥켜안고 소녀처럼 팔짝팔짝 뛰었다. 그렇게 재회의 기쁨을 나누고는 친구의 집으로 들어가 차를 마시며 이야기보따리를 풀어 나가기 시작했다.

친구의 남편은 컴퓨터 관련 직업 종사자이고 아침 8시에 출근해서 저녁 8시에 퇴근해 들어온다고 했다. 그 친구도 나처럼 아이가 둘이라고 했다. 첫째는 네 살 남자아이고 둘째는 세 살 여자아이란다. 둘 다 9시에 어린이집에 가서 4시 반이 되어야 돌아온다고 했다. 그럼 그동안 무얼 하며 시간을 보내느냐고 물었더니 친구가 말하길 그냥 텔레비전을 보며 누워 있다는 것이다. 체력이 약해 아이 둘 키우기가 너무 힘들어서 그때 쉬어줘야 한다고 했다. 몸이 허약해서 둘째 아이도 7개월 만에 조산을 했다고 한다. 친구는 딱 보기에도 매우 마르고 핏기가 없어 보이는 게 피부색이 건강해 보이지 않았다.

나는 친구에게 운동을 다녀보면 어떻겠냐고 했다. 나도 한때 아기 낳고 무척 허약해져서 1년에 몇 차례씩 병원신세를 졌었는데 운동을 하고 나니 다시 건강해졌다고 말해주었다. 그랬더니 자기도 그러고 싶지만 집 근처에는 운동 시설이 딱히 없어서 차를 타고 이동해야 하는데 기운이 없어 버스를 타고 오갈 자신이 없단다. 차를 사는 게 어떻겠냐는 얘기도 해보았다. 나도 처음에 4백만 원 주고 소형 중고차를 사서 운전하고 다녔었다고. 생각 외로 저렴한 가격에도 살 수 있는 차가 많이 있다고 말해주었다. 그러자 친구는 안 그래도 차가 있으면 좋겠다고 생각하던 참이라고 했다. 아이가 아프거나 해서 병원엘 가려고 해도 남편이 퇴근할 때까지 엄두도 못 낸다는 것이다. 집이 변두리라 걸어서 갈 수 있는 곳에는 소아과가 없어 차를 타고 병원으로 이

동해야 하는데 어린아이 둘을 데리고 대중교통을 이동하기란 너무 버겁다고. 그래서 남편이 올 때까지 하염없이 기다리고 있어야 한다고 했다. 또 주말이면 자신은 아이들과 밖으로 나들이를 가고 싶은데 남편은 그간 쌓인 피로를 푼다고 하루 종일 소파에 누워 텔레비전을 보고 싶어 한다는 것이다. 남편 차는 오토가 아니라 운전할 수 없으니 차를 몰고 나가고 싶어도 못 나간단다. 남편한테 차를 사달라고 말해봤지만 돈이 없다면서 사줄 수가 없다는 것이었다.

나는 친구에게 자전거라도 한 대 사라고 했다. 자전거를 타고 근방에 있는, 국가에서 운영하는 저렴한 회비의 수영장을 매일 다니라고 말했다. 아직 젊은데 애들 다 어린이집 보내놓고 그렇게 누워서 시간만 보내지 말고 다른 일을 할 수 있도록 일단 체력부터 키우라고 했다. 체력을 키운 다음 아르바이트라도 해서 무조건 차를 사라고 했다. 차를 사고 나면 아침에 아이들 어린이집 보내고 국가에서 운영하는 직업훈련센터에 다니라고 말했다. 공부하고 와서는 운동도 계속해나가라고 했다. 하지만 친구는 아직은 힘들어서 안 되고 나중에 애들이 더 크면 그렇게 하겠다고 말했다.

내가 보기에 친구는 우울증과 무기력증에 빠져 있는 것 같았다. 꽉 채운 쓰레기봉투가 집 앞 복도에 대여섯 개나 쌓여 있었다. 그 친구에게는 쓰레기 봉지조차 가져다 내놓기 힘든 것이었다. 아무리 아이가 둘 있다고 하지만 집안도 너무나 어수선했

다. 친구 말로는 체력이 너무 약해서 진공청소기 돌리기조차 힘들단다. 그래서 남편이 열두 시간을 근무하고 퇴근해 돌아와서 청소기를 돌리고, 하루 종일 쌓인 설거지까지 하면서 엄청 짜증을 낸다고 한다. 주말에는 친정 부모님이 일주일치 먹을 반찬을 만들어 갖다주신다고 했다. 애들이 어린이집에 갔다 오면 책을 읽어준다든가 산책을 하는 등의 활동은 전혀 하지 않고 텔레비전이나 보면서 남편이 오기만을 기다린다는 것이었다.

친구는 자기 역할을 하지 못하고 있었다. 그래서 주변 사람들을 힘들게 하고 있었다. 그런데 문제는 친구가 그런 상황을 헤쳐나갈 생각을 전혀 하고 있지 않다는 점이었다. 이것은 이것 때문에, 저것은 저것 때문에 할 수 없다고 변명만 하고 있었다. 서서히 뜨거워지는 물속에서 자신이 죽어가는 줄도 모르는 개구리처럼 친구 역시 주어진 상황에 안주해버리는 것 같아 너무 속상했다. 진심 어린 조언을 해주었건만 무기력증에 젖어 기약할 수 없는 '내일'로 모든 걸 미루려는 친구의 반응에 다소 못된 말을 쏟아내고 집으로 돌아왔다. 행복해 보이지 않는 친구의 모습과 표정들이 떠올라 돌아오는 내내 마음이 쓰렸다.

그러고서 몇 달이 지나 친구의 카톡 프로필을 봤더니 귀여운 핑크색 소형차가 찍혀 있었다. 연락을 해보니 드디어 차를 샀다고 한다. 아침에 아이들을 어린이집에 보낸 뒤 자기는 수영장도 다니고 평일에 애들 태우고 근처 공원으로 산책도 나간다고 했다. 예전에는 사람을 만나러 나가기도 귀찮아서 집에만 틀어박혀 지냈는데 요즘은 차가 있으니 사람들과 어울려 가끔 식사도 함께 한다고 했다. 왜 진작부터 이렇게 살지 않았는지 모르겠다며 너무 좋단다. 친구의 말에 내 일처럼 기뻤다. 아니 내 일보다 더 기뻤다. 친구는 내가 다녀가고 생각을 많이 해봤다면서 자신이 너무 나태하게 살고 있었던 것 같다고 했다. 그래서 남편에게 차를 사고 싶다고 말하며, 운동을 하면서 체력을 길러 집안일도 열심히 하고 아이들도 열심히 키우겠다 약속했다고 한다. 계속되는 요청에 남편은 결국 중고차를 사준 것이다. 그 후 밝고 쾌활해진 자기 모습에 남편이 무척 좋아하면서 차를 사준 것을 만족해한다고 했다.

엄마가 되면 누구보다 차가 필요하다고 생각한다. 엄마는 항상 멀티태스킹을 해야 하는 존재이기 때문이다. 아이들을 돌봐야 하고 집안일은 물론 직장이 있다면 회사 일까지 해야 한다. 그래서 늘 시간에 쫓긴다. 그런데 차가 없다면 동시에 여러 가지 일을 하기에 더욱 바쁘고 힘들어진다. 그러면 삶에 지쳐 무기력해지고 우울해지기까지 하여 끝내는 모든 걸 다 놓고 싶어 할 수도 있다.

친구들 가운데 남편을 따라 원주에 가서 살고 있는 전업주부가 있다. 그 친구는 두 살짜리 여자아이를 낯선 타지에서 키우고 있는 상황이지만 전화 통화를 할 때면 늘 즐겁다고 얘기한다. 아침에 남편을 출근시키고 집안일을 어느 정도 해놓은 다음 아이를 차에 태워서 늘 집 밖으로 나간단다. 매일매일 공원이나 수목원, 동물원 등을 돌아다니며 산책을 한다. 통통한 친구였는데 덕분에 살도 많이 빠졌다고 한다. 친구는 아이와 그렇게 산책을 하며 여유 있게 지내는 것이 너무나 좋단다. 아이가 좋아하는 모습을 매일 휴대폰 카메라에 담는 것이 행복하다고 한다. 친구의 남편은 타지에 와서 적응하기 힘들어하는 아내를 위해 자신의 차를 기꺼이 내주었다고 한다. 자신은 회사 셔틀버스를 타고 다니고…… 덕분에 친구는 여기저기 돌아다니며 새로운 환경에 적응할 수 있게 되었고, 지금은 친구와 남편, 아이까지 다들 매우 행복한 상태이다.

기동력은 엄마에게 정말 중요하다. 전업주부라 집에만 있는데 왜 차가 필요하냐고 말하는 남편들에게, 회사에 가서 일만 할 거면서 왜 차를 가져가느냐고 되물어보고 싶다. 그리고 역할을 바꿔 엄마 체험을 시켜주고 싶다. 아이가 갑자기 아파서 병원에 가려면 대중교통을 이용해야 하는데, 아이를 안거나 유모차를 끌며 대중교통을 이용하는 것이 얼마나 힘든 일인지 알게 해줘야 한다. 아이가 좀 커서 걸어다닌다 해도 대중교통을 이용하기란 쉽지 않다. 살림을 하는 데 있어서도 차가 없으면 힘든 일이 아주 많다. 마트나 시장에 가서 장을 본 뒤, 차가 없으면 그 무거운 장바구니를 들고 집까지 걸어오기는 쉽지 않다. 공과금을 내거나 관공서에 가서 일처리를 해야 할 때 대중교통을 이용하다 보면 체력적으로 너무 지쳐 다른 집안일을 하는 데 차질이 생긴다. 아이들이 학교 갔다 돌아와도 밥 차려줄 기운조차 없다. 차가 없으면, 주말에 아이들과 나들이가고 싶어 하는 엄마들은 한 주일의 업무에 지쳐서 주말만큼은 시체놀이를 하고 싶은 남편들과 부딪칠 일도 많아진다.

그러니 엄마들이여! 기동력을 확보하자! 아르바이트라도 하여 중고 소형차를 사든지 남편의 차를 뺏든지 어떤 방법이든 좋다. 그것이야말로 행복한 엄마가 되는 첫걸음이다. 지금 당장 기동력을 확보해서 내 삶의 통제력을 회복해보자.

7

주 1회는 엄마도 쉬는 날을 갖자!

일요일, 모처럼 늦잠을 즐긴다. 평일엔 6시 전에 일어나서 음식도 만들어야 하고, 집안일도 해야 하는 등 할 일이 많지만 일요일은 그렇지 않다. 자고 싶은 만큼 늘어지게 잔다. 9시까지, 때로는 10시까지 일주일 동안의 밀린 잠을 푹 자고 일어나면 몸이 개운하니 일단 세상이 아름다워 보인다. 이유 없이 기분이 좋다. 나는 수면에 영향을 많이 받는 사람이라서 잠을 못 자면 만사가 다 귀찮고 짜증이 난다. 평일에는 엄마라는 책임감으로 그 고됨을 버티다가 일요일이 되면 회복의 시간을 갖는다. 예전에 어떤 신문기사에서 본 적이 있는데 평소 수면 부족에 시달리다가 휴일 동안 밀린 잠을 자주는 것도 건강에 이롭다고 한다. 그래서 나는 일요일엔 정말 아무것도 신경 쓰지 않고 자고 싶은 만큼 푹 잔다.

애들 밥은 어떡하고 자느냐고? 나의 편안한 일요일을 위해서 미리 음식을 준비해둔다. 우유와 시리얼, 빵이나 쿠키 같은 베이커리 류, 바나나와 귤, 사과처럼 깎지 않고 바로 먹을 수 있는 과일, 삶은 달걀 등등. 한국 사람이 밥을 먹어야지 그런 음식을 먹으면 어떡하느냐고 말하는 이들도 있을 것이다. 일주일에 하루쯤 그런 음식을 먹어도 괜찮다. 서양 사람들은 매일 그렇게 먹고 살아도 건강하기만 하다. 그리고 매일 밥만 먹고 산다면 아무리 7첩 반상을 차려준대도 질리기 마련이다. 일주일에 한 번 이러한 식단으로 먹는 것을 싫어하는 아이들은 아마 없을 것이다. 남편들도 대체적으로 애들 입맛과 비슷해서 마찬가지로 싫어하지 않을 것이다.

아침 준비를 안 해도 되기에 실컷 자고 일어나서 샤워를 하고 좋은 컨디션으로 아이들과 바람을 쐬러 밖으로 나간다. 박물관이나 공원에 가거나 목욕탕이나 온천에 가서 시간을 보낸 후 집으로 돌아오는 길에 식당에 들러 식사를 한다. 그렇게 외식을 하고 집에 와서는 각자. 개인 시간을 갖는다. 혹여 배가 고픈 사람은 아침에 먹다 남은 음식들을 또 먹으면 된다. 나는 일찍 샤워를 하고 침대에 누워서 읽고 싶은 책을 읽으며 일요일의 남은 시간을 만끽하다가 단잠에 든다.

친하게 지내는 지인 한 분이 계시는데 고등학생 자녀와 중학생 자녀를 둔 그분은 토요일과 일요일이 정말 힘들다고 했다. 주말이 아예 안 왔으면 좋겠다고 할 정도다. 아이들과 남편이 주말엔 거의 밖으로 나가지 않는단다. 가족 모두가 삼시세끼를 다 집에서 먹기에 아침 점심 저녁 세 번 밥상을 차렸다가 치우고 나면 하루가 다 간다고. 또 다들 집에 있다 보니 평소보다 청소할 게 많아 청소기를 하루에도 몇 번 돌려야 하는지 모른다고. 빨래거리도 눈에 밟혀서 그날은 애들 운동화와 가방 등을 세탁하느라 또한 하루 종일 바쁘다고 했다. 주말이 지나야 가족들을 밖으로 내보내고 자기가 좀 쉴 수 있기에 어서 월요일이 오기를 기다린다는 것이었다.

월요일이 된들 이분이 과연 쉴 수 있을까? 월요일에도 아침 일찍 일어나 가족들의 식사를 준비하고 아이들을 학교에 보내야 할 것이다. 청소나 빨래 같은 집안일도 평일이라 한들 쉴 수 없다. 하루도 쉬지 않고 매일 일을 해야 하는 것이다. 그런데 일주일 가운데 주말 하루도 쉬지 않고 계속 일을 한다면 몸과 마음이 고단함에 지칠 수밖에 없다. 그러다 보면 인생이 서글퍼지고 자신이 불행하다 여겨질 터이고.

성경책에도 나오지 않는가? 하나님께서 이 세상을 창조하시고 마지막 날에는 쉬셨다고. 신의 섭리 또한 그러한데 하루도 쉬지 않고 일하는 건 결코 옳지 않다. 회사를 다니는 직장인들도 주말 이틀 동안은 쉬고, 자영업을 하시는 분들 또한 삶의 질을 높이기 위해 일요일에는 영업을 하지 않고 주 1회 휴식을 즐긴다. 그런데 이처럼 모든 사람들이 주 1회 이상 누리는 쉬는 시간을 왜 엄마들에게는 허락하지 않는 것인가!

일의 능률을 높이기 위해서라도 주 1회 쉬는 시간을 가져야 한다. 예전에 하고 싶은 공부가 있어서 하루도 쉬지 않고 공부만 한 적이 있다. 2주일을 넘어가니 슬슬 지쳐갔다. 휴식 시간이 없다 보니 스트레스가 쌓이고, 그것을 해소하지 못하니 기분이 점차 우울해졌다. 나중에는 공부에 집중이 되지 않았고, 딴짓을 하기 시작했다. 점차 일부러 핑계를 대고 공부를 회피하며 다른 일들을 했다. 나중에는 책상 앞에 앉기조차 싫어졌다. 그러고는 결국 공부를 그만두게 되었다. 다들 이런 경험을 한 번씩 해본 적이 있을 것이다. 그때 나는 깨달을 수 있었다. 휴식의 필요성에 대해서 말이다. 쉬는 날은 정말 아무것도 안 하고 푹 쉬어줘야 한다. 아이들이 보는 만화영화 〈짱구는 못 말려〉에 나오는 시체놀이를 해줘야 한다. 그래야 다시 일을 시작할 때 활기찬 몸과 마음으로 새롭게 임할 수 있다. 실컷 놀았으니까 이제 다시 열심히 해보자 하는 마음이 저절로 샘솟는다.

아이들이 아직 어려서 쉴 수가 없다고 말하는 사람들도 있을 것이다. 세상에는 창의력과 융통성을 발휘하면 안 되는 게 없는 법! 아이들이 어려도 다 방법이 있다. 남편과 교대로 안식일을 실천하면 된다. 예를 들면, 남편은 토요일, 엄마는 일요일에 각자의 안식일을 갖는다. 각자의 안식일에는 육아나 요리, 청소, 빨래 등은 일체 하지 않는다. 쉬는 날에는 친구도 만날 수 있도록 한다. 실제로 이렇게 실천하는 부부를 본 적이 있다. 그들은 이러한 방식에 매우 만족하면서 내게 권하기까지 했다. 아내가 아이를 낳고 나서 친구들 만날 기회도 없고, 아이와 분리된 자기 생활도 없고, 하루도 쉬는 날이 없어 창살 없는 감옥에 갇힌 것 같은 기분을 느꼈다고 한다. 그래서 산후 우울증도 오고 결혼 생활에 대한 만족도가 무척 떨어졌었는데 그런 아내의 마음을 헤아린 남편이 먼저 아내를 배려해 일주일에 하루만큼은 완전한 휴식을 주었다고 한다.

아내 역시 고마운 마음에 일주일 동안 일하느라 고생한 남편에게도 온전히 쉴 수 있도록 똑같이 하루의 안식일을 주었다고 한다. 그간 아내의 눈치가 보여서 주말에 친구들 만날 생각도 못했다는 남편 또한 이제 마음 편히 친구들을 만나고 들어올 수 있어서 너무나 만족스럽단다. 주말에 이렇게 하루는 푹 쉴 수 있으니 평일에 수행하는 일의 능률이 높아짐은 물론 궁극적으로 두 사람 다 삶의 질이 높아지고 결혼생활에 대한 만족도가 커졌다고 한다. 서로에 대한 배려에서 얻은 값진 결과다. 부부가 둘이 꼭 같이 있어야만 사랑이 더 깊어진다고 생각하진 않는다. 서로 떨어져 있어도 상대가 무엇을 원하는지 파악하고 서로를 진심으로 배려하는 것이 진정한 사랑이라 생각한다. 주말에는 부부가 꼭 붙어 있어야 한다는 고정관념을 버리자.

육아는 상당히 오랜 기간 달려야 하는 장거리 레이스다. 중간에 지쳐서 나가떨어지지 않으려면 페이스 조절이 필요하다. 주말에 가족들에게 맛있는 것도 많이 만들어주고 더 잘해주면 좋겠지만, 미안하지만 엄마는 로봇이 아니다. Human-Being, 다시 말해 살아있는 생물인 인간이다. 다른 가족 구성원들처럼 살아있는, 숨 쉬는 생물체이기 때문에 모든 생물이 그러하듯 힘든 노동 뒤에는 달콤한 휴식이 필요하다. 엄마는 엄마라서 그래도 되는 줄 알았다며 주말에도 엄마가 밥 차리고 치우는 것을 당연하게 생각하지 마라. 엄마도 그래서는 안 된다. 일주일에 하루는 완전한 휴식을 취해야 한다.

모든 가족들에게 선포를 해라. 주말 이틀 중 하루는 엄마에게도 휴일이 필요하다고. 아이들이 아무리 어리다고 해도 그 아이들 또한 쉽게 설명하면 충분히 이해할 수 있다. 엄마는 쇠로 만들어진 로봇이 아니며 인간이기 때문에 하루는 쉬어주어야 한다고. 기계를 쉴 새 없이 계속 돌리면 쉽게 망가지는 것처럼, 엄마가 쉬지 않고 계속 일하면 엄마 몸도 고장이 나서 병에 걸리게 된다고 말해라. 그리고 쉬는 날 아침에는 엄마를 절대 깨우지 말라고 말하라. 누가 방해할 것 같으면 아예 방문을 잠그고 수면을 취해도 좋다. 아이들에게 너무 냉정한 것 아니냐고 말하는 사람도 있겠지만 그래도 어쩔 수 없다. 엄마가 적어도 주 1회는 숙면을 취해서 신체적으로나 정신적으로 건강할 수 있다면 그것이 장기적으로 모든 가족에게 가장 좋은 일이기 때문이다. 엄마 방

문이 잠겼다고 아이가 잠시 울어도 괜찮다. 좀 지나면 아이도 주 1회 엄마의 안식일에는 엄마 방문이 잠겨 있다는 사실을 자연스레 알게 되고 곧 그 상황에 적응하기 마련이다. 그러면 더 이상 울지 않을 것이다. 그러니 마음 약해지지 말고 일주일의 하루는 꼭 늦잠을 자며 숙면을 취해라.

안식일 전날 밤엔 다음 날 가족들이 먹을 수 있는 음식을 준비해놓아라. 아침은 빵, 과일, 우유, 점심은 컵라면이랑 삶은 달걀을 먹어도 괜찮다. 그리고 한 끼는 배달시켜 먹거나 외식을 해라. 그날 하루는 음식을 아예 만들지 마라. 일주일에 하루쯤은 정크 푸드만 먹어도 괜찮다. 마지막으로 그날은 청소나 빨래도 절대 하지 마라. 다른 날 해도 충분히 생활이 가능하고 아무 문제없으니 그날만큼은 제발 일하지 마라. 엄마의 안식일에는 씻는 것을 제외하고 손에 물 한 방울 묻히지 마라. 지금 육아나 가사에 지쳐 우울증에 빠져 있다면 이 방법을 꼭 실천해보기 바란다. 나의 삶이 더욱 아름다워질 것이다.

3장

나쁜 엄마의 처세법

1

애보다 남편한테 잘해줘라!

나는 남편과 팔짱을 끼거나 손을 잡고 데이트하는 것을 즐긴다. 함께 공원을 산책하고, 쇼핑을 다니고 맛있는 식사를 하거나 예쁜 커피숍에서 커피 마시기를 좋아한다. 술을 좋아하는 남편을 위해 가끔씩 집 근처 호프집에서 생맥주 마시는 데이트를 하기도 한다. 우리는 결혼 12년차 부부다. 남들이 말하기를 아직도 우리 둘은 부부가 아니라 연인 같다고 한다. 지금은 무척 사이가 좋지만 이런 우리도 한때 힘든 시절이 있었다. 결혼한 지 5년 정도 지났을 무렵 서로에게 너무 편해진 나머지 권태기가 찾아왔다. 그때는 하루가 멀다 하고 부부싸움을 했다. 운전하다가 말싸움이 격해져 애들 앞에서 서로 머리를 때리며 싸운 적도 있었다. 결국은 화가 몹시 난 남편이 집에서 한 시간도 넘게 떨어진 도로에서 무작정 내렸다. 그리고 집까지 걸어서 돌아왔다.

정말 부끄러운 얘기지만 아이들 앞에서 몸싸움을 격렬하게 한 적도 있었다. 남자와 싸우니 당연히 힘에 부쳐 화가 난 내가 이번에는 집을 나왔다. 세상에 태어나 처음으로 가출을 감행한 것이다. 울면서 아직 결혼하지 않은 친구 집에 찾아가 친구를 붙잡고 속상한 마음을 하소연하다가 그대로 잠들었다. 자고 일어났더니 남편에게서 문자가 와 있었다. 잘못했다고, 아이들이 기다리니 돌아오라고. 아이들 걱정에다 남편의 반성에 유유히 집으로 돌아갔었다. 이렇듯 우리 부부도 처음부터 순탄한 평지만을 걸어왔던 것은 아니다. 우리 부부 관계에도 일종의 오르막길이 존재했었다.

생각해보면 그때 나는 남편보다 아이들을 더 우선시하였다. 대부분의 엄마들이 그러하듯 매사 남편보다는 아이들을 중심으로 생활했다. 어쩌겠는가. 우리는 이기적 유전자들인 것을. 아무래도 피 한 방울 안 섞인 남인 남편보다는 내 피와 살을 나눠준 내 새끼가 더 애정이 간다. 아빠들이 엄마보다 아이들에게 더 잘해준다면 대부분의 엄마들은 내가 낳은 자식을 남편이 예뻐해주고 잘해주니 기분이 좋아진다. 엄마는 더 성숙한 고등동물이기 때문이다. 하지만 남편은 그렇지가 않다. 아내가 자신보다 아이들을 더 배려해주고 사랑해주게 되면 이 동물(?)은 아이들에게 질투를 하고 엄청나게 서운해한다. 서운해하기만 하면 다행인데 극단적인 경우 자기를 가장 사랑해줄 다른 여자를 찾아 떠나기도 한다.

아이가 생기면 오히려 바람을 피우는 남자들이 많다고 한다. 남자들 세계에서 발생하는 애정견픔으로 비롯되는 증상이다. 그렇기에 우리 엄마들은 이러한 남자 동물들의 습성을 잘 이해하고, 설사 속으로는 내 새끼가 더 예쁘고 소중할지라도 겉으로는 절대 티를 내서는 안 된다. 그 당시에는 이러한 사실을 잘 몰랐다. 나는 남자도 여자처럼 성숙한 고등동물(?)일 거라 생각했다. 하지만 그렇지 않았다. 남편은 아이들에 대한 질투를 온몸으로 표현했다. 나에게만 표현하면 괜찮은데 자꾸 아이들한테 해코지 아닌 해코지를 해대니 그걸 볼 때마다 속에서 천불이 났다. 당연히 부부싸움이 끊이질 않았다. 남자라는 동물의 속성을 잘 파악하지 못한 결과였다. 다행히 어느 날 남편의 그런 감정을 알게 되었고, 그 이후로 애들은 뒷전인 척하고 남편에게 더 잘해주는 척을 했더니 남편의 기분도, 부부 사이도 함께 좋아졌다.

아내는 남편에 대해 잘 알고 있다는 오해를 종종 한다. 그리고 아빠들도 엄마들처럼 성숙할 것이라고 생각한다. 물론 간혹 그런 감수성이 풍부한 남자들도 있겠지만 대부분은 그렇지가 않다. 남자들은 아이들 대하듯 다루어야 한다. 마음에 안 드는 행동을 하더라도 화내지 말고, 칭찬으로 움직이게 만들어야 한

다. 남자들은 생각보다 단순한 동물이다. 그래서 남자의 몇 가
지 특성만 알면 내 맘대로 조종이 가능하다. 다음은 본래 자상하
지 않았던 남편을 지난 12년간 남들에게 칭찬받는 자상한 남편
으로 변화시킨 나만의 노하우다. 잘 적용하면 원만한 부부관계
에 도움이 될 것이다.

1) 작은 일이라도 다른 사람 앞에서 격하게 칭찬해주기

나이가 많든 적든 모든 남자들은 칭찬에 약하다. 자신의 목숨까지도 걸게 한다. 여자들도 칭찬을 받으면 좋지만 절대 남자만큼은 아니다. 이러한 남자들의 특성을 공략하면 된다. 일단 남편에게 설거지나 청소 같은 것을 부탁하라. 그리고 부부 모임이나 남편을 아는 사람들이 모여 있는 장소에서 남편이 해준 일을 과장하여 칭찬하라. 우리 남편처럼 가정적이고 자상한 사람은 없다, 나는 다시 태어나도 우리 남편과 결혼할 것이라고. 그럼 '게임 끝!'이다. 이제 남편은 아내가 도움을 요청하는 어느 순간이라도 아내를 위해 로봇청소기처럼 일하기 시작할 것이다. 허나, 꼭 기억하라. 그때 남편의 도움을 당연하게 받아들이지 말라. 계속 칭찬을 해줘야 한다. 정말 고맙다고, 사랑한다고 말하라. 무뚝뚝했던 남편은 이제 애처가의 반열에 오를 것이다.

2) 서로 존댓말 사용하기

남편과 서로 존댓말을 사용하자. 설사 남편이 그렇게 하지 않더라도 먼저 남편에게 존댓말을 사용하라. 나는 이 방법을 쓰고서 남편과의 싸움이 90퍼센트 이상 줄어들었다. 부부가 서로에게 편해지다 보면 조금만 감정 상하는 일이 생겨도 너무 가깝다 보니 쉽게 막말이 나오게 된다. 부부는 연인과 달리 생활공동체이기 때문에 부딪힐 일이 더 많다. 경제적인 어려움까지 맞닥뜨리면 걷잡을 수 없는 말들을 서로에게 쏟아낼 수 있다. 말은 참 큰 힘을 가졌다. 서로 존댓말을 사용하면 약간의 거리감이 생기면서 서로에게 함부로 대할 수 없게 된다. 거칠게 나올 말도 뇌를 거쳐서 한번 순화되어 나오기 때문에 소리 지르고 싸울 일이 없어진다. 그리고 부부 사이에도 연인처럼 밀당이 필요하다. 존댓말을 쓰면 거리감이 생기면서 서로에 대해 정체 모를 신비주의 감정도 생긴다. 내 거지만 내 거 같지 않은 그런 느낌이랄까? 남자들의 이상형이 낯선 여자라니 낯선 느낌이 모두 나쁜 것은 아니다. 부부끼리 서로 존댓말을 사용해보자.

3) 강요는 NO, 동정에 호소하기

집안일을 돕고 육아를 거들어주는 것을 남편에게 절대 강요하거나 윽박질러서는 안 된다. 윽박지르지 않더라도 남편으로 하여금 결코 지시받는 느낌이 들게 해서는 안 된다. 남자라는 동물의 특성상 지시받는 느낌이 들면 빗나가려 하고 말을 듣지 않는다. 남자는 자존심으로 똘똘 뭉친 동물이다. 핵존심을 지키는 것이 그들의 생존 이유다. 그런 남편에게 아내가 마치 집안에서 보스인 것처럼 지시를 내리고 마음대로 조종하려 한다면 오히려 반발심을 불러일으키게 될 뿐이다. 속으로는 원수 같은 인간이라 밉고 존경의 마음 또한 없을지언정, 항상 남편이 존경받는 느낌이 들게 해야 한다. 그래야 남편의 자존심을 지켜줄 수 있다. 남편에게 뭔가 바라는 일이 있으면 정중하게 부탁하라. 한번 말해서 안 듣는다고 언성을 높이면 절대 안 된다. 당신이 그것을 안 해줘서 힘들다고 그저 조용히 슬픈 표정을 지으면 된다. 소리 지르고 잔소리를 퍼부어대기보다는 악어의 눈물이라도 흘려서 마음을 전달하라. 이 방법은 소리 지르고 잔소리를 줄줄 늘어놓는 것보다 단연코 백배 이상의 효과가 있다. 남자들은 여자들이 아무리 잘못을 지적해주어도 자기가 그렇게 생각하지 않으면 절대 자기 잘못을 받아들이지 않는다. 스스로 반성하는 사고를 거치게 해야 한다. 남자는 생각보다 책임감이 강한 동물이다. 자기 여자가 힘들어하는 모습은 그들에게 엄청난 고통이다. 그러면 스스로 반성을 하고 자기 행동을 수정하게 된다. 이러한 특성을 이용하여 남편을 컨트롤하라.

4) 원더우먼은 NO, 연약한 척하기

엄마는 세상의 그 어떤 존재보다 강한 생명체이다. 특히 한국 아줌마는 세계 최강이라고 불리는 존재들이다. 하지만 남편 앞에서 그걸 드러내서는 안 된다. 한없이 연약한 척을 해야 한다. 남편 없이도 뭐든지 다 할 수 있는 원더우먼으로 보여서는 절대 안 된다. 설사 할 수 있는 일일지라도 못하는 척해야 한다. 그래야 남편은 내가 이 여자에게 꼭 필요한 존재구나 생각하고 이 여자를 곁에서 꼭 지켜주고 도와줘야겠다는 생각을 갖게 된다. 아내가 남편 없이도 뭐든 다 할 수 있는 원더우먼으로 변하는 순간, 남편은 어느 성 안에 갇혀 자신의 도움을 갈구하는 공주를 찾아 떠나게 된다.

5) 자주 스킨십 해주기

남자들은 여자들보다 외로움을 더 많이 탄다. 그래서 수시로 사랑받고 있다는 느낌을 만들어주어야 한다. 여자들이 청각에 민감한 동물이라면 남자들은 촉각에 예민한 동물들이다. 그래서 자주 어루만져주어야 한다. 그래야 쓸쓸해하지 않는다. 자기의 그러한 감각의 결핍이 해소되어야 가족에게 잘해줄 수 있다. 남편을 외롭게 만들어서는 안 된다. 내 속으로 낳은 나의 첫 번째 아이라고 생각하며 하는 짓이 밉더라도 자주 쓰다듬어주자. 또한 남자들은 음담패설을 즐긴다. 아닌 사람들도 있겠지만 대다수의 남자들이 그러하다. 듣기에 거북하고 상스러운 음담패설을 건넬지라도 인상을 쓰거나 해서는 안 된다. 나도 처음에는 남편이 그런 말을 할 때 정말 너무 싫었다. 저질스러워 보이고 징그럽기까지 했다. 하지만 우리는 엄마다. 엄마는 인내해야 한다. 우리가 그러한 남편의 욕구해소를 위한 말들을 들어주지 않으면 밖에 나가서 그 욕구를 풀려고 할 것이다. 그러니 평생 사춘기인 아들을 뒀다 생각하고 웃으면서 받아주도록 하자.

2

화내지 말고, 무시해라!

　나는 내 에너지를 낭비하는 것을 좋아하지 않는다. 특히 누군가에게 화내는 것을! 화를 내고 나면 속이 후련하기보다는 그렇게 화를 낸 뒤엔 감정적으로나 육체적으로 더 힘들어진다. 평생 남으로 지내왔던 사람, 나와 전혀 다른 색깔을 지닌 남편과 살면서 그런 사실을 깨달았다. 내 속으로 낳은 자식들을 키우면서도 마찬가지였다. 아이들에게 화를 내는 것은 교육적으로 좋은 효과를 내지 못한다는 것을 알게 되었다. 감정의 날을 세우고 화를 내면 관계만 악화될 뿐이다.

　남편은 앞에서도 말했듯 핵존심을 가진 '남자'라는 생명체다.

그 개체들은 여자들과 다르다. 오죽하면 '화성에서 온 남자, 금성에서 온 여자'라는 책 제목이 있을까. 남자들은 여자들이 아무리 듣기 좋게 조곤조곤 설명을 잘 해줘도, 혹은 내가 왜 화가 났는지 그 이유를 설명해주어도 자기 잘못을 스스로 인정하지 않는 한, 절대 잘못을 받아들이지 않는다. 그들이 사악해서가 아니다. 태어날 때부터 남자들은 여자들보다 타인의 감정을 읽고 이해하는 능력인 공감능력이 떨어진다. 한 다큐멘터리 방송에서 다음과 같은 실험을 하는 것을 본 적이 있다. 엄마가 세 살짜리 남자아이와 장난감 망치를 가지고 놀다가 잘못해서 손가락을 망치로 찍은 척하며 우는 연기를 했다. 그러자 남자아이는 아무 표정이 없었다. 그런데 같은 연령의 여자아이를 데리고 똑같은 실험을 해보니 여자아이는 엄마의 아파하는 표정과 우는 연기에 울상을 짓다가 결국은 엄마를 따라 울음을 터뜨렸다. 이처럼 선천적으로 남자와 여자는 공감능력에 현저한 차이가 있다.

어른이 되어서도 이런 능력은 크게 향상되지 않는다. 남편을 보면서 확연히 느낄 수 있었다. 평소 너무나 자상한 남편인 그는 저혈압에 다소 몸이 허약한 나를 위해 손수 인삼을 사와 아침마다 우유와 꿀을 넣고 갈아 먹이는 애처가다. 그런데 어느 날 내가 우리 집 욕실 바닥에서 미끄러져 정말 영화에서처럼 공중부양한 뒤에 꽈당 넘어진 적이 있었다. 내가 넘어지는 모습에 놀라 갈비뼈라도 부러진 게 아닐까 걱정해주는 게 상식적으로 맞는 얘기 아닌가? 믿을 수 없게도 남편은 그런 내 모습을 보면서 박장대소를 했다. 충격적이었다. 그때 내 눈에 남편은 제정신이 아닌 사람 같았다. 도대체 미치지 않고서야 어떻게 아내가 그처럼 심하게 넘어져서 크게 다칠 뻔했는데 웃을 수가 있단 말인가? 당시엔 그런 남편을 이해할 수 없어서 정말 몹시 화가 났다. 이 인간이 나 몰래 내 앞으로 보험이라도 들어놓고 내가 빨리 죽기를 바라는가라는 생각도 들었다. 그런데 지나고 보니 선천적으로 남자라는 동물은 대개 그랬다. 남이 고통을 겪는 상황에서 그런 식의 어이없는 반응을 보이는 것이다. 그래서 여자들과 남자들이 서로 많이 싸우게 되나 보다.

남자는 여자들이 이해할 수 없는 사고방식과 더불어 다소 상이한 감정의 코드를 지녔다. 하지만 그들이 다른 별에서 왔다고 하여 우리가 살고 있는 이 세상 밖으로 쫓아낼 수는 없다. 함께 공존해야 한다. 우리 아이들을 위해서라도 그들과 평화롭게 조화를 이루며 살아야 한다. 그러기 위해 우리는 남자들을 잘 다룰 수 있어야 한다. 화를 내거나 잔소리를 퍼부으면서 우리의 에너지를 낭비해서는 안 된다.

'남자'를 다루는 최고의 방법 중 하나는 남편이 무언가 잘못을 했을 때, 아주 차갑게 대하는 것이다. 인류가 지구에 존재하기 시작한 그 순간부터 남자들은 생존하기 위해 사냥을 해온 존재이므로 주변상황에 대한 파악능력은 있다. 아내에게서 뿜어져 나오는, 평소와 다른 아주 냉랭한 기운에 무언가 예상치 못한 상황이 벌어졌음을 동물적인 감각으로 알아챈다. 그리고 본능적으로 살아남기(?) 위해 반성적 사고를 시작한다. 아내가 도대체 왜 그럴까? 내가 뭘 잘못했지? 하고 생각하면서 필름을 되돌려보듯 기억을 되짚어나간다. 그러다 결국 아내가 화난 이유를 알아차린다. 자기가 생각해도 좀 너무했다 싶으면 남자들은 스스로 자신의 행동을 바꾼다. 그러고는 아내의 반응이 달라지는 것으로 인정받았다 생각한다.

또한 남자들은 무관심에 매우 고통스러워하는 동물이다. 아내가 차갑게 대하면 그들은 사랑받지 못한다는 생각에 위축되어 극심한 공포를 느낀다. 반면 자신은 잘못이 없음에도 아내가 소리 지르고 잔소리를 퍼부어대면 호전적인 본능이 깨어난다. 그런 호전성을 자극해봐야 우리가 얻을 것은 없다. 승산이 없는 게임이다. 그러나 아내가 평소와 달리 남편을 차갑게 대하면 남자들은 비록 자기가 크게 잘못한 것을 인정하지 않을지언정 사랑받고 싶은 마음으로 자신의 행동을 수정하려 할 것이다.

아이들에게도 마찬가지다. 무언가 언짢은 일이 있더라도 아이들에게 소리 지르면서 잔소리를 퍼붓지 마라. 애들이 어릴 때는 엄마 말을 잘 들을 수도 있다. 자기들은 덩치가 작고 엄마는 자기들보다 크기 때문에 무서워서라도 그럴 수 있다. 하지만 조금만 지나면 상황은 달라진다. 초등학교 3학년 정도만 되어도

엄마에게, 조용히 말로 하면 되지 왜 무식하게 소리 지르느냐고 따지기 시작한다. 우리가 보기에는 쥐방울만 한 것이 감히 엄마에게 반격하며 자신의 부당함을 호소한다. 초등학교 5학년 정도면 벌써 청소년이 되는데 요새 애들은 발육이 워낙 좋아서 덩치가 어른만 하다. 그때쯤 되면 어떤 애들은 엄마보다 키도 더 크고 몸무게도 더 많이 나간다. 특히 아들이랑 그런 식으로 말싸움을 하다 보면 몸싸움이 돼서 의도치 않게 엄마가 떠밀려 다치는 경우도 있다.

화내고 소리 지르는 방식은 남편과 마찬가지로 아이들에게도 엄마에 대한 반감을 불러일으킬 뿐이다. 게다가 평소에 좋았던 관계마저도 망치게 된다. 아이들은 엄마를, 늘 소리 지르고 화내고 잔소리만 퍼붓는 신경질적이고 심술궂은 마녀 같은 존재로 인식하게 된다. 그러면 중고등학생이 되어서는 엄마와의 관계에 차단막을 치고 엄마가 자기 세계에 발을 들이지 못하게 한다. 예전에 아르바이트로 중고등학생 과외를 많이 했었는데 그때 상당히 충격적이었던 것이, 아이들의 상당수가 휴대폰에 엄마의 호칭을 좋은 말로 저장해놓지 않았다는 점이다. 엄마의 전화번호를 입에 담지 못할 욕으로 저장해놓은 아이도 보았다. 엄마에 대해 얘기할 때도 정말 '자기 맘대로'라고, '나한테 도대체 왜 그러는지 이해할 수 없다'고 말하는 아이들도 많았다.

그런 아이 가운데 하나가 어느 날 느닷없이 가출했다. 평소 그 아이와 사이가 좋았던 나에게 아이 엄마가 연락해 아이가 어디로 갔을지 물었다. 자기가 좋아하는 아이돌이 온다며 논산 딸기축제에 가고 싶다고 말했던 기억이 문득 떠올랐다. 그래서 따님이 지금 논산에 간 것 같다고 말씀드렸다. 그랬더니 그 엄마는 심적으로 너무 힘들어서 그렇다며 내게 같이 가줄 수 있겠냐고 물었다. 나도 아이가 걱정되었기에 흔쾌히 같이 가겠다고 했다. 딸의 가출로 많이 놀란 그 아이 엄마를 내 차에 모시고 고속도로를 달려 논산 딸기축제 행사장에 갔다. 다행히 아이를 쉽게 찾을 수 있었다. 그런데 그 엄마가 딸에게 달려들더니 한 손으로 아이의 머리카락을 움켜쥐며 당기고, 다른 손으로는 아이의 얼굴과 몸을 사정없이 때리는 것이 아닌가. 사람들이 그렇게나 많이 모여 있는 장소에서, 더군다나 옆에 딸의 친구들도 있었는데 말이다. 거기다 행사장이 떠나가라 쌍욕을 하며 아이에게 고래고래 소리를 질렀다. 물론 갑자기 가출한 아이 때문에 너무 당황스러웠던 데다 화가 무척 많이 났다는 건 이해한다. 하지만 아이의 인격도 있는데 그렇게 사람 많은 장소에서 소리를 지르며 과격하게 구타하는 것은 정말 잘못된 행동이다. 왜 그 아이가 엄마를 그토록 치가 떨리게 싫어하는지, 어째서 엄마에게 '자기 마음대로'라는 표현을 사용했는지 그제야 이해하게 되었다.

자식이 잘못한 경우 거리를 두고 차갑게 대해보라. 그 조그만 생명체들에게도 눈치와 느낌이 있다. 엄마가 무엇 때문에 화가 난 건지 자기 행동에 대해 반추해보기 시작한다. 그리고 이전의 다정한 엄마가 그리워서, 다시 사랑받고 싶어서 자신의 잘못에 대해 용서를 구하려 한다. 상황 파악이 안 되면 엄마에게 대화를 먼저 걸어올 것이다. 엄마, 화났어요? 하면서 말이다. 우리 집에서는 종종 있는 일이다. 내가 냉랭하면 아이들이 평소와 다른 엄마의 분위기에 놀라서 먼저 물어온다. 그럴 때는 차분한 어조로 왜 화가 났는지 조목조목 설명한다. 그럼 아이들은 대부분의 경우 잘못을 인정하고 다시는 그러지 않겠다고 말한다. 이처럼 굳이 핏대를 세워가며 화내지 않아도 남편과 아이들에게서 내가 원하는 결과를 얻을 수 있는 방법은 의외로 많다.

가정마다 분위기가 다르고 다른 상황일 수 있기에 '차갑게 대하기' 방법이 무조건 옳다고 말할 수는 없다. 하지만 지난 12년간 나의 경험에 의하면 괜찮은 방법임은 분명하다. 화는 내 몸에 독을 만들어내어 나의 생명을 단축시킨다. 이는 스스로를 갉아먹는 행위다. 많은 엄마들이 가족들을 위해서 잔소리를 한다고 말하지만, 그것은 가족들에게 결코 이로운 방법이 아니다. 화를 내거나 잔소리를 하기 전에 스스로 더 효과적이고 편안한 방식을 찾아보자.

3
·
때리지 말고, 피해를 줘라!

　아파트 단지 안에서 산책을 하고 있던 중 한 아이가 아파트 현관에서 뛰어나오는 걸 보았다. 세 살 된 우리 첫째 아이와 나이가 비슷해 보였다. 새하얀 피부에 갈색 머리카락을 가진 참 귀엽게 생긴 남자아이였다. 엄마처럼 보이는 여자가 아이 뒤를 따랐는데 무엇 때문인지 얼굴에 잔뜩 짜증이 묻어 있었다. 아이는 엄마가 불러도 말을 안 듣고 맘대로 돌아다니다 결국 바닥에 넘어졌다. 그러자 여자는 아이를 일으켜 세우더니 그 쪼그만 아이의 머리며 등짝을 잡히는 대로 사정없이 때렸다. 그 장면이 너무 충격적이었기에 아직도 잊히지가 않는다. 원래부터 체벌을 선호하지 않았지만 그날 이후로 더욱 혐오하게 되었다.

내가 어렸을 때는 학교에서건 집에서건 체벌이 만연했었다. 초등학교 5학년 때 일인데, 담임선생님이 칠판에 수학 문제를 내고서 풀어보라고 하셨다. 하필 내 이름이 호명되어 칠판 앞에 나가 섰지만 그 문제를 풀 수 없었다. 우물쭈물하고 있는데 선생님이 내 따귀를 때리고 발길질을 해서 구석까지 몰아갔다. 무슨 큰 잘못을 한 것도 없이 너무 당황하고 억울해서 나는 눈물을 터뜨렸다. 선생님에게 그처럼 무자비한 폭행을 당한 건 비단 나뿐만이 아니었다. 우리 반의 다른 아이들도 선생님한테 수시로 따귀를 맞고 발에 차이는 등의 폭행을 당했다. 그래도 학교에 찾아오거나 하는 부모님은 없었다. 그때 선생님한테 하도 맞아 성인이 되어서도 앞사람이 손만 들면 나도 모르게 반사적으로 움츠러들곤 했다.

그런데 이제는 휴대폰으로 언제 어디서든 동영상 촬영이 가능하게 되었고, 교사에 의한 폭행 동영상이 뉴스에 보도되고 세상에 알려지게 되었다. 그러면서 한국 사회에서 암묵적으로 용인되고 행해지던 교사들의 폭행이 줄어들었다.

내가 자라던 시절에는 학교뿐만 아니라 가정에서도 어린이와 청소년에 대한 폭행이 만연했다. 우리 아버지도 예외는 아니었다. 초등학교 저학년 때, 어느 날 저녁 치킨이 먹고 싶다고 아빠에게 떼를 썼다가 빗자루로 사정없이 맞았다. 머리고 등이고 다리고 잡히는 대로, 빗자루 손잡이 부분이 부러지도록 아버지

는 나를 마구 때리셨다. 지금 생각해보면 당시 집안 사정이 안 좋아 치킨을 사줄 수가 없어서 속상한 마음에 그러셨던 것 같지만, 어린아이의 철없는 말에 그런 체벌은 지나친 것이었다. 어리기는 했지만 그렇게 맞은 게 너무 억울하고 자존심도 상하고 수치스러워서 이대로 혀를 꽉 깨물고 죽어버릴까 하고, 화장실 변기에 앉은 채로 한참을 고민했던 생각이 난다.

20여 년 전의 일이지만 그 폭행으로 인한 마음의 상처는 고스란히 남아 있다. 그뿐만이 아니었다. 아버지는 내가 오빠와 다투거나 텔레비전을 늦은 시간까지 보고 있으면 경고의 말 한마디 없이 빗자루를 들고 때리셨다. 책을 읽어주거나 한번 안아주거나 했던 기억은 없고 그처럼 호되게 맞은 기억만 있어서 지금도 아버지와 거리가 있다. 나를 낳아준 아버지이기에 의무감으로 전화를 하거나 찾아뵙기는 하지만 마음에서 우러나오는 사랑과 그리움은 슬프게도 없다.

신체적 학대에 대한 좋지 않은 기억을 가지고 있기에 나는 아이를 때리는 처벌은 하고 싶지가 않다. 그러다 보니 솔직히 말해서 아이들을 컨트롤하기가 쉽지 않았다. 체벌의 필요성을 강조하는 남편과 양육방식 차이로 많이 다투기도 했다. 아이들이 아빠한테 맞으면서 우는 모습을 보면 나의 어린 시절이 떠올라 그게 괴롭기도 하였다. 인정하기 싫지만 아이들이 어릴 때는 남편의 육아 방식이 좀 더 효과가 있긴 했다. 좋게 말로만 설득하는 나의 방식은 체벌을 곁들인 남편의 훈육 방식보다 확실히 효과가 적었다. 하지만 아이들이 자라날수록 나의 방식은 점차 더 효력을 발휘하였다.

나의 육아 방식 중 처벌에 대한 원칙이 있다. 아이가 잘못하면 그에 상응할 만할 불이익을 아이가 고스란히 받게 한다. 어른들이 살고 있는 세상의 법칙을 아이들에게 적용하는 것이다. 예를 들면 이렇다. 주말에 아이들과 함께 단풍구경 나들이를 나갔다. 갈 때는 두 아이가 기분 좋게 수다를 떨며 라디오 음악소리에 맞춰 춤도 추고 단풍이 우거진 물가의 공원으로 이동했다. 도착해서는 노랗고 빨갛게 물든 아름다운 단풍 길을 거닐면서 한적하고 평화로운 시간을 즐기며 추억을 만들었다. 그런데 집으로 돌아오는 길에 아무것도 아닌 일을 가지고 아이들이 다투기 시작했다. 나는 아이들에게 조용히 말했다. 지금 저녁을 먹으러 너희들이 좋아하는 샤브샤브 샐러드 뷔페식당에 가려던 참이었는데 그냥 집에 가서 라면을 끓여 먹어야겠다고. 그러자 아이들은 싸움을 바로 멈추고 샤브샤브 식당에 도착할 때까지 조용히 차창만 바라보면서 가만히 앉아 있었다.

아이들에게 소리 지르거나 때리지 않고 내가 원하는 결과를 얻어낼 수 있게 된 건 그간 아이들에게 보여주었던 규정의 일관성과 단호함 덕분이다. 아이들이 어렸을 때부터 아무리 떼를 쓰거나 울면서 애원해도 나는 한번 안 된다고 정한 규칙에 따라 절대 요구를 들어주지 않았다. 마트에 가서도 아이가 어떤 장난감이 갖고 싶다고 말하면 우선 그게 꼭 필요한 것인지 묻고, 그렇지 않을 경우 왜 그러한지에 대해 아이를 설득시켰다. 조른다고 해서 절대 즉흥적으로 사주지 않았다. 마트에서 흔히 보는 장면처럼, 아이가 장난감을 사달라며 바닥에 드러누워 울고불고 떼쓰는 일이 나에게는 한 번도 일어나지 않았다. 그러다 보니 아이들은 마트 장난감코너에 가도 함부로 떼쓰거나 하지 않는다.

우리 집은 아이들 둘이 돌아가면서 설거지를 한다. 엄마가 밥을 지어주니 설거지는 너희들이 하는 게 당연한 거라 교육을 시켰다. 정확하게 말하면 식기세척기를 이용하기 때문에 온전히 아이들이 설거지를 수행하는 것은 아니다. 하지만 그릇을 대충 헹궈 식기세척기에 하나하나 집어넣는 일도 쉬운 일은 아니다. 설거지거리를 넣기에 앞서서 이미 세척되어 있는 식기들을 꺼내 정리해놓아야 하니 식기세척기가 있다고 한들 설거지가 그리 손쉬운 작업은 아니다. 싱크대에 버려진 음식물 찌꺼기도 정리해서 음식물 쓰레기봉투에 담아놓아야 한다. 그러다 보니 아이들은 한 번씩 돌아오는 당번 날임에도 불구하고 귀찮은 마음에 설거지를 하지 않을 때가 있다. 그때 나는 알면서도 아무 말하지 않는다. 왜 안 하느냐고 꾸중하지도 않는다. 그냥 다음 날 아침밥을 준비하지 않는다. 조용히 빵과 커피를 준비해 나 혼자 식탁에서 먹는다. 아이들이 왜 아침밥이 없느냐고 물으면 너희들이 설거지를 해놓지 않아 그릇이 없어서 밥을 할 수 없었다고 대답한다. 그러면 애들은 아무 말 못 하고 아침을 굶고 학교에 간다. 학교 갔다 와서도 설거지를 하지 않으면 저녁밥 역시 주지 않는다. 배고프다고 해도 설거지된 냄비가 없어서 음식도 못 만들고 그릇이 없어서 밥을 차려줄 수 없다고 말한다. 그리고 나는 김밥을 사와서 혼자 먹는다. 그러면 그다음부터는 자기들이 밥을 굶지 않기 위해서라도 빠뜨리지 않고 설거지를 한다.

세 아이들 중 첫째와 둘째는 남매인 데다 두 살 차이밖에 나지 않아 유독 싸우는 일이 잦다. 둘이 싸울 때는 주말에 가기로 했던 외식이나 나들이를 취소한다고 말한다. 경고를 주었음에도 계속해서 같은 일로 싸우면 미리 언급했던 가족 행사의 취소를 실행에 옮긴다. 애들이 아무리 잘못했다고 빌어도 절대 봐주면 안 된다. 항상 단호해야 한다. 그래야 다음번에는 한 번의 조용한 경고로도 즉각 내가 원하는 효과를 얻어낼 수 있기 때문이다.

이런 방법으로 나는 체벌보다 더 효과적인 결과를 볼 수 있었다. 이러한 방식이 무엇보다 좋은 건 아이들과의 관계가 나빠지지 않는다는 것이다. 부모 입장에서는 아이들을 위한 사랑의 매일지라도 아이들에게는 그것이 돌이키지 못할 상처가 될 수 있다. 사랑의 매로 시작했다가 감정적으로 치닫다 보면 아무리 부모고 어른이라고 해도 이성적이지 못한 행동을 할 수 있다. 아이를 나의 종속물이 아닌 하나의 인격체로 대해야 한다.

최대한 민주적인 방식으로 아이들을 대하라. 강압적인 무력에 무릎 꿇는 아이로 성장하기를 바라지 않는다면 아이들이 처음 시작하는 작은 사회인 가정에서부터 민주적인 방식을 학습하게 하라. 때리지 않고도 아이들을 컨트롤할 수 있는 방법은 의외로 많다. 나의 경험을 바탕으로 각자의 가족에게 잘 맞는 방법을 연구하여 실행해 옮길 수 있기 바란다.

4

애한테 쩔쩔매지 마라!

오랜만에 예전에 매우 친했던 언니를 만났다. 거의 2년 만이었다. 놀이방 시설이 있는 감자탕집에서 만나 함께 식사를 했다. 그사이 언니는 얼굴에 주름도 많이 생기고 피부도 거칠게 변했다. 항상 세련된 옷에 풀 메이크업을 하고 다니던 모습은 전혀 찾아볼 수 없었다. 예전의 언니라면 절대 입지 않을 아줌마 패션을 하고 있었다. 엉덩이까지 덮는 롱 티셔츠에 레깅스를 입고 기다란 검은머리를 끈으로 질끈 묶고 있었다. 키는 아담한 편이었지만 매일같이 열심히 헬스장을 다녀서 탄력 넘치고 균형미 있던 몸매도 이제는 온데간데없었다. 서 있는데도 불구하고 뒷모습은 등살이 겹쳐 있었다. 앞에서 볼라치면 아기를 가진 배 같았다. 너무 많이 달라진 모습과 분위기에 예전 내가 알던 그 언니가 맞는지 믿기지 않을 정도였다.

언니는 싱글라이프 예찬론자였다. 그런데 어느 날 갑자기 결혼을 해야겠다고 말했다. 친구들도 다 결혼하고, 자기와 함께 버티고 있던 여동생마저도 갑작스레 결혼을 해서 이제는 같이 놀 사람이 없다며…… 그러더니 정말 6개월도 안 되어서 불쑥 청첩장을 내밀었다. 언니는 그렇게 마흔 살에 결혼을 했다. 늦은 나이에 결혼했음에도 불구하고 난임으로 고생하지 않고 바로 그다음 해에 아들을 낳았다. 그 후 언니는 화려했던 싱글라이프에서 벗어나 낮에는 직장을 다니고 저녁에는 아이를 돌보는 여느 워킹맘들과 같은 삶을 살게 되었다.

언니의 180도 달라진 모습에 너무 속이 상해 요새는 헬스장 안 다니느냐고 물었다. 왜 그렇게 살이 많이 쪘냐고 하면 상처받을까봐 나름 돌려서 말한 것이었다. 역시나 낮에는 일하러 가고 저녁에는 아기를 봐야 해서 운동을 다닐 수 없다고 한다. 남편에게 아이를 좀 봐달라 하고 저녁때 한 시간이라도 운동을 하러 가면 되지 않겠느냐고 했더니 언니가 말하길 남편이 아기를 봐주지 않을뿐더러 아기도 자기랑 떨어지려고 하지 않아서 어쩔 수가 없다고 한다. 아파트에 헬스장 시설이 구비되어 있으니, 그럼 새벽에 운동을 가는 건 어떻겠냐고 했더니 언니가 다시 말하기를, 저녁에 아기랑 놀아주다 잠들면 너무 힘들고 피곤해서 도 저히 아침 일찍 일어나 운동하러 갈 수 없다는 것이었다.

나와 같이 밥을 먹고 있으면서도 언니는 어디 딴 데 정신이 팔려 있는 것만 같았다. 놀이방 바로 앞에 앉아 있었음에도 불구하고 언니는 무언가 불안한 눈빛으로 계속 아이 쪽을 응시하고 있었다. 아이가 신경 쓰여 정작 자신은 밥도 제대로 먹지 못하는 것 같았다. 아이들을 위해 마련해놓은 놀이방 시설이라 위험한 요소가 전혀 없을 텐데도 왜 그렇게 불안해하는지 도무지 이해가 가지 않았다. 아이가 달려와 놀이방에 같이 가서 놀자고 하면 언니는 밥을 먹다가도 벌떡 일어나 아이를 따라 놀이방에 가서 놀아주었다. 아이가 해달라는 대로 다 해주면서 어느 것 하나 거절하는 법이 없었다. 언니의 그런 모습이 정말 너무 낯설었다. 결혼 전에는 자기주장이 강하고 꽤나 도도했는데 지금은 쪼그만 그 남자 녀석에게 쩔쩔매는 모습이 완전히 다른 사람이었다.

아이는 계속 그렇게 엄마를 못살게 굴더니 나중에는 엄마가 힘들다고 더 이상 따라나서주지 않자, 자기 뜻대로 안 되는 것에 화가 났는지 손바닥으로 엄마의 얼굴을 찰싹 때렸다. 너무 충격이었다. 네 살이면 충분히 엄마가 자기보다 어른이고, 그런 엄마를 때려서는 안 된다는 것을 인지할 만하다고 생각한다. 버릇없게 행동하는 그 아이의 행동에 화가 났을 뿐 아니라 너무 쩔쩔매는 언니의 행동이 잘못된 것이라고 한마디 해주고도 싶었다. 하지만 언니가 상처받을까봐 그런 말을 할 수가 없었다.

　　나와 2년 만에 만나 식사를 하는 내내 언니는 아이 때문에 힘
들다는 말만 계속했다. 결혼 전에는 내가 아이들 때문에 힘들다
고 말할 때, 들어주기는 해도 솔직히 그 말의 깊이를 이해하지
못하겠다더니…… 그때는 남들도 다 키우는 애 하나 키우면서
뭘 그렇게 힘들다고 저러나 하며, 내가 엄살을 부린다고 생각했

단다. 그런데 자신이 막상 애를 낳아 키워보니 내가 어떤 기분이었을지 충분히 이해하게 됐고 그때 제대로 이해해주지 못해서 미안한 생각이 들었다는 것이다. 그러고는 현재 자신의 처지를 연이어 한탄하듯 말한다. 아이를 낳고 나서 삶의 질이 너무 떨어진 것 같다. 출산 후 너무 심하게 망가진 모습이 보기 싫어서 거울도 잘 안 쳐다본다. 예전에 입던 옷도 다 안 맞아 못 입고, 새로 사자니 너무 불어버린 몸 때문에 맞는 사이즈가 없어 옷도 사러 가기 싫다. 아이 때문에 잠도 충분히 자지 못하고, 일을 마치고 집에 돌아와서도 아이를 돌봐야 하니 전혀 쉴 수가 없다. 결혼 전 친구들과 맛집을 찾아다니면서 맛있는 저녁 식사에 반주로 술잔을 기울이던 그때가 너무 그립고 인생에 언제 다시 그런 날이 올 수 있을까 그저 꿈같이 느껴진다. 주말에도 거의 집에만 있는데 주로 아이가 보는 만화를 틀어놓고 같이 보면서 아이 장난감을 가지고 놀아준다. 그래서 결혼 전에는 관심도 없었던 만화영화 제목도 저절로 다 외우고 새로 나오는 로봇 시리즈도 완전히 정통하게 되었다. 이런 삶이 너무 재미없고 지루하지만 내가 낳은 새끼라 책임을 지기 위해 싫어도 묵묵히 할 수밖에 없다…….

　나는 그렇게 한참을 언니의 육아 고충에 대한 하소연을 들어주고 집으로 돌아왔다. 사실 밥을 먹는 그 자리에서 그렇게 자신을 희생하며 살지 말라고 말해주고 싶었다. 하지만 꾹 참았다.

말한다고 한들 언니가 들을 것 같지 않았기 때문이다. 아기에게 쩔쩔매는 모습을 보면서 언니가 쉽게 바뀌기 힘들다는 걸 알 수 있었다. 사회적으로 만혼이 유행하면서 요즘 삼십대 후반이나 사십대 초반에 초산을 하는 엄마들이 늘어났다. 이때는 아기가 쉽게 생기지 않는 나이이기에 시험관 등의 난임 시술을 통해 어렵게 아기를 갖기도 한다. 또 힘들게 얻은 아이인 만큼 더욱 소중하게 여긴다. 게다가 자녀가 둘이나 셋씩은 되던 예전과 달리 요즘은 하나만 낳는 추세라 하나밖에 없는 아이가 해달라는 대로 다 해주면서 금지옥엽 키우는 분위기이다. 그러다 보니 아이에게 지나치게 쩔쩔매는 엄마들이 많다.

육아도 연애와 같다고 생각한다. 무조건 상대에게 다 맞춰주면 안 된다. 밀당이 필요하다. 목숨을 내줘도 아깝지 않을 만큼 사랑하는 남자가 있다고 해보자. 그렇다고 그 남자에게 나의 그런 마음을 다 보여주면 어떻게 될까? 그 남자의 말이라면 뭐든 따르고, 너무 좋아서 어쩔 줄 몰라 하는 모습을 보인다면? 그 남자와의 관계는 과연 핑크빛 결말을 이룰 수 있을까? 단연코 그렇지 않다. 그 남자는 그런 나에게 쉽게 질려서 나를 함부로 대하다가 결국은 나를 떠나갈 것이다. 아무리 좋아하더라도 감정 표현에 있어서 중도를 유지해야 한다. 지나쳐서는 안 된다. 그래야 서로에게 건강한 관계가 유지될 수 있다. 아이의 말에 귀 기울여 들어주는 것도 중요하지만 엄마의 생각과 입장 또한 아이에게 전달되어야 한다. 아이의 말이나 행동에 휘둘리지 말고 엄마가 확고한 기준을 잡아서 아이를 양육해야 한다. 다소 엄격하더라도 체계가 굳건하게 갖춰진 양육방식 안에서 아이는 좀 더 안정감을 느끼기 때문이다.

그 언니처럼 아이에게 모든 삶의 기준을 맞추고 자기의 행복 추구를 포기하는 것은 결코 아름다운 모성애가 아니다. 누군가의 희생은 결국 한쪽의 불행을 불러오기 때문이다. 아이를 위해 모든 걸 희생하고 자기를 놓는 삶을 살다 보면 끝내는 지쳐서 우울해질 수밖에 없다. 우울한 엄마의 그늘 아래서 행복한 아이로 성장하기는 힘들다. 그러니 육아를 하는 엄마는 반드시 행복해야 한다. 아이에게 모든 초점을 맞추지 말고 나의 삶과 균형을 맞춰야 한다. 아이를 어린이집에 30분 정도 더 맡기더라도 결혼 전 해오던 운동을 하라. 그로써 엄마가 더 건강하고 행복해진다면 아이에게도 좋은 일이다. 일주일에 한 번 정도는 친구들과 만나 맛있는 음식도 먹고 수다도 떨면서 스트레스를 날려버려라. 일주일에 고작 하룻저녁 엄마를 못 본다고 해서 아이의 삶이 크게 달라지지 않는다.

육아는 양보다 질이다. 밖에서 스트레스를 풀고 들어와 아이와 같이 있는 시간 동안 더 잘해줄 수 있게 되면 그건 아이에게도 좋은 일이다. 행복한 엄마가 되려면 한 아이의 엄마이기 이전에 '나'라고 하는 한 개인의 삶을 먼저 생각하고 돌보아야 한다.

5

·

협상을 하라!

모처럼 평일에 맞은 휴일, 집에서 쉬고 있는데 딸한테서 전화가 왔다. 학교 수업 마쳤다고 자기를 태우러 오란다. 우리 집은 학교에서 걸어서 5분 거리에 있었다. 초등학교 2학년 딸은 어리광을 한번 부려보고 싶었던 것이다. 나는 그날 집에만 있어서 머리도 감지 않아 엉망이었고, 옷도 수면 잠옷 차림이었다. 바로 나갈 수 있는 상태가 아니었다. 그래서 딸에게 조용히 말했다. 지금 엄마가 머리도 안 감아서 떡지고 화장도 안 하고 있어서 씻고 나가려면 적어도 30분은 기다려야 한다고. 그랬더니 딸아이 하는 말이 그냥 씻지 말고 오란다. 그럼 친구들이 다들 너희 엄마 왜 이렇게 못생기고 지저분하냐며 놀릴 거라고 했더니, 딸아이가 다시 말하기를, 30분 동안 기다리고 있을 테니 그래도 데리러 오라는 것이다. 어리광을 피우고 싶어서 생떼를 부리기 시작한 것이다. 나는 짜증이 났지만 심호흡을 하면서 마음을 가라앉히고 말했다.

"거기서 30분 넘게 기다리는 것보다 차라리 네가 집으로 와서 엄마가 씻고 준비하는 동안 기다리면 어때?"라고 딸에게 물었다. 집에 와서 기다리다가 엄마가 다 씻으면 같이 나가서 쇼핑도 하고 커피숍에 가서 차도 마시자고 했다. 그랬더니 알겠다며 걸어오겠단다. 그래서 혼자 집에 걸어온 딸과 약속대로 쇼핑몰과 커피숍 데이트를 했다. 그날 집에서 그냥 쉬고 싶은 마음이 굴뚝같았지만 억지 부리지 않고 순순히 집으로 걸어 돌아와 준 아이에게 칭찬의 의미로 약속을 이행해야 했기 때문이다.

초등학교 6학년 아이를 둔 언니가 있는데 오랜만에 연락이 닿아 커피숍에서 만나 수다를 떨었다. 차를 마시며 그간 어떻게 지냈는지 서로의 근황에 대해서 한창 이야기꽃을 활짝 피우고 있었는데 언니의 딸에게서 전화가 왔다. 머리가 너무 아프다며 아이가 수학 학원을 하루 쉬고 싶다고 했다. 그러자 언니는 불같이 화를 내면서 "안 돼! 아파도 학원에 갔다가 와서 쉬어!"라고 말하고는 아이가 그다음 하려는 말을 들어주지도 않고 전화를 확 끊어버렸다. 그 날카로운 모습에 놀라 말을 잇지 못하고 있었는데 언니가 다시 이야기를 시작했다. 대화 주제가 자연스럽게 우리의 최근 근황에서 언니의 사춘기 딸의 반항적인 행동으로 넘어갔다. 언니는 요즘 딸아이가 너무 말을 듣지 않아서 속상하다고 했다. 어릴 적에는 물어보지 않아도 학교에서 돌아오면 무슨 일이 있었는지 미주알고주알 다 얘기하곤 했었는데 요즘은 학교 다녀오면 자기 방에 들어가서 나올 생각도 안 한단다. 나는 언니의 아이가 왜 그렇게 행동하는지 알 것 같았다.

물론 사춘기라는 이유도 있다. 갑자기 어른도, 아이도 아닌 상태가 되니 혼란스러울 수 있다. 하지만 그 아이가 그렇게 행동하는 진짜 이유는 엄마가 자기 말을 들어주지 않는다고 생각하기 때문이다. 머리가 아파 학원을 쉬고 싶다는 전화가 걸려온다면 우선 머리가 왜 아픈지, 많이 아픈지, 병원에 안 가도 되겠는지 물으면서 아이의 마음을 어루만져주어야 한다. 그런 다음 아이와 협상을 시작한다. 이때 협상의 포인트는 엄마가 원하는 효과를 얻기 위해 아이가 원하는 무언가를 주어야 한다는 것이다. 머리 아프다고 전화가 왔을 때, 아픈데 힘들어서 어쩌면 좋으냐고 걱정해주는 엄마의 한마디에 이미 아이는 심리적으로 원하는 무언가를 다 얻었을 수도 있다. 그래서 엄마가 아이에게 아프지만 학원에 가는 게 어떨까라고 권유했을 때, 충족된 욕구로 인해 그러겠다고 대답할 수도 있다.

하지만 이렇게 끝나지 않을 경우, 아이에게 무언가 다른 보상을 제시해야 한다. 학원 끝나면 데리러 갈 테니 학원 앞에서 만

나 아이가 좋아하는 분식을 먹으러 가자고 하거나 빵이나 케이크를 파는 커피숍에 가자고 말한다. 아니면 머리도 아픈데 공부하느라 힘들었으니까 학원 다녀오면 맛있는 거 만들어줄 테니 조금만 참으라고 말한다든가. 이런 식으로 아이들과도 항상 협상을 해야 한다. 그래야 고리타분하고 강압적인 엄마로 불리는 대신 민주적이고 자애로운 엄마가 될 수 있다. 아이들과의 관계에서 엄마의 부드러운 정서적 연결고리가 있어야 사춘기를 맞는 아이가 말문을 닫아 아이와의 소통이 단절되는 상황은 없을 것이다.

지독한 감기에 걸려 출근을 하지 못하고 집에서 쉬고 있는데 딸아이에게서 전화가 왔다. 친구가 우리 집에 놀러 오고 싶다는데 그래도 되느냐고 했다. 엄마가 지금 심한 감기에 걸려 간식을 만들어줄 수 없다고 했다. 그리고 머리도 지저분하고 몰골이 말이 아니라고 했다. 딸아이는 그래도 상관없다며 괜찮다고 했다. 그렇다면 친구를 데리고 오라고 했다. 얼마 후 아이들이 집에 도착했다. 나는 잠깐 인사만 건네고 방으로 들어가 다시 침대에 누웠다. 그러다 정신을 좀 차리고 나와서 핫케이크 가루와 달걀, 우유 등을 주고 간식을 만들어 먹으라고 했다. 딸아이는 나와 핫케이크를 많이 만들어보았기에 혼자서도 만들 줄 알았다. 그래도 가스 불을 다뤄야 하기 때문에 걱정이 되어 거실에 앉아서 아이들이 핫케이크 만드는 모습을 지켜봐주었다. 자기들이 만든 핫케이크를 맛있게 먹고 아이들은 다시 밖으로 나갔다.

딸아이가 집으로 돌아와서 말했다. 친구가 엄마한테 착하다고 했단다. 자타공인 나쁜 엄마지만 기분이 좋았다. 왜 그렇게 생각하느냐고 물으니 다른 엄마들은 갑작스레 친구를 데리고 오면 엄청나게 화를 낸다고 말했다. 그런데 엄마는 화도 내지 않고, 핫케이크도 만들어보라며 재료를 내줘서 친구가 놀랐다는 것이다. 딸아이는 엄마가 우리 엄마라서 너무 좋다고 말하며 감기로 아픈 엄마를 위해 면역력 높아지라고 발까지 주물러주었다. 입맛이 없어 밥을 걸렀기에 딸아이한테 군고구마가 먹고 싶은데 좀 사다줄 수 있겠냐고 부탁했다. 그랬더니 집에서 약간 거리가 있는 곳임에도 불구하고 흔쾌히 가서 사오겠다고 했다. 자기가 원하는 바를 이루었기에 엄마가 원하는 것도 해주고 싶었던 것이다. 나는 그날 정말 좋아하는 군고구마를 딸과 함께 행복한 기분으로 맛있게 먹을 수 있었다.

엄마와 아이 사이에도 일종의 '의리'가 존재한다. 엄마가 아이의 말에 귀 기울여주고 신의를 지키며 의리 있게 행동하면 서로 관계가 돈독해질 수밖에 없다. 아이는 내 가족이다 보니, 게다가 내 속으로 낳은 내 자식이다 보니 아무래도 다른 사람들보다 편하다고 여기게 된다. 또 그러다 보니 나도 모르게 함부로 대하게 되는 경우도 있다. 내 자식이니까, 말하지 않아도 엄마가 자기를 아끼고 사랑하는 마음을 충분히 헤아려줄 것이라고

생각하면 오산이다. 다짜고짜 화를 낸 것도 다 아이를 위해서인데 그렇다고 그것을 아이가 당연하게 이해해주리라 생각해서는 안 된다. 가까울수록 더 조심하고 서로 예의를 지켜야 한다. 보통 친구나 지인들에게 통용되는 말이긴 하지만 나는 남편과 아이도 이 범주 안에 꼭 넣어야 한다고 생각한다. 아이에게도 항상 예의를 지키고 약속을 잘 이행해서 서로에 대한 신의를 키워나가야 한다.

아이를 나와 다른 별개의 한 인격체로 대하라. 아이의 말을 존중하라. 버릇없게 구는 것을 다 받아주고 내버려두라는 말이 아니다. 서로 예의를 갖추는 동등한 관계가 되어야 한다는 의미다. 아이를 나의 친한 친구 중 하나라고 생각하라. 어떤 말을 했을 때 친구가 잘 들어주지도 않고 오늘 기분이 안 좋다며 짜증을 부리고, 약속한 것을 지키지 않는다면 그 친구와의 관계는 어떻게 될까? 우리는 그 친구와의 관계가 끝나게 될 것임을 알고 있다. 부모 자식 간도 친구 관계와 같다. 친구와 좋은 관계를 유지하려면 이해와 존중이 필요하듯 아이와의 관계에 있어서도 마찬가지다. 협상은 동등한 관계에서 시작된다는 점을 명심하고, 어리다 하더라도 아이를 동등한 개체로 인식하고 존중하는 마음으로 대하도록 하자.

6

·

우선순위를 정하라!

딸아이가 다니는 유치원에서 체육대회를 했다. 아이는 엄마가 체육대회에 꼭 와야 한다고 말했다. 하지만 나는 그날 중요한 업무가 있었다. 아이 아빠한테 대신 가달라고 했다. 다행히 남편이 그날 딱히 바쁜 스케줄이 없어서 대신 참여하기로 했다. 하지만 그도 은근히 내가 일을 나가지 않고 유치원 체육대회에 참여해주기를 바랐다. 부녀가 함께 그날 하루 일을 빠지면 안 되겠냐고 되묻고 또 되물었다. 하지만 내 판단 기준으로 유치원 체육대회는 내가 일을 포기하면서까지 가야 하는 우선순위는 아니었다. 아빠도 있기에 나까지 갈 필요는 없었다. 그날은 업무가 더 우선이었다. 그래서 나는 단호하게 말했다. 미안하지만 그날은 일을 해야 하기 때문에 체육대회에 참여하지 못한다고.

딸아이가 초등학교에 입학할 때는 일을 나가지 않고 초등학교 입학식에 참여했다. 그날 중요한 일이 있었음에도 나는 일을 선택하지 않았다. 아이의 초등학교 1학년 입학식만큼은 엄마가 있어줘야 한다는 생각이 확고했기 때문이다. 아이에게 새로운 환경이 낯설기도 할 터이고, 무엇보다 두 살 위인 아들아이의 초등학교 입학식 때 참여하지 못했더니 곤란한 점이 많았음을 경험했기 때문이다. 그래서 그날은 엄마의 역할이 일보다 우선순위가 되었다.

맞벌이를 하면서 아이를 키우다 보면 이처럼 엄마와 직장인으로서의 역할충돌, 역할갈등의 순간들이 매우 자주 찾아온다. 그때마나 엄마들은 극심한 고뇌에 빠진다. 매일매일 이러한 고뇌에 노출되는 워킹맘들도 생각보다 많을 것이다. 상사가 아직 퇴근 전인데 혼자 먼저 퇴근하려니 눈치는 보이고, 아이는 어린이집에서 목이 빠져라 엄마를 기다리고 있을 테고, 중간에서 어찌해야 할지 몰라 무척 혼란스러울 것이다. 이러한 고민에서 벗어나려면 엄마들이 자기 삶의 우선순위를 확고히 정해놓아야 한다.

사람마다 가치관의 기준은 다르다. 가족의 화목이나 가족 내의 정서적 유대감이 무엇보다 소중한 사람이 있을 것이다. 반면 자신의 분야에서 사회적인 성공과 재산 축적이 최우선 순위인 사람도 있을 것이다. 그런가 하면 친구나 직장 동료 등과의 사회적 인간관계를 최우선으로 여길 수도 있다. 나름의 그러한 가치관이 형성되기까지 그들은 각기 지난 세월 동안 수많은 우여곡절을 겪었을 것이다. 가족이 최우선 순위라면 좋겠지만 슬프게도 그렇지 못할 경우 그것을 비난해서는 안 된다고 생각한다.

어릴 적 지독한 가난에 시달렸던 나는 경제적인 것, 재물과 재산이 최고 우선순위인 사람이었다. 중고등학교 때 급식비를 내지 못해 밥을 굶고, 스스로 고등학교 등록금을 벌고 교복을 사 입기 위해 중학교 때부터 아르바이트를 해야 했다. 그러다 보니 결혼을 해서도 나는 아이들이 아주 어릴 때부터 어린이집에 보내고 악착같이 일을 했다. 심지어 임신했을 때 노점상 앞을 지나며 눈독들이던, 한 바구니에 3천 원밖에 하지 않는 과일도 돈을 아끼겠다고 사 먹지 않았다. 남편과 원룸에서 신혼살림을 시작했고, 시아버지가 사업을 하다 여러 번 실패하신 탓에 남편에게는 빚도 많이 있었다. 그 돈을 갚기 위해 나는 가족보다는 돈에 더 목숨을 걸었다. 그리고 다행스럽게 둘째를 출산하기 전까지 모든 빚을 청산하고 원룸 월세에서 그나마 아파트 전세로 옮겨 갈 수 있었다.

사정이 이러한데, 가족을 돌보는 것이 최우선이 아니었다며 나를 욕할 사람은 아마 없으리라 생각한다. 이렇듯 모두 저마다의 사연이 있다. 어떤 사람이 지금 당장 가족을 최우선 순위에 두고 살아가지 않는다 하더라도 우리는 이를 비난해서는 안 된다. 다른 사람들 눈을 의식해서 나는 가족이 그 무엇보다 최우선이라고 말할 필요는 없다. 당당하게 나의 사회적인 성공이 먼저라고 말해도 된다. 설사 사람들이 뭐라고 한다고 해도 그 비난은 한순간이다. 무시해도 좋다. 이생에 가장 이루고 싶은 게 무엇인지, 그것을 이루기 위해서는 무엇을 최우선 순위의 가치로 선정해야 하는지 스스로 한번 곰곰이 생각해보는 시간을 가지면 좋겠다. 이야말로 엄마라는 역할과 커리어우먼으로서의 갈등에서 헤어나올 수 있는 좋은 방법이라고 생각한다.

나의 최우선 순위 가치가 정해졌다면, 이제 그 가치기준에 맞추어 일을 처리해나가면 된다. 예를 들어, 우선순위 가치가 엄마로서의 삶보다 사회적인 성공이라면 일찍 퇴근하지 말고 좀 더 늦게까지 남아서라도 일처리를 말끔하게 해놓는 등 직장 내에서 신임을 얻어야 할 것이다. 아이는 어린이집에 조금 더 남아 있도록 하거나 우리나라에 잘 되어 있는 돌보미 서비스를 신청해 아이를 좀 더 돌보게 하면 된다. 중요한 것은 이때 죄책감을 느끼지 말아야 한다는 점이다. 나쁜 엄마라서 미안하다는 생각을 할 거면 착한 엄마의 삶을 살라. 쓸모없는 죄책감 따위를 느껴봤자 정신건강에만 해로울 뿐이다.

어린이집에서 아이를 조금 늦게 데리고 온다고 해도, 그 아이와의 정서적인 유대관계를 지켜주며 엄마가 자신의 성취를 기반으로 행복하게 살아가는 모습을 보여준다면 아이는 훌륭하게 잘 성장해줄 것이고 자신의 가정에 만족할 것이다. 백세시대 인생이지 않은가? 꼭 어릴 때 몰아서 다 잘해줄 필요는 없다. 아이가 성장하고 나서도 아이와의 관계를 발전시켜나갈 수 있다. 많은 시간을 함께 보내지 못했더라도 부모 자식 간 신뢰가 있고, 강압적인 육아나 학대로 관계가 완전히 망가지지 않은 이상, 어릴 적 돌봄에 부족했던 시간을 아이가 성장했을 때 투자해서 끈끈한 가족애를 만들어갈 수 있다.

지인 가운데 성공이 우선순위인 사람이 있었다. 초등학교도 못 나올 정도로 가난한 환경에서 자랐고, 홀어머니 밑에서 아버지의 사랑과 보살핌 없이 성장했다. 그런 환경에서 자란 자신의 외로움을 달래고 안정적인 생활을 꾸려나가고 싶은 마음에 일찍 결혼을 했지만 막상 결혼을 하고 보니 자신에게는 사회적인 성공과 부가 가족보다 우선순위가 되었다. 그래서 그분은 자신의 자아실현을 위해 사회적인 성공에 몰두했다. 그 결과 초등학교도 못 나왔음에도 불구하고 엄청난 재산과 사회적 지위를 얻었다. 살뜰하게 아이들을 잘 돌봐주지 못했지만 그래도 아이들은 다들 잘 자라주었고, 그런 엄마를 무척 존경한다. 아이들이 말하길, 어릴 때는 같이 집에 있어주지 않는 엄마가 서운하고 미웠는데, 대학생이 되고 보니 엄마가 얼마나 멋진 사람인지 깨닫게 되었다고 한다. 또 고민 같은 걸 상담했을 때 다른 일반 주부들과 다르게 엄마는 정말 현실적인 해결책을 제시해주고 그걸

실현할 수 있도록 뒷받침해주기 때문에 너무 든든하고 좋다고.

이렇듯 아이 돌봄보다 자신의 사회적 성공을 더 우선순위에 두었다고 해서 아이들이 다 망가지는 것은 아니다. 엄마가 바르게 살아간다면, 열정적으로 일하고 그로 인해 행복한 모습을 보여준다면 24시간 전담 케어를 해준 것보다 아이들에게 더 좋은 영향을 끼칠 수도 있다.

묵묵히 자신이 정한 최우선 가치를 기준으로 살아가라. 하지만 가족이라는 가치를 저만큼 멀리 던져버려서는 안 된다. 내가 가진 에너지의 가장 많은 부분을 거기에 할당하지 않는 것뿐이지 아예 신경 쓰지 말라는 의미가 아니기 때문이다. 나의 최우선 가치를 실행하고 남은 에너지와 시간으로도 얼마든지 가족과의 관계를 꾸려나갈 수 있다. 시간 날 때 아이들에게 보내는 문자 한 통, 운전하다 잠깐 멈춰 서서 거는 전화 한 통, 퇴근하고 집에 들어가서 아이들 얼굴 보고 인사하며 한번 안아주는 것. 그 정도만 해도 아이들과의 좋은 관계가 계속 유지될 수 있다.

매일 붙어 있으면서 짜증과 잔소리를 퍼붓는 엄마보다, 짧은 시간밖에 볼 수 없더라도 마주칠 때마다 안아주고 사랑한다 말해주는 엄마가 아이에게는 늘 그립고 더 믿음직한 존재로 느껴질 것이다. 사회적인 성공을 우선순위에 둔 워킹맘이라면 쓸데없는 죄책감에서 벗어나라. 육아는 양보다 질이라는 점을 항상 염두에 두고 아이들과 함께하는 짧은 시간만이라도 더욱 잘해줄 수 있도록 노력하자.

4장

나쁜 엄마의 살림 노하우

1

요리는 최대한 간단하게 하라!

나는 요리에 시간을 많이 쏟는 것을 싫어한다. 더 정확하게 말하면 오랫동안 불 앞에 서서 음식을 지키고 있어야 하는 그런 음식을 싫어한다. 튀기거나 볶거나 하는 종류의 음식, 야채를 잘게 채 썰거나 다져야 하는 음식, 그런 손이 많이 가는 음식을 직접 만드는 것을 선호하지 않는다. 물론 나가서 먹는 것은 좋아하지만. 흔히들 음식은 정성이 담겨야 한다는데, 나에게 음식은 정성으로 상징되는 그 무엇이 아니다. 그저 에너지의 공급원이다. 최대한 간단하게 요리하지만 건강할 수 있도록 영양소는 골고루 충분히 섭취하자는 게 음식에 관한 나의 지론이다.

그래서 나는 고기와 과일을 사랑한다. 고기는 살짝 굽거나 삶으면 쉽게 요리가 되고, 우리 몸에 꼭 필요한 양질의 동물성 단백질을 공급한다. 게다가 맛도 좋고, 생각만큼 많이 지방으로 전환되지 않기 때문에 같은 양의 탄수화물을 먹는 것보다 살도 찌지 않는다. 지금처럼 평균 수명이 80세를 넘게 된 것은 경제 발전과 더불어, 예전과 달리 육류 단백질을 충분히 섭취할 수 있게 되었기 때문이다. 이렇듯 요리하기에 간편하고 맛도 있고 영양분도 충분히 제공해주는 고기를 나는 무척 사랑한다. 고기 없이 밥을 먹으면 밥 먹은 거 같은 기분이 들지 않는다. 고기 예찬론자인 나로 인해 우리 집에서는 고기 요리가 주식이다.

과일 또한 내게 있어서 최고의 식재료다. 그저 씻거나 깎아서 먹으면 된다. 나는 매일 아침 식탁에 앉아 과일을 접시 한가득 쌓아놓은 채 인터넷 강의를 시청하면서 깎고 손질한다. 과일은 특별한 요리과정 없이 손질만 하면 바로 먹을 수 있을 뿐 아니라 우리 몸에 훌륭한 천연 비타민과 미네랄을 제공해준다. 게다가 맛까지 좋으니 채소를 싫어하는 아이들도 달달한 과일만큼은 먹지 말라고 해도 잘 먹는다. 그리고 여러 가지 과일을 함께 먹으면 화학적 효과 때문에 몸에 좋은 것은 물론 살도 찌지 않는다. 열량은 높지만, 과일을 많이 먹어서 비만이 된 사람은 없다. 특히 사과나 귤, 바나나, 방울토마토 등은 깎을 필요도 없다. 그저 깨끗하게 씻어서 바로 먹기만 하면 된다.

고구마와 달걀도 요리를 좋아하지 않는 나에게 무척 좋은 식재료다. 고구마는 깨끗하게 씻어 삶거나 찌거나 구워서 주면 된다. 맛탕 같은, 손이 많이 가는 요리를 해주는 엄마들도 있겠지만, 요리 귀차니즘에 빠져 있는 나로서는 주로 에어프라이어라는 조리도구를 이용해 군고구마 만들어주기를 선호한다. 고구마를 씻어서 넣어놓고 다른 볼일을 보고 있으면 고구마가 맛있게 구워져서 땡! 하고 소리가 난다. 그럼 꺼내기만 하면 된다. 앞서 말했듯이 불 앞에 서 있는 것을 무척 싫어하는 나에게 에어프라이어라는 조리도구는 신의 선물과도 같다. 고구마는 이처럼 조리도 간편하지만 식이섬유도 풍부하고, 설탕과 같은 단순 탄수화물이 아닌 복합 탄수화물이라서 건강에 여러모로 좋은 음식이다. 게다가 맛도 무척 좋으니 도저히 사랑하지 않을 수 없다.

달걀은 요리를 선호하지 않는 엄마나 바쁜 엄마가 제일 먼저 준비해야 하는 식재료다. 달걀프라이는 2분도 안 걸려 만들 수 있고, 삶은 달걀도 물 부은 냄비에 달걀을 넣고 끓이기만 하면 된다. 전자레인지를 이용한 달걀찜도 만드는 데 5분이 채 걸리지 않는다. 완전식품이라고 할 만큼 영양이 풍부하면서도 값은 저렴하고 조리하는 데 들이는 시간과 노력 또한 정말 짧고 간소하다. 게다가 달걀 싫어하는 아이들도 별로 없다. 달걀은 언제나 남녀노소 좋아하는 밥반찬이 되어준다.

오이나 토마토, 샐러리, 파프리카와 같은 재료도 요리에 시간 투자하는 것을 싫어하는 엄마들에게 안성맞춤이다. 이 녀석들도 과일처럼 그저 깨끗하게 씻어서 썰어주기만 하면 된다. 그런데 과일처럼 달달한 맛이 없기에 아이들 손이 좀처럼 잘 가지 않는다. 그래서 나는 아이들에게 채소를 줄 때 마요네즈와 같은 소스를 같이 내어준다. 그러면 소스가 맛있어서라도, 또 그렇게 찍어 먹는 재미가 있어서라도 아이들은 생각 외로 잘 먹는다.

반찬 가게에서 밑반찬을 사보기도 했는데 아이들이 생각보다 잘 먹지 않는다. 나 역시 사온 반찬은 금세 질려서 두세 번 먹으면 먹기가 싫었다. 사서 먹는 반찬들은 아무래도 짜다 보니 밥을 더 많이 먹게 돼서 살이 찌기도 했다. 그래서 앞서 말한 식재료들을 이용해 최대한 간단하게 해먹는 나만의 요리법이 탄생하게 되었다.

그런데 이 요리법의 단점은 재료가 신선식품이다 보니 자주 사와야 한다는 것이다. 거기다 반찬을 사서 먹는 것보다 돈도 많이 든다. 결국 인터넷 쇼핑을 많이 이용하게 되었다. 고기는 다른 식재료보다 비싸다. 우리 같은 서민들이 매일 먹기는 솔직히 부담스러운 음식이다. 하지만 고기를 좋아하는 나는 고기를 매일 먹어야 했다. 나의 체질을 닮은 아이들 또한 고기를 좋아해서 식비가 많이 들어도 고기를 매끼 밥상에 올려야 했는데, 어떻게 하면 고기 값을 좀 줄일 수 있을까 고민하다가 책에서 좋은 정보를 찾아냈다. 돼지고기 뒷다리살은 닭가슴살보다 지방 함량은 적고 단백질 함량은 높은데, 값이 100g에 600원 정도밖에 안 할

정도로 무척 저렴하다는 것이다. 정육점에 가보니 뒷다리살 가격이 정말 저렴했다. 2만 원어치를 사면 큰 비닐봉지에 고기를 두둑하게 담아주었다. 사온 고기를 작은 봉지에 한 끼씩 먹을 양만큼 담아서 냉동실에 보관하면 2주 이상은 갔다. 반절은 수육으로 손질해달라 하고 나머지 반절은 불고기감으로 해달라고 하면 질리지 않게 요리해서 먹을 수 있다.

또 다른 정보. 인터넷에서 닭가슴살을 5킬로에 3만 원대 가격으로 판매한다. 출처를 알 수 없는 닭도 아니고 '올품'처럼 그래도 이름 있는 브랜드의 가격이다. 이름 없는 브랜드의 닭가슴살은 더 저렴하다. 물론 그 가격이 훈제는 아니고, 생으로 된 슬라이스 닭가슴살이 그 정도 한다는 얘기다. 훈제는 훨씬 더 비싸다. 생으로 된 닭가슴살을 사서 에어프라이어라는 조리도구를 이용해 튀기거나 혹은 프라이팬에 구워 스테이크 소스나 머스타드 소스에 찍어 먹으면 무척 맛있다. 퍽퍽해서 아이들이 안 좋아할 것 같지만 생각보다 잘 먹는다. 이런 고기는 지방 함량이 적어 몸에도 좋고 가격도 저렴할뿐더러 갈비나 사골 같은 요리보다 조리도 무척 간편하기에 요리를 좋아하지 않는 엄마들에게 추천한다.

과일을 마트에서 사면 작은 사과가 다섯 개쯤 들어 있는 것 한 봉지에 요즘 물가로 보통 5천 원이 훌쩍 넘는다. 마트에서 과일을 사려면 손이 떨린다. 다양하게 먹고 싶어도 가격이 너무 부담스러워서 그렇게 살 수가 없다. 마트는 최상품의 과일을 가져다놓기에 비쌀 수밖에 없다. 하지만 시장이나 동네 과일 가게도 요즘 가격이 만만치 않다. 작은 바구니에 담겨 있는 과일이 한 광주리에 보통 5천 원 정도 한다. 애들에게 실컷 먹이기는 힘든 양이다. 그래서 과일은 인터넷으로 직거래하는 제품을 사 먹는다. 물론 저렴한 만큼 마트에서 파는 것처럼 최상품의 과일은 아니다. 크기도 작고, 흠집도 있고, 맛 또한 그렇게 좋지 않을 때도 있다. 하지만 나에게 음식은 영양소의 공급원이다. 깎아놓은 밤톨처럼 굳이 그렇게 예쁠 필요도 없고 입에 살살 녹을 만큼 아주 맛있을 필요도 없다. 먹을 만한 정도면 된다.

나는 인터넷으로 과일을 다섯 종류 정도 박스로 구입해놓는다. G마켓 같은 데서 사면 5킬로 한 박스에 대개 만 원 안팎이라 다섯 종류를 사도 5만 원 정도밖에 하지 않는다. 다섯 박스를 사면 5인 가족이 거의 2주는 실컷 배불리 먹을 수 있다. 솔직히 5만 원이면 5인 가족이 한 끼 외식하는 비용이다. 그 돈으로 몸에 좋은 과일을 충분히 먹을 수 있으니 훌륭하지 않은가? 인터넷을 최대한 활용하여 과일과 고기 등을 구입하라. 그러면 시간도 아끼고, 비용도 절감된다.

달걀과 채소는 과일이나 고기처럼 다량을 구입할 수 없기에 홈플러스나 이마트 같은 온라인 쇼핑몰에서 조금씩 구입한다. 아이들이 있는 집에선 보통 매일 먹어야 하는 우유나 치즈, 요구

르트 같은 유제품 등과 함께 주문을 하면 4만 원이 넘는다. 4만 원이 넘으면 집 앞까지 무료로 배달해주어 편하다. 게다가 할인 행사도 많이 해서 저렴하게 이용할 수 있다.

저렴한 식재료로 최소한의 조리와 최대한의 영양분을 조달하는 가성비 높은 음식을 만들라! 소중한 나의 시간도 아낄 수 있고 아이들의 건강도 지킬 수 있어 일석이조의 효과를 거둔다.

2
.
집안을 자동화하라!

한때 필리핀 세부에서 거주했던 적이 있다. 2층짜리 타운 하우스를 얻어 살았는데 나름 세부에서는 최고로 좋은 주거시설 중 하나였음에도 불구하고 불편한 점이 너무 많았다. 월세가 한 달에 거의 백만 원씩이나 할 정도로 한국 물가만큼 비싼 편이었는데도, 세탁기가 없었다. 정확하게 말하면 세탁기가 있기는 했는데 우리처럼 세탁물과 세제를 넣고 버튼 하나만 누르면 세탁부터 탈수까지 전자동으로 되는 세탁기가 아니었다. 물이 넘치지 않게 감시하면서 직접 호스로 물을 넣어주어야 하고, 탈수도 그냥 물만 빼주는 구멍이 있는 거지 우리처럼 건조대에 널 수 있는 상태로 탈수를 해주는 기능은 없었다. 손으로 일일이 빨래를 쥐어짜서 널어야 했다. 그 세탁기가 할 수 있는 기능은 그저 세탁기 통이 회전하는, 아마 최초로 세탁기가 만들어졌을 때 그랬을지 모를 원시적인 기능뿐이었다. 거기서 오래 살 것도 아니고 나중에 한국으로 가져갈 수도 없는데 세탁기를 구입하자니 돈이 아까웠다.

그 집에는 진공청소기도 없었다. 청소도구로 빗자루와 대걸레만 있었다. 쇼핑몰에 진공청소기를 구입하러 가보면 기능도 별로 안 좋은 것들이 30만 원씩이나 했다. 한국에서는 10만 원 이하로도 정말 좋은 제품이 천지인 걸 알기에 돈이 아까워서 도무지 사고 싶지가 않았다. 진공청소기가 그 정도이니 식기세척기는 말할 것도 없었다. 게다가 집이 꽤 규모가 있었음에도 불구하고 싱크대가 원룸 구조의 한 칸짜리에 너무 낮고 좁아서 한 끼 먹은 그릇을 설거지하는 데도 비좁아 힘이 들었다. 그러다 보니 집안일을 해주는 헬퍼가 없으면 생활을 유지하기 어려웠다. 다행히 한 달 비용이 10만 원 정도여서 헬퍼를 고용하긴 했지만 같은 집에 살다 보니 사생활이 침해되어 불편한 점이 한두 가지가 아니었다. 거기다 헬퍼가 빗자루로 대충 청소를 하고, 밀대로 바닥을 밀고, 거의 손으로 빨래를 하다 보니 집안일이 깔끔하게 이루어지지 않았다. 한국의 전자기기들이 얼마나 좋은 것인지 새삼 깨닫게 되었고 그것들이 무척 그리웠다.

한국에 돌아와서는 가전기기들의 소중함을 절실하게 깨닫고 가능한 한 최대한으로 집안을 자동화했다. 세탁기는 기본이고, 그밖에 대형 식기세척기와 로봇청소기를 구입했다. 그랬더니 헬퍼를 고용했을 때보다 집이 훨씬 깨끗해졌다. 게다가 사생활도 침해되지 않아서 너무나 만족스러웠다. 집안을 디지털화한 후, 삶의 질이 무척 높아졌다.

식기세척기는 예전엔 무척 비싼 가전제품이었다. 독일이나 미국 제품을 수입해 판매했었다. 그때는 식기세척기 한 대에 2백만 원도 넘었는데 그래도 우리나라 제품보다 품질이 좋아서 인기가 많았다. 하지만 요즘은 한국제품도 정말 좋다. 세계에서 알아주는 전자제품 생산 기술을 가지게 된 지금은 한국 브랜드의 식기세척기를 많이 사용한다. 게다가 수입산보다 국산 식기세척기의 가격이 훨씬 착하다. 우리나라의 식기세척기를 예로 들면 소형은 30만 원대, 대형은 50만 원대에 구입할 수 있다. 참고로 나는 대형을 추천하고 싶다. 소형에는 냄비 같은 큰 식기류가 안 들어가기 때문이다. 또 대형 식기세척기를 구입할 경우 설거지거리를 모아놓았다가 하루에 한 번만 돌리면 되므로 집안일이 더 줄어든다.

요즘 새로 지은 아파트들은 식기세척기가 기본사양으로 비치되어 있는 곳도 많다. 하지만 익숙지 않아서, 또 그릇을 넣고 빼는 게 귀찮아서 가지고 있음에도 불구하고 사용하지 않는 사람들이 의외로 많다. 새로운 것은 항상 낯설고 뭔가 불편하게 느껴진다. 하지만 조금만 용기를 내어 이 낯설음을 극복하고 익숙해지면 식기세척기를 사용하는 것이 직접 설거지를 하는 것보다 훨씬 편리하다는 사실을 깨닫게 될 것이다. 식기세척기를 사용하는 방법은 이러하다. 싱크대에 물을 받아놓고 거기에 그릇을 불려둔다. 이렇게 하면 식기세척기의 단점인, 말라붙은 음식 찌꺼기가 그대로 그릇에 남아 있는 것을 막을 수 있다. 저녁 식사를 마친 후 식기세척기 안에 남아 있는 깨끗한 그릇을 모두 빼내고 설거지할 그릇을 넣은 다음 세제 투입구에 식기세척기 전용 세제를 넣고 뚜껑을 닫고 작동버튼만 누르면 된다. 해보면 간단하다.

식기세척기로 설거지를 하면 이점이 많다. 먼저 물 사용량을 훨씬 줄일 수 있다. 식기세척기를 사용하면 물을 틀어놓고 손 설거지를 하는 것보다 물이 훨씬 적게 들어간다. 그리고 마지막에 살균 소독을 해주기 때문에 따로 수저를 삶아서 소독하거나 할 필요가 없다. 대체로 인식하지 못하고 있지만 우리가 사용하는 수세미에는 엄청난 세균이 살고 있다. 설거지를 하다 보면 음식물 찌꺼기가 수세미 사이에 끼기 마련이고, 축축한 상태로 있기 때문에 세균이 기하급수적으로 번식한다. 수세미를 일회용으로 사용하고 버릴 수도 없고, 그렇다고 수세미를 매일 소독해서 사용하지도 않는다. 그러므로 수세미를 사용하지 않는 식기세척기가 건강 면에서도 훨씬 위생적이다.

식기세척기를 더 스마트하게 사용하는 방법은 아이들에게

설거지를 하도록 하는 것이다. 나는 저녁때 두 아이들에게 교대로 설거지를 시킨다. 일반 설거지는 초등학생 아이들이 하기 힘들 수도 있지만 식기세척기를 이용한 설거지는 아이들도 얼마든지 할 수 있다. 초등학교 2학년 정도만 되도 충분히 가능하다. 식기세척기에 들어 있는 식기를 빼낸 후 그 자리에 설거지할 그릇들을 싱크대로부터 옮겨놓고 식기세척기 전용 세제만 넣으면 된다. 엄마가 음식을 만드니까 너희들은 교대로 설거지를 해야 한다고 어렸을 때부터 교육을 시켰더니, 아이들이 저녁에 식기세척기를 돌리는 것이 우리 집 문화로 정착되었다. 그러니 저녁 식사 후 엄마의 휴식시간이 늘어날밖에.

로봇청소기도 집안일을 하는 엄마의 시간과 에너지를 아끼기 위해 꼭 사야 하는 가전제품 중 하나다. 이 역시 식기세척기처럼 예전에는 무척 고가의 가전제품이었다. 그래서 사고 싶어도 솔직히 꺼려졌었다. 거기다 예전에는 로봇청소기의 흡입 기능도 지금처럼 좋지 않았고, 물걸레질을 하는 기능도 없어서 그 정도의 제품을 그렇게 큰 금액으로 굳이 사고 싶지 않았다. 하지만 요즘은 로봇청소기 기능이 무척 좋아진 데다 물걸레질 기능까지 있어서 정말 편리하다. 워낙 다양한 업체가 시장에 뛰어들어 공급이 많아지다 보니 가격 또한 예전에 비해서 현저하게 저렴해졌다. 며칠 동안 인터넷 포털 사이트를 검색해서 가성비 높은 것으로 구입하게 되었던 우리 집 로봇청소기는 한국 중소기

업 제품이다. 홈쇼핑에서도 여러 번 판매됐는데 품절대란이 일
어났을 정도로 입소문이 자자한 제품이다. 진공청소기 기능은
물론 물걸레질 기능까지 있지만 가격은 30만 원밖에 하지 않는
다. 아침에 이 녀석을 작동시켜놓고 외출했다가 집으로 돌아오
면 머리카락이나 먼지 부스러기가 떨어져 있던 바닥이 깨끗하
게 청소되어 있고 물걸레질도 되어 있어서 광이 난다.

솔직히 직접 쓸고 닦고 했을 때처럼 꼼꼼하고 완벽하게 청소가 되는 것은 아니지만 그래도 이 정도면 정말 훌륭하다 싶다. 나는 평일엔 매일 로봇청소기를 돌리고 주말에 한 번만 진공청소기와 물걸레질을 하는 청소기로 직접 청소를 한다. 그러면 집 안은 생활하는 데 불편하지 않을 정도의, 그리고 급작스럽게 손님이 방문해도 괜찮을 정도의 깨끗함을 유지할 수 있다.

물론 처음 로봇청소기와 식기세척기를 구입하려면 부담스럽긴 하다. 하지만 그것들을 구입함으로써 엄마의 휴식시간이 늘어나고, 아이들과 눈 맞추고 이야기할 시간도 늘어나게 될 것이다. 퇴근하고 집에 왔는데 방바닥 먼지와 머리카락이 눈에 보이고 싱크대에 설거지거리가 산더미처럼 쌓여 있으면 괜히 짜증나고, 나중에는 이런 일거리가 기다리고 있는 집에 들어가기도 싫어진다. 할 일이 많아서 짜증이 나 있다 보니 가족들이 말을 걸어와도 좋게 말이 나오지 않는다. 그 말을 들어줄 마음의 여유가 없다. 그러니 돈을 조금 투자해서라도 집안을 최대한 자동화하여 엄마의 노동시간을 줄이고 가사에 쓰는 에너지를 아끼자. 가족을 위해서도 나를 위해서도 좋은 일이 될 것이다.

3
·
인터넷 쇼핑을 최대한 활용하라!

나는 쇼핑을 하러 마트나 시장, 동네 슈퍼조차도 잘 가지 않는다. 아주 급하게 사야 할 것이 있지 않는 이상, 혹은 걷기 운동을 하는 목적이 아니라면 아예 가지 않는다. 필요한 게 있으면 주로 인터넷 쇼핑을 이용한다. 대부분의 사람들이 휴지나 세탁세제와 같은 제품들은 인터넷 쇼핑몰에서 구입하지만 식료품은 인터넷으로 잘 사지 않는다. 배송료를 내지 않으려면 한 번에 많이 사야 하는데 사놓으면 다 먹을 수 없어서 부담스럽다고. 그래서 거의 마트나 시장 등을 이용해 식료품을 구매한다.

나도 아이가 있는 주부이다 보니 가족들 먹이기 위해 식료품을 자주 구매해야 한다. 그래서 예전에는 일주일에 한 번 정도 마트에 갔었다. 마트에 가는 것은 나에게 전쟁 같았다. 일단 마트에 가면 주차부터 시작해서 고난이 시작된다. 그리고 여러 층으로 이루어진 그 큰 마트를 한번 돌고 나면 두세 시간은 금세 훌쩍 지나갔다. 주말이라 아이들과 같이 가면 애들은 또 재미가 없으니 놀이방에 넣어달라고 졸랐다. 그래서 유료놀이방에 넣어주면 보통 아이 하나당 만 원 정도여서 2만 원이 공중으로 날아간다. 조금이라도 저렴하게 사겠다고 일부러 대형마트를 찾았는데 이렇게 되면 가까운 동네 마트를 이용하지 않고 멀리까지 온 이유가 없어지는 셈이다.

아이들이 어느 정도 커서 놀이방에 들어갈 수 없는 나이가 되어서도 아이들을 마트에 데리고 가면 부수적인 지출이 증가한다. 시식코너를 돌면서 애들이 이것저것 맛보고 그러면 얻어먹은 것 같은 미안한 마음이 들어 필요 없는 식료품들을 주섬주섬 카트에 주워 담게 되기 때문이다. 그러니 마트에서 한번 쇼핑을 하면 적어도 10만 원 이상은 우습게 나갔다. 돈 벌기는 힘든데 돈 쓰기는 참 쉽다는 생각이 절로 들었다. 꼭 필요한 것도 아닌데 원 플러스 원 제품과 사은품을 주는 상품, 예를 들어 커피를 사면 텀블러를 주는 등의 상품들을 구입하다 보면 20~30만 원이 나올 때도 있었다. 견물생심이라고, 욕구에 취약한 인간인지라 보면 필요 없는 것도 사고 싶게 되어 있다. 그래서 다음 달 지나치게 많이 나온 카드명세서를 보며 항상 후회하곤 했었다.

쓸데없이 지출되는 돈도 돈이지만 내가 마트나 동네 슈퍼에 가서 식료품을 사기 싫은 가장 큰 이유는 쇼핑한 물건들을 포장해 집까지 들고 오는 것이 너무 힘들어서다. 남편은 주로 해외근무를 많이 해서 밖에 나가 있는 시간이 많다. 그래서 아이들을 혼자 돌봐야 하는 시간들이 많다. 일주일치 먹을 식료품들 장을 보면 적어도 20리터짜리 쓰레기봉투로 두 봉지 정도가 된다. 거기다가 생수까지 구입하면…… 그것들을 혼자 들고 집에 가야 하는 날은 녹다운 상태가 된다.

그렇게 들고만 와도 너무 힘들고 벅찬데 마트에 가면 물건을 구매하고 포장도 셀프로 해야 한다. 포장박스에 테이프를 붙이고 구입한 물건들을 하나하나 망가지지 않게 차례차례 담는 일이 나는 너무 번거롭고 귀찮다. 아무리 차가 있다고 해도 집 안까지 그 짐들을 들고 들어가는 것은 번거로운 일이다. 남편이 해외에 나가 있을 때 장을 봐서 집으로 혼자 옮길 때면 서러워도 그렇게 서러울 수가 없었다. 삶의 무게까지 장바구니에 보태져서 더 무겁게 느껴지는 듯했다. 그런 기분을 느끼고 싶지 않았기에 다른 방법을 강구해야 했다.

찾아보니 내가 자주 이용하는 인터넷 쇼핑몰인 G마켓에 홈플러스가 입점되어 있었다. 몇몇 품목만 판매하는 것이 아니라 동네의 가까운 마트 지점에서 판매하는 거의 모든 상품을 구매할 수 있었다. 시험적으로 물건을 구매해보았는데 구입한 물건을 그날 바로 우리 집 현관까지 배달해주었다. 신세계를 만난 듯 정말 너무나도 편리했다. 4만 원 이상 구매하면 배송비도 받지 않는다. 홈플러스 직원들이 내 대신 직접 포장을 해서 내가 원하는 시간에 맞춰 집 안까지 친절하게 배달을 해준다. 마트를 돌아다니면 시간도 엄청 소비되고 다리도 아프고 넓은 공간을 다녀야 하기에 상품에 대한 정보도 잘 알 수 없었다. 그런데 인터넷 쇼핑몰에 들어가면 금주의 특가상품이 뭔지, 어떤 것이 지금 행사 중인지 바로 알 수 있기에 그것들을 손쉽게 구매할 수 있다.

식료품을 구입하기 위해 많은 시간을 들이지 않아도 된다. 일을 하다가 자투리 시간이 생길 때라든가 잠자려고 누웠는데 잠이 안 올 때 필요한 것들을 하나하나 온라인 장바구니에 담아놓았다가 4만 원이 되면 주문을 하면 된다. 인터넷으로 쇼핑을 하니 주부로서 해야 할 일이 훨씬 줄어들었다. 쓸데없이 구매하는 품목 또한 줄어서 생활비도 절약됐다. 필요한 것이 생각날 때마다 모바일 쇼핑몰을 이용해서 바로바로 장바구니에 담으니 따로 쇼핑목록 리스트를 작성할 필요도 없어 좋았다. 무엇보다 일주일치 식료품 구입을 위해 주말이면 마트를 가야 했던 그 시간에 아이들과 나들이를 할 수 있어서 좋았다.

아이들 옷이나 책도 주로 인터넷을 이용해 구입한다. G마켓이나 11번가 같은 온라인 쇼핑몰과 위메프나 쿠팡 같은 소셜커머스 마켓에서 특가 딜이 떴을 때 주로 구매한다. 대개 보세 옷보다 품질이 좋은 브랜드의 클리어런스 세일 제품을 이용하는

데, 디자인은 보세가 더 예쁜 것도 많지만 내구성이 생각보다 좋지 않았기 때문이다. 애들은 옷을 다소 험하게 입기 때문에 보세 옷을 구입하면 금세 사타구니 부분이 뜯어지곤 했다. 아이들이 아직 어려서 그런지 엄마가 사주는 옷을 아직은 잘 입어주고 있다. 아이들이 더 크면 함께 컴퓨터 앞에 앉아 온라인 쇼핑몰에서 각자 마음에 드는 옷을 구매하면 될 것이다.

이전에는 하루 날을 잡아 상설 할인매장이 가득한 아울렛에 아이들을 데리고 가서 옷과 신발 등을 사주었다. 따분해하는 아이들을 억지로 끌고 다니면서 쇼핑하기란 아이들에게도 나에게도 정말 고역이었다. 거기다 아울렛에서 파는 옷을 집에 와서 인터넷으로 검색해보면 같은 옷인데도 대부분 인터넷 판매 가격이 훨씬 저렴했다. 그래서 요즘은 내 옷이나 애들 옷, 그리고 신발도 다 인터넷 쇼핑몰에서 구입하고 있다.

애들은 성장해가기 때문에 어른과 다르게 사야 할 것이 정말 많다. 우리나라가 사계절인 것도 한몫을 한다. 사계절을 누릴 수 있는 대신 봄, 여름, 가을, 겨울 시즌에 맞는 옷이나 신발을 구매해야 한다. 아무리 쇼핑을 좋아하지 않아도, 적어도 두세 달에 한 번 마트나 아울렛에 가는 일은 불가피한 선택이다. 그런데 이런 것들을 인터넷으로 다 구입하니 쇼핑몰에 갈 일이 없어 주말에도 시간이 많이 여유로워졌다. 더 저렴하게 구입할 수 있기에 생활비가 절약되는 것은 물론 쇼핑에 쓰던 시간과 에너지도 확연하게 줄일 수 있게 되었다. 쇼핑몰에 가서 즐겁게 물건을 보고 사며 스트레스를 해소하는 타입이라면 계속 오프라인 구매를 해도 좋다. 하지만 쇼핑이 그리 즐겁지 않고 힘들고 번거롭게 느껴진다면 온라인 쇼핑몰을 십분 활용해보기 바란다.

쇼핑 시간을 줄이면 아이들과 함께할 수 있는 시간이 늘어난다. 나는 주말이면 아이들과 답답한 도시를 벗어나 초록빛이 무성한 자연에서 시간 보내는 걸 좋아한다. 인터넷 쇼핑을 자주하면서 가족들과 함께 더 많은 활동을 할 수 있게 된 것이 무척 기쁘다. 많은 엄마들이 인터넷 쇼핑을 통해 휴식할 수 있는 시간을 더 많이 만들 수 있기를 희망한다.

4
.
애들한테도 시켜라!

얼굴도 볼 겸, 밥도 얻어먹을 겸해서 친한 언니 집에 놀러간 날이었다. 언니는 국수를 정말 잘 만든다. 국수 가게를 내면 대박 날 정도의 맛과 비주얼을 갖췄다. 멸치만 달랑 넣고 다시 국물을 내는 나와 다르게 들어가는 재료가 엄청나다. 다시마는 물론 무, 양파, 파…… 다시 국물 하나에도 정말 여러 가지 재료들이 들어간다. 고명도 신김치나 김가루 정도만 뿌리는 나와 다르게 무척이나 정성스럽다. 당근과 호박을 채 썰어 볶고, 달걀지단은 흰자와 노른자를 분리해서 프라이팬에 부친 후 곱게 채 썬다. 고기도 짭짤한 간장 양념을 해서 맛있게 볶아 준비한다. 그렇게 요리하는 모습을 바라볼 때면 언니는 나와 다른 별에서 온 생명체 같다. 나는 요리하는 게 귀찮고 번거로운데 언니는 가족들을 위해 그처럼 아기자기하게 보기에도 예쁜 음식을 준비한다. 그리고 그 시간이 행복하다고 한다. 언니가 나의 아내나 우리 엄마였으면 좋겠다는 생각을 자주 한다.

언니의 중학생 딸이 학원을 갔다가 집에 돌아왔다. 나를 보고 인사하고는 자기 방에 가방을 던져놓고 나와 텔레비전을 켜고 소파에 앉는다. 그리고 스마트폰을 붙잡고 혼자 무엇이 그리 좋은지 히죽히죽 웃고 있다. 언니가 저녁상을 다 차릴 때까지 꿈쩍도 하지 않는다. 나라면 그런 딸이 얄미울 것 같은데 언니는 아무 말도 하지 않는다. 언니는 자타공인 나쁜 엄마인 나와 대조되는 정말 착한 엄마다. 나라면 냉장고에서 반찬 꺼내고 젓가락이라도 놓으라고 시켰을 것 같은데 말이다.

드디어 장시간 손꼽아 기다리던 국수 밥상이 차려졌다. 언니는 어서 와서 먹으라며 딸을 불렀고 아이는 집에 들어오면서부터 내내 한 몸이었던 소파에서 벌떡 일어나 마침내 식탁으로 왔다. 그리고 함께 국수를 맛있게 먹었다. 엄마한테 잘 먹겠다는 감사의 표현 같은 것은 물론 없었다. 그것까지는 가족사이기에 이해한다. 아이는 저녁을 다 먹은 후 자기 그릇도 치우지 않고 그대로 일어나서 다시 소파로 돌아갔다. 그리고 또다시 텔레비전과 스마트폰 화면을 번갈아 보면서 혼자만의 휴식을 즐긴다.

나는 아이의 행동이 괘씸했다. 엄마가 힘들게 밥을 차려줬으면 자기가 먹은 밥그릇 정도는 치워야 하는 것 아닌가? 고맙다는 말도 한마디 없이 공주가 무슨 시녀 부리듯이 당당하게 엄마를 부려먹는 것 같은 아이의 모습에 화가 났다. 언니한테 넌지시, 딸아이는 집안일을 좀 도와주느냐고 물어보았다. 언니가 말하기를 아무리 시켜도 청소기 한번 안 돌리고, 빨래가 거실에 널려 있어도 개키는 일 한번 없다고 했다. 심지어 자기 방이 아무리 더러워도 치우지 않는단다. 입던 옷을 방에 산더미처럼 쌓아두는 것은 물론이고, 쓰레기도 쓰레기통에 버리기 귀찮아서 그냥 책상 위나 바닥에 버린다고 했다. 그래서 언니가 매일같이 치워주지 않으면 안 된다는 것이었다.

그런 아이를 보고 있자니 대학교 때 룸메이트 중 한 명이 생각났다. 그 친구는 도대체가 자기 물건을 치울 줄 몰랐다. 얼굴은 정말 깔끔하게 생기고 예뻤다. 요즘 연예인으로 치자면 수지 같은 느낌의 청순한 마스크의 소유자였다. 하지만 정말 반전이라고 할 만큼 정리할 줄을 몰랐다. 나도 그리 정리를 잘하는 편은 아니라 서랍장 같은 데를 열면 물건들이 엉망으로 흩어져 있을 때가 많다. 그래도 일단 보이는 곳은 깨끗하게 정리해두는 터라 타인에게 불편함을 주지는 않는다. 하지만 그때 나의 룸메이트는 옷이나 쓰레기를 여기저기 아무 데나 던져놓았다. 그 친구와 함께 쓰는 기숙사 방에 들어가려면 바닥에 무질서하게 쌓여 있는 옷가지들을 한쪽으로 치우면서 진입해야 할 정도였다. 그

러니 그 친구는 다른 룸메이트들과도 늘 트러블이 많았다. 나 역시도 어차피 더러워질 거 대충 해놓고 살자 주의지만, 그 친구와 한방을 쓰는 것은 정말 고역이었다. 음식물 쓰레기나 과자 봉지도 한쪽에 쌓아두고 잘 치우지 않았다. 그러니 방에 날파리가 날아다녔고, 짜증이 나 말다툼도 몇 번 했다. 듣기로 그 친구와 룸메이트였던 사람 중에 싸우지 않았던 이가 없었다고 한다.

그 친구는 나이 차이가 열 살이나 나는 오빠와 딸 하나뿐인 집에서 태어난 귀한 늦둥이였다. 그래서 그 친구가 스무 살이 될 때까지도 부모님께서는 집안일을 전혀 시키지 않았다고 한다. 그러니 대학교라는 작은 사회에서도 다들 한방 쓰기를 기피하는 민폐형 인간이 되었다. 그런 좋지 않은 습관을 고치지 않는다면 사회생활이 힘든 것은 물론이고, 나중에 가정을 꾸린다면 아마 남편과 트러블이 굉장히 많을 것이다. 진정으로 아이를 위한다면 공주마마나 왕자마마로 키워서는 안 된다. 내 아이들이 사랑받고 살기를 원한다면 어렸을 때부터 집안일을 시켜서 정리 정돈하고 치우는 습관을 들이게 해야 한다. 세 살 버릇이 정말 여든까지 가기 때문이다.

아이들이 말을 잘 듣지 않기는 한다. 설거지나 청소 등의 집안일을 시키면 무조건 피하려 한다. 어차피 엄마가 알아서 해줄 것이라고 생각하기 때문이다. 아이들에게 강력한 동기부여를 해줘야 한다. 시키면 할 것이라고 생각해서는 안 된다. 물론 정말 착한 아이들도 있어서, 엄마를 너무 사랑해서, 집안일을 도와주고 싶어 하는 아이들도 있을 것이다. 하지만 그런 경우는 흔하지 않다. 내 주변만 하더라도 그런 아이들은 없다. 솔직히 말해서 한 번도 못 봤다. 그러니 우리 아이에게 그런 착함을 기대하지 말자. 중요한 것은 아이들이 스스로 집안일을 할 수 있도록 동기부여를 해야 한다는 것이다.

아이들에게 동기부여 하는 방법을 소개하고자 한다. 나는 두 가지 방법을 사용한다. 일명 당근과 채찍의 이중주다. 먼저 당근에 대해 소개하겠다. 나는 아이들에게 이유 없이 용돈을 십 원도 주지 않는다. 일을 안 하고는 돈을 받을 수 없다는 점을 분명히 알려주려는 것이다. 이 방법은 집안일을 시킬 때도 적용된다. 설거지나 진공청소기 밀기, 쓰레기 내다 버리기, 빨래 널기와 개키기 같은 집안일을 할 때마다 나는 아이들에게 천 원씩의 용돈을 지급한다. 아이들이 클수록 돈의 가치를 알게 되고 사고 싶은 것도 점차 많아진다. 그래서 돈을 벌고 싶어 한다. 아이들 둘이 서로 집안일을 조금이라도 더 하려고 싸울 정도다. 그래서 딴 엄마들처럼 제발 청소 좀 하라고 아이에게 소리 지를 필요가 없다. 천 원짜리 지폐 한 장의 힘으로 아이들을 움직일 수 있다.

다음은 채찍이다. 우리 집은 식기세척기가 있다. 그래서 그릇을 식기세척기에 하나씩 차곡차곡 넣기만 하면 설거지가 가능하다. 그런데도 설거지는 다른 집안일보다 힘들게 느껴지는지 아이들은 그리 하고 싶어 하지 않았다. 둘이서 서로에게 미뤘다. 그래서 설거지만큼은 다른 집안일과 다르게 하루씩 교대로 하라고 했다. 그랬더니 일부러 시간을 끌다가 은근슬쩍 안 하고 넘어가는 날들이 종종 있었다. 나는 어떻게 하면 아이들이 설거지를 거르지 않을까 고민해보았다. 소리를 지르거나 강요하고 싶지는 않았다. 그러면 내가 더 스트레스를 받기 때문에 그 방식은 피하고 싶었다. 결국 찾아낸 방법은 아침밥을 주지 않는 것이었다.

우리 아이들은 식신들이다. 사실은 우리 가족 모두가 그렇다. 다들 배가 고파서 아침에 눈을 뜬다. 아침부터 고기를 구워 먹고, 달걀프라이를 한 번에 세 개씩 섭취하는 사람들이다. 아침을 거른다는 것은 우리 가족에게는 상상할 수도 없는 일이다. 아들 녀석이 설거지를 하지 않고 잠든 다음 날 아침, 나는 혼자 밥을 차려서 먹었다. 그리고 아이들에겐 너희들이 설거지를 하지 않아서 그릇이 없기 때문에 밥상을 차리지 못했다고 말했다. 지은 죄가 있기에 아이는 아무런 반박도 하지 못하고 풀이 죽은 모습으로 학교에 갔다. 여기서 포인트는 아이들 둘 다 밥을 주지 않아야 한다는 것이다. 그래야 한 명이 다른 한 명에게 미안해서라도 피해를 주지 않기 위해 각자 설거지를 의무적으로 하게 된다. 역시나 예상대로 효과는 무척 탁월했다. 아이들이 아침밥을 굶지 않기 위해 저녁 설거지를 다시는 거르지 않고 하게 되었다. 이것이 나의 채찍이다.

밥을 주지 않는다니 너무한 것 아니냐고 말하는 엄마들도 있을 것이다. 한 끼 굶는다고 해도 별 문제는 없다. 한 끼 걸러서 인생의 교훈을 얻을 수 있다면 나는 몇 끼라도 굶길 수 있다. 아이에게 약속을 지키고 책임을 지는 것은 매우 중요하다는 사실을 강하게 인식시켜야 앞으로 사회생활도 잘해나갈 수 있다. 물렁물렁한 방법으로는 아이들을 변화시킬 수 없다. 아이들에게 집안일을 시키는 것은 엄마의 노동 에너지를 줄일 뿐만 아니라 아이들의 미래를 위해서도 좋은 일이다.

5

집안일에 너무 목숨 걸지 마라!

어릴 적 친했던 친구와 오랜만에 만났다. 그 친구는 좀처럼 집 밖으로 나오지 않는 집순이다. 나는 하루만 집에 있어도 좀이 쑤시고 뭔가 기분이 우울해지는데, 그 친구는 집을 예쁘게 꾸미고 깨끗하게 청소하고 정리하면서 지내는 게 가장 좋다고 한다. 그런 친구를 볼 때면 세상에는 다른 취향을 가진 사람들이 정말 많다는 생각이 든다. 그 친구와 나의 성향이 너무나 다름에도 신기한 건 우리가 친한 친구라는 사실이다.

점심시간이라 우리는 식당에 가서 맛있게 밥을 먹었다. 밥을 먹은 후 카페에 가서 수다를 떨려고 하는데, 친구가 나의 눈치를 살피며 말을 꺼냈다. 미안하지만 집에 가야 하니 다음에 다시 만나자고 한다. 나는 무슨 급한 일이 생겼냐고 물었다. 내 상식으로는 이해 불가능한 대답이 돌아왔다. 빨래를 돌려놓고 나와서 빨래를 널기 위해 집으로 돌아가야 한다는 것이었다.

일단 그냥 두었다가 나중에 돌아가서 섬유유연제 다시 넣고 헹굼과 탈수를 한 번만 더 하면 새 빨래처럼 된다고 말하며 함께 더 놀다 가자고 설득했지만, 친구는 그럼 빨래가 꾸깃꾸깃해진다며 안 된다고 했다. 친구의 태도는 완고했다. 미안하지만 정말 집에 가봐야겠다고 말하는 친구에게 다른 말을 해봤자 아무 소용이 없을 것 같아 아쉽게 헤어졌다.

친구는 집에 있으면서도 매일 바빴다. 매일 아침저녁으로 가족들을 위해 밥을 차리고 설거지를 했다. 매일 진공청소기를 돌리는 것은 물론이고 걸레질도 바닥을 기어다니면서 직접 손으로 했다. 힘들이지 않고도 바닥을 번쩍번쩍 광나도록 닦을 수 있는 전기 회전식 물걸레 청소기를 사용하라고 권유도 해보았다. 하지만 손으로 하는 것처럼 깨끗하게 되지 않는다고 친구는 단칼에 거절했다.

친구는 또 일주일에 한 번은 냉장고 안에 있는 식품을 다 꺼내서 청소와 정리를 한다고 했다. 나는 6개월에 한 번 냉장고 청소를 할까 말까 하거나, 냉장고 안에 김치 국물 같은 것을 쏟았을 때 어쩔 수 없이 청소를 하는 정도다.

친구네 집 화장실도 감탄을 자아낸다. 정말이지 우리 집 안방보다 깨끗하다. 친구의 성격을 알기에 곰팡이나 얼룩 하나 없는 건 당연한 거고, 화장실임에도 물기 하나 없다는 사실이 놀랍기까지 하다. 샤워를 할 때마다 청소하고 걸레로 닦는다고 한다. 나는 아들이 있어서 일주일에 한 번 화장실 청소를 했다. 아무래도 남자들은 서서 소변을 보다 보니 오줌이 바닥에 많이 튀므로 화장실 청소를 한 지 며칠 되지 않아도 금세 지린내가 났다. 하여 나는 집에서 남자전용, 여자전용 화장실을 나눠 따로 사용하고 남자화장실은 남자에게 청소하라고 했다.

어느 날 친구가 나에게 고민을 털어놓았다. 자기의 삶은 없는 것 같다며. 집에 있으면서도 쉼 없이 가사노동을 하느라 너무 힘든데 가족들은 자기의 고마움을 몰라주는 것 같다고 했다. 가장 결정적인 건 딸이 엄마를 무시한다는 것이었다. 초등학교 2학년인 딸이 엄마에게 수학 문제를 물어보았다고 한다. 그런데 요즘 초등학교 수학 문제가 예전에 우리가 학교 다닐 때의 그 초등학교 2학년 수준이 아니다. 게다가 문제 유형도 스토리텔링이 가미된 형식이다. 우리 세대의 수학 문제 유형과 달라도 너무 다르니 친구는 당황할 수밖에 없었고, 딸에게 솔직히 잘 모르겠다고 말했다고 한다. 그랬더니 딸아이가 엄마는 그것도 모르냐면서 대놓고 무시했다는 것이다. 그때 친구는 자신이 뭔가 변화해야겠다는 생각을 가지게 되었다고 한다.

친구의 말에 반가움이 앞섰다. 평소 집에만 콕 처박혀 지내는 친구가 우울증에 걸리지나 않을까 많이 걱정했는데 그 말을 듣고서 나는 두 손을 들고 환영했다. 친구에게 아직 젊으니까 무엇이든 하고 싶은 게 있으면 해보라고 했다. 내가 도울 수 있는 건 뭐든 돕겠다고, 열렬히 응원하겠다고 했다. 친구는 고맙다며 자기가 무얼 좋아하는지 한번 곰곰이 생각해보겠다고 했다. 그러고는 공인중개사 학원에 다니기 시작했다.

그 후로 만날 때마다 친구의 얼굴은 점차 더 밝아 보였다. 친구의 집은 여전히 우리 집보다 깨끗했지만 이전처럼 세탁기를 돌려놓았기 때문에 빨리 들어가봐야 한다고는 하지 않았다. 자기가 왜 그렇게 집안일에만 매여 있었는지 모르겠단다. 밖에 나가서 사람들도 만나고, 미래를 준비하면서 공부도 하니 사는 게 더 즐거워졌다고 한다. 엄마가 공부하는 모습을 본 딸의 태도도 좀 변한 것 같고, 남편도 공부하는 자기 모습이 예쁘게 보인다고 말했다며 좋아했다.

내가 좋아하는 철학자인 버트런드 러셀의 책에 행복에 대한 구절이 있는데, 행복하기 위해서는 열정이 있어야 한다고 했다. 자기 일이 있어야 인간은 행복할 수 있다는 말에 공감이 갔다. 집안일도 열정을 가질 수 있는 대상이 될 수 있겠지만 집안일에 모든 열정을 쏟아붓기에는 아깝다는 생각이 든다. 집은 치워도 늘 더러워진다. 더 깨끗하다고 해서 가족들 행복의 수치가 급격하게 증가되는 것도 아니다. 집안이 쓰레기 더미가 되지 않을 정도로만 정리하고 치우면 된다. 적당한 편안함과 안락함을 느낄 수 있을 정도로만 집안일에 시간과 에너지를 투자하자.

그리고 여분의 에너지는 다른 곳에 투자해야 한다. 엄마는 처음부터 엄마가 아니었다. 해보고 싶은 일들을 상상하며 미래를 설계했던 꿈 많은 소녀였을 것이다. 시간이 지나면서 잠들어버린 그 소망들을 하나씩 소환하여 아직 식지 않은 열정을 쏟아보자. 매일 반복되는 빨래와 설거지, 청소 같은 집안일이 아니라면 무엇이든 좋다. 일단 시작해보자. 첫술에 배부르지 않겠지만 꿈으로만 생각하던 목표에 조금씩 다가가는 자신을 발견하게 될 것이다.

나는 '집사람'이란 말을 싫어한다. 왜 아내는 '집사람'이라 불려야 하는가? '집사람'이란 표현은 예전 시대에 여자들이 빨래터에 가서 직접 손빨래를 하고, 아궁이에 불을 지펴 밥을 해야 했을 때 이야기이다. 가전제품 사용과 남편과 아이들의 일 분담으로 이제는 더 이상 엄마들이 '집사람'으로 머물 필요가 없어졌다. 집안일에 매여 있지 말고, 세상 밖으로 나가라. 자신의 삶에 더 큰 행복과 즐거움을 선물하라.

5장

나쁜 엄마의
교육 노하우

1

·

아이 책만 사지 말고, 엄마 책도 사라!

나는 구두쇠다. 남편이 나보고 찔러도 피 한 방울 안 나오겠다고 말할 만큼 절약하는 스타일이다. 절약에 대한 나의 강한 신념은 그 어떤 고난 속에서도 꿋꿋하게 지켜져왔다. 첫째를 낳을 때는 무통분만이 지금처럼 보험 적용이 되지 않았다. 무통분만 주사가 꽤나 비싸다고 들었다. 초산은 생각보다 더 많이 고통스럽다. 하지만 조금만 참으면 몇십만 원을 아낄 수 있다고 생각했기에 정신없이 아픈 상황에서도 투철한 경제관념으로 이 악물고 고통을 참아냈던 사람이 바로 나다. 그런 구두쇠 중에 구두쇠인 내가 유난히 후하게 돈을 쓰는 데가 있다. 바로 책이다.

나는 책을 사는 데만큼은 돈을 아끼지 않는다. 차량으로 이동하는 도중에 좋아하는 EBS 라디오를 듣다가 재밌을 것 같은 책 얘기가 들려오면 바로 인터넷 쇼핑몰에 접속해서 도서를 구입한다. 옷을 사거나 신발을 사는 일에는 충동구매를 절대 용납하지 않지만 책을 사는 데는 그렇지 않다. 충동구매라는 사실을 인지하고도 스스로 눈감아준다. 심할 때는 카드 명세서에 책값만 한 달에 30만 원이 넘게 나오기도 한다. 그래도 나는 그 돈이 아깝지 않다. 훗날 내가 책에 투자한 값보다 더 큰 결실이 있을 것이기 때문이다. 읽은 책은 재산으로 축적된다고 여기기에 앞으로도 책에 대한 이런 거침없는 소비행각은 멈추지 않을 것이다.

이렇게 책을 구입하기에 우리 집에는 책이 넘쳐난다. 식탁 위에도 소파 위에도 화장실에도 책들이 쌓여 있다. 나는 집 안 곳곳에 책이 놓여 있는 것을 좋아한다. 손이 닿는 곳에 책을 두면 자투리 시간이 생길 때마다 수시로 읽을 수 있기 때문이다. 웃긴 게 집에서 혼자 술을 마시면서도 나는 책을 읽는다. 취기가 오르면서 책을 읽어 내려가는 그 느낌이 좋다. 작가와 취중진담을 나누는 기분이랄까? 아무튼 나는 친구들이 혀를 내두르는 독서광 중 한 명이다.

보고 배운 게 도둑질이라고, 우리 아이들은 독서를 그렇게 배웠다. 엄마가 이처럼 자나 깨나 책을 읽는 모습을 보면서 크다 보니 나의 아바타인 애들도 절로 그런 모습을 닮아갔다. 밥을 먹

으면서도 책을 보는 것은 물론이고, 화장실에 들어갈 때도 큰일(?)을 보든 작은일(?)을 보든 책이 없으면 안 된다. 걸어가면서까지 책을 봐서 사고가 날까봐 혼낸 적도 많다. 무엇보다 욕조에 들어앉아 반신욕을 하면서 책을 읽는 것이야말로 아이들이 좋아하는 일 중 하나다. 물에 젖어 훼손된 책들만 해도 100권은 족히 될 것이다. 집에 있는 책들을 다 읽은 것은 물론이고, 학교 도서관에 있는 책들 또한 모두 섭렵하고 있다. 점심을 먹고 도서관 가서 책을 읽고, 학교 수업을 마치면 도서관에서 책을 읽다가 4시 반 도서관 마칠 시간이 되어서야 학교를 나오는 아이들이다. 아이들도 나처럼 이렇게 일종의 활자중독 증세가 있다.

일을 하면서 알게 된 친구로, 나와 동갑이면서 아이가 둘인데 나처럼 책 사 모으기를 좋아하는 친구가 있다. 그런데 자기 책이 아니라 순전히 아이들 책만 산다. 교육에 관심이 있는 그 친구는 아이들에게 좋다는 책이라면 여기저기서 잔뜩 사들였다. 그 집에 가보면 아이들 책방 하나가 아예 따로 있다. 대형 책꽂이 두 개에 새 책 냄새를 풍기는 아동 도서들이 빽빽하게 꽂혀 있고, 바닥에 놓인 상자에는 미처 꽂지 못한 책들이 쌓여 있다. 하지만 아이들은 그 책들을 읽지 않는다. 아이들이 그 방에 잘 들어가지도 않는다고 한다. 몇백만 원어치의 책값만 날린 것 같다고 친구는 내게 늘 하소연을 했다. 그러면서 책을 좋아하는 우리 아이들이 너무 부럽다고 말한다. 책을 좋아하는 건 타고난 성향이라면서 친구는 자기 아이들이 책을 읽지 않는 것은 천성이 책을 좋아하지 않기 때문이라고 했다. 나는 그렇게 생각하지 않는다. 책을 좋아하는 것은 후천적인 환경의 영향이 더 크게 작용한다.

대부분의 엄마들은 아이들에게 책 사주는 것을 아까워하지 않는다. 내 새끼가 책을 읽는다면 카드빚이라도 얻어서 책을 구입해준다. 그래서 아무리 돈이 없다고 해도 아이를 키우는 집에 가보면 책들은 다들 어느 정도 구비해놓고 있다. 하지만 자신에게 책을 사주는 데에는 무척 인색하다. 물론 책값이 싸지 않다는 점은 나도 알고 있다. 부피도 얼마 안 되는 녀석이 한 권에 적어도 만 원 이상 한다. 몇 권 사다 보면 몇만 원이 되고, 가족들의 일주일치 식비를 훌쩍 넘길 수도 있다. 주부이다 보니 아무래도 생활비를 절약하기 위해 그렇게 꼭 필요한 곳이 아니라면 돈을 아끼고 싶다. 하지만 아이를 위해서라도 엄마가 볼 책을 사는 것을 아까워해서는 안 된다. 아이가 엄마의 행동을 따라 하기 때문이다. 엄마가 책을 읽는 모습을 보이지 않는다면 아이도 쉽게 책과 친하게 지내기 어려울 것이다. 또한 나중에 책을 사는 데 유독 인색하고 돈을 아까워하는 사람으로 자라날 것이다.

우리 남편은 대부분 해외에서 근무한다. 그래서 다른 아빠들처럼 아이들과 집에서 함께 지내는 시간이 많지 않다. 8개월 정도 해외에서 근무하다가 2개월 정도의 휴가를 받아 집에서 쉬고 다시 일하러 출국한다. 그런데 남편이 그렇게 장기간의 휴가를 받아 집에 오면 아이들에게 다른 모습이 나타난다. 메이저 리그 야구를 무척 좋아하는 남편은 스포츠 방송채널을 틀어놓고 수시로 야구경기를 본다. 소파에 옆으로 가로누워서 한 손으로 머리를 받친 채 야구를 시청한다. 남편이 그렇게 소파에 널브러져 텔레비전을 보고 있는 모습을 아이들에게 보이고 나면 얼마 지나지 않아 아이들도 자연스럽게 그 자세로 텔레비전을 시청하고 있다. 남편이 없을 때는 아이들이 그런 자세로 텔레비전 앞에 있는 모습을 본 적이 없었다. 아이들은 스펀지와 같아서 부모가 하는 행동을 보는 그대로 모방하여 행동한다. 그런 아이들의 모습이 정말 웃기고도 신기했다.

그러니 엄마가 책을 사서 읽는 모습을 아이들에게 수시로 보여준다면, 아이들은 책을 좋아하는 아이로 성장하게 될 것이다. 이는 독서를 위한 그 어떤 교육보다 더 탁월한 효과가 있다. 교육학에 관련된 많은 연구들이 이러한 사실을 증명해주었다. 이런 방법을 '관찰학습'이라고 부른다. 그러니 아이들에게 책을 읽히고 싶다면 엄마가 먼저 책을 읽어라. 엄마가 매일 드라마나 보고 스마트폰으로 카카오톡을 하고, 게임을 하면서 아이들에게 책 읽기를 기대한다면 아무 소용이 없다. 엄마의 책 읽는 모습에 아이들도 엄마와 마찬가지로 책을 읽는 데 훨씬 더 큰 애정을 느끼게 될 것이다.

책이라면 손사래를 치는 엄마들이 생각보다 많다. 공부와 관련된 교과서나 참고도서, 아니면 글씨가 매우 빡빡하고 읽기 힘든 책만 있는 것은 아니다. 여성들이 관심을 갖는 패션이나 뷰티에 관한 책, 백세시대를 사는 사람들의 관심을 받는 건강 관련 도서도 있다. 게임과 관련된 책들도 많이 있다. 그러니 책은 하품을 유발하는, 지루하고 재미없는 사물이라는 고정관념을 깨기 바란다. 나도 순수문학을 그리 좋아하지는 않는다. 학생 때는 많이 읽었지만 지금은 실용서를 더 좋아한다. 다이어트 관련 책도 많이 읽고, 재테크에 관련된 책, 그리고 여행에 관련된 책도 특히 많이 읽는다.

세상에는 정말 다양하고 재미있는 책들이 많이 있다. 엄마가 먼저 자신의 취향에 맞는 책들을 찾아 아이들 앞에서 읽는 모습을 보여주어야 한다. 그것이 아이들로 하여금 책을 좋아하게 만드는 초석이 된다. 세계 도서전에서 상을 받은 그림책이라든가, 스토리 구성이 탄탄한 책을 아무리 많이 사줘도 읽지 않으면 다 소용 없다. 안 그래도 정리 안 된 집 한구석을 더 어지럽히는 거추장스러운 존재가 되는 동시에 쓸데없이 돈 낭비만 될 뿐이다. 아이들의 책 읽기 습관은 엄마를 통해서 키워질 수 있다. 그러니 엄마에게도 투자하라. 나 자신을 위해서 책을 사라. 그리고 애들 앞에서 즐겁게 읽는 모습을 보여줘라. 그것이야말로 아이들에게 물려줄 수 있는 가장 위대한 유산이 될 것이며, 아이에게 현금보다 큰 가치를 전할 것이다.

2

하루 딱 15분만 책으로 놀아줘라!

　나는 나쁜 엄마다. 다른 엄마들처럼 아이들에게 헌신적이지 않다. 우리 집 식탁의 규칙은 자기가 먹은 그릇은 자기가 치우고 자기가 먹은 자리는 물티슈로 깨끗하게 닦아 치워놓아야 한다는 것이다. 그런데 애들이 밥을 먹고 늦었다면서 정리를 하지 않고 학교에 가는 일이 종종 발생한다. 다른 엄마들 같으면 아무소리 없이 아이의 식탁을 치워주었을 것이다. 하지만 나는 아이가 먹고 간 자리를 절대 대신 치워주지 않는다. 우리 집에서 식탁 자리는 고정된 지정석이기에 다음 식사 때 그대로 다시 그 자리에 앉아야 하니 안 치우고 지저분하게 해놓고 가면 자기만 손해다. 그래서 나는 애들이 자기 자리를 안 치우고 가도 뭐라 하지 않고 그렇다고 치워주지도 않는다. 그런 일 정도는 자기가 책임지면 그만이라고 생각하기 때문이다. 이렇게 나는 한국에서 찾아보기 힘든 쏘쿨한 맘이다.

아이들에게 너무 냉정한 것 아니냐는 말도 종종 들었다. 스스로 생각해도 좀 이기적이다 싶은 내가 가끔 계모처럼 느껴질 때도 있다. 하지만 이처럼 자타공인 나쁜 엄마인 내가 생각해봐도 애들에게 정말 잘한 일이 있다. 아이들이 아주 어릴 때부터 책을 읽어준 것이다. 나는 아이가 신생아 때부터 듣든 말든, 이해를 하든 말든, 매일 책을 읽어주었다. 처음에는 의태어나 의성어가 많이 들어간 책을 읽어주었다. 동물 울음소리를 따라 내고, 리듬을 가진 말이 반복되는 구절들을 읽어주면 아기가 반응하는 것이 재미있었다. 장난감을 가지고 놀아주면 내가 금세 질려버려서 재미가 없었다. 책은 매일 새로운 내용이 나오니 재미가 있었다. 아이에게 책을 읽어줄 때 나는 내가 읽어보고 싶은 책을 위주로 먼저 골랐다. 그러니 나도 재미가 있어서 좋았다.

이처럼 나도 즐겁고 아이도 즐겁다 보니 길게는 한 시간도 넘게 읽어주었다. 어릴 적부터 그렇게 책 읽어주는 습관을 들이다 보니 네 살도 되지 않았을 때 스무 장이 넘는, 글이 제법 많은 책을 읽어주어도 집중해서 듣는 것이었다. 다른 아이들보다 말도 빨리 시작했다. 어린이집 선생님이 아이들 언어 구사력이 너무 좋다면서 표현력이 뛰어나다고 했다.

사촌 언니 가족과 함께 문경에 있는 리조트를 예약해서 주말 나들이를 갔다. 언니의 아들과 내 딸아이는 같은 나이였다. 저녁을 먹고 나서 아이들을 모아놓고 책을 읽어주는데 조카 녀석은 내가 책을 읽는 것에 관심을 기울이지 못했다. 우리 아이들은 내내 귀를 쫑긋 세우고 있다가는 더 읽어달라고 졸랐다. 사촌 언니는 그게 신기하다고 말했다. 어린아이들이 어떻게 그처럼 장시간 책을 읽어주는데도 가만히 듣고 앉아 있냐고, 더군다나 그림도 거의 없는 책인데…… 책 내용에 집중하는 아이들이 정말 놀랍단다. 조카 녀석과 내 딸아이는 나이가 똑같았지만 구사하는 언어가 달랐다. 조카는 아직 여러 가지 단어를 합친 완벽한 문장을 구사하지 못했다. 거의 단어로만 말하거나 단답형의 말만 구사할 수 있었다.

언니는 우리 아이들을 부러워하며 도대체 어떻게 하면 되는지 비결을 물어보았다. 비결은 간단하다. 하루에 딱 15분씩만 책을 읽어주는 것이다. 어릴수록 더 좋겠지만 이미 초등학생이어도 괜찮다. 엄마 아빠의 목소리로 책을 읽어주면 아이들은 정서적인 안정감을 느낄 수 있다. 앞에서도 말했지만 아이에게 정서적인 안정감을 주는 것은 학습적으로 정말 중요하다. 엄마나 아빠가 책을 읽어주면 아이들은 부모의 사랑을 느낄 수 있다. 아이와 부모의 건강한 애착관계가 형성되고 그러한 정서를 바탕으로 뉴런이라 불리는 뇌신경이 마구 뻗어나간다. 나무가 가지를 사방팔방으로 뻗치듯 아이 뇌의 신경들도 확장되어 뻗어나간다.

요즘은 초등학교도 들어가기 전에 한글을 깨우치는 아이들이 많다. 거의 100프로 다 그렇다고 보면 될 것 같다. 게다가 정말 빠른 아이들은 세 살이나 네 살 때 학습지 등의 사교육을 통해 한글을 학습한다. 그래서 자기 아이들은 이미 한글을 안다며 책을 읽어줄 필요가 없다고 생각하는 엄마들이 많다. 하지만 이는 잘못된 생각이다. 스스로 글을 읽을 수 있다고 해도 아이들은 엄마나 아빠가 책 읽어주는 것을 더 좋아한다. 학습적으로도 더 효과가 있다. 아직은 문자를 해독하는 것이 아이들에게 익숙하지 않기 때문이다.

아이들이 혼자서 책을 읽으면 책의 내용을 상상하며 생각의 날개를 펼치기보다는 글자 하나하나의 해석에 더 신경을 쓰게 된다. 그러면 재미가 없어지고, 그렇게 한번 흥미를 읽고 나면 나중에는 책을 좋아하기 어려워진다.

엄마나 아빠가 책을 읽어주면 아이들은 청각을 통해 이야기를 듣는다. 아직 어린 아이들에게는 시각적인 자극보다 청각적인 자극이 더 편안하게 느껴지므로 좀 더 온전하게 이야기에 집중할 수 있다. 그리고 책 속에 어려운 단어가 나와도 엄마 아빠가 그 부분을 읽어주는 분위기나 목소리 톤을 들으며 그 말이 무슨 뜻인지 느낌으로 파악할 수 있다. 무엇보다 누군가와 이야기를 공유할 수 있으니 재미가 있고, 중간중간 궁금한 것이 생길 때 물어보며 알아갈 수 있으니 더욱 좋다.

아무리 어린 나이일지언정 그림이 많지 않은 글 위주의 책을 읽어주어도 괜찮다. 어린아이가 혼자 책을 보면 주로 그림이 많은 책을 읽게 되고, 또 아이가 혼자 책을 읽으면 많은 시간 집중할 수가 없다. 그래서 열 장 정도의 짧은 동화책밖에 읽을 수 없다. 하지만 엄마나 아빠가 책을 읽어주면 네 살만 되어도 서른 장이 넘는 이야기들 역시 집중하며 소화할 수 있게 된다.

이렇게 이야기하면, 전래동화나 창작동화 콘텐츠를 만들어서 공급해주는 인터넷 사이트들을 이용하면 더 좋지 않겠느냐고 하는 사람들이 있다. 여러 효과음까지 더해져 육성만으로 읽어주는 것보다 훨씬 생동감 있고 흥미로울 테니 그런 콘텐츠를 이용하는 쪽이 더 좋지 않겠느냐는 얘기다. 하지만 그 어떤 좋은 기술로 스토리 콘텐츠를 만들고 가상현실을 이용한다고 해도 부모가 직접 책을 읽어주는 것만큼의 효과를 거둘 수는 없다. 그런 매체들을 이용하면 아이와 부모 간에 정서적인 유대관계를 쌓을 수 없을뿐더러, 사고의 과정을 거치기보다는 시각기관으로 바로 전달되기 때문에 뇌신경이 크게 발달하기 힘들다. 시각적인 자극이 그대로 들어오면 우리 뇌는 가지를 뻗어나가는, 생각하는 사고의 과정을 멈춘다. 시각적인 자극은 그대로 받아들이기만 하면 되지 크게 해독할 필요가 없기 때문이다. 그렇게 감각기관으로 직접 전해지는 책 이야기는 텔레비전이나 비디오를 보여주는 것과 같다. 아이의 지적인 발달에 전혀 도움이 되지 않는다.

　　요즘은 아이가 태어나자마자 적금을 들어서 아이의 미래를 준비해두는 부모들이 많다. 한 달에 10만 원가량씩 저축해서 나중에 아이가 대학 갈 때 학자금으로 주고 싶다며 교육보험 같은 금융상품에 가입한다. 아이를 위해 물질적인 것을 준비해주는 것도 좋지만 아이가 평생 책을 좋아하는 습관을 들이도록 만들어주는 것도 중요하다. 하루 15분만 투자하여 책을 읽어준다면 그 아이의 미래는 더 크게, 더욱 긍정적으로 바뀌어갈 것이다. 우리 아이를 위해 오늘부터 딱 15분만 나의 시간을 투자하자.

3

집을 책으로 가득 채워라!

첫째 아이를 낳고 집에서 산후조리를 하고 있을 때였다. 누군가 문을 두드려서 나가보니 책을 판매하는 사람이었다. 보건소에서 지원을 해주어 지금 유·아동 도서를 특가 세일하고 있다고 했다. 집 앞에 유모차가 놓여 있고 기저귀가 들어 있는 쓰레기도 놓여 있으니 아이가 있는 집일 거라 짐작하고 초인종을 누른 듯했다. 인상이 그리 나쁘지 않은, 양복을 깔끔하게 차려입은 세일즈맨 아저씨였다.

집으로 들어온 아저씨는 문 앞에서 했던 얘기를 반복하며 현재 이 아파트 지역에 도서구매 지원행사가 시행되고 있어서 정가보다 50퍼센트 낮은 가격에 도서를 구매할 수 있다고 했다. 손바닥만 한 크기의 책이 한 100권 정도 돼 보였는데, 원래는 백만 원이지만 50만 원에 판매하고 있다고 했다. 아이가 물고 빨아도 괜찮은 천연색소를 원목에 입혀서 만든 유아용 교구세트도 사은품으로 준다고 했다. 교구세트만 50만 위에 팔아도 될 만큼 양도 많고, 질도 괜찮아 보였다. 가격에 비해 나쁘지 않은 구성 같았고, 마침 집에 아이가 볼 책도 별로 없어서 구매를 해야겠다고 결심했다. 계약서를 작성하고 있는데 때마침 아파트 관리실에서 방송을 내보냈다. 보건소에서 나왔다 하고 아파트를 돌아다니며 책을 판매하는 사람이 있어 보건소에 직접 연락을 해보니 거짓말이었다고. 그러니 속지 말라는 경고의 메시지였다. 아저씨는 당황한 모습이 역력했고, 나도 순간 당황했지만 아저씨가 가져온 책의 판매 조건이 그리 나쁜 것 같지도 않은 데다 오히려 그 아저씨가 짠하게 느껴져서 그냥 계약서에 서명을 마저 한 다음 책값을 지불하고 책을 수령했다.

그런 에피소드로 얼떨결에 구매하게 된 우리 아이의 첫 책은 생각보다 품질도 좋고 내용도 좋았다. 예나 지금이나 비슷한 생각이지만 한국은 정말 책을 잘 만든다. 출판에 있어서만큼은 선진국이라는 생각이 든다. 워낙 책을 좋아하다 보니 외국에 나갈 때면 관광하는 곳마다 유명한 대형서점에 들르거나 시간이 모자랄 경우 적어도 공항 서점에서라도 책을 구경하는데 그때마다 느끼는 점은 미국이나 캐나다, 유럽은 우리나라처럼 책 종이의 질이 좋지도 않고, 색깔이 다양하지도 않은 데다가 심지어 비싸다는 것이었다. 아마 내가 처음에 샀던 그 책을 미국에서 사려고 했다면 족히 백만 원 이상은 줬어야 할 것이다. 하드커버에 책의 면 하나하나 아이가 만져도 찢어지지 않게 두꺼운 종이를 사용했으니 책을 만드는 원가가 굉장히 비쌌을 것이다. 하지만 우리나라는 워낙 도서공급이 많다 보니 책값이 저렴하다.

여하튼 그렇게 충동구매로 구입한 책은 아주 유용하였다. 아이가 서너 살이 될 때까지 하루도 빠짐없이 읽어주었던 것 같다. 안 읽어준 책이 한 권도 없을 정도였다. 주로 창작동화들이었는데 책을 읽어주면서 나도 함께 재미있어했다. 물론 아이도 그 책을 너무나 좋아했다. 첫째 아이는 정말 인상 깊었는지 몇 년이 지나고 나서도 한 번씩 책 이야기를 했다. 비용대비 엄청난 효용을 체험한 셈이었다. 그렇게 첫 번째 대량 책 구입을 성공적으로 마치고, 이를 시작으로 아동용 도서 구매의 세계에 입문한 나는 책을 사들이기 시작했다.

그 이후 낱권으로 책을 사들이기는 했지만 그렇게 사다 보니 가격이 비쌌다. 그리고 워낙 책을 좋아하는 우리 가족의 성에 차지 않았다. 그때 한 지인이 책을 판매한다고 했다. 책장을 포함해서 2백만 원이었는데 책이 2천 권이 넘었다. 아이들이 좋아하는 학습만화, 그리고 논어와 같은 고전, 과학 분야, 세계 이야기,

역사 등등이 있었다. 글이 빼곡한 문학 책도 많았다. 마치 잘 차려진 밥상처럼 장르도 다양하고 책 보존 상태도 좋아서 크게 생각하지 않고 구매를 했다. 원래 있던 책장도 두 개나 됐는데 책장 두 개가 더 생기니 정말 집이 좁아졌다. 하지만 아이들이 정말 좋아했다. 둘 곳이 없어서 베란다에 책장을 놓아야 했는데 애들이, 특히 첫째 아이가 유치원에 다녀오면 매일 책장이 있는 베란다로 나가서 책을 보며 시간을 보냈다. 그때 첫째 아이가 일곱 살이었는데 2천여 권의 책을 2년 동안 거의 다 읽었다. 아직 한글이 서툴렀던 때지만 만화로 되어 있는 책이 많아서 아이가 크게 힘들이지 않고 흥미롭게 책을 읽을 수 있었던 것 같다. 2백만 원이라는 액수는 큰돈이지만 아이가 책을 잘 읽으니 그 돈이 아깝지 않았다.

남편은 독서를 별로 좋아하지 않는 사람이다. 어릴 적 부모님이 책을 읽어주지도 않으셨고, 책이 가득한 환경에서 성장하지도 못했기에 더더욱 독서를 좋아하지 않는 사람이 된 것 같다. 그런 남편이기에 처음엔 내가 목돈을 주고 책을 구매하는 것에 대해 회의적이었다. 하지만 아이가 책을 너무 잘 읽고 또 다양한 분야에서 박식해져가는 모습을 보고는, 집에 있는 책을 다 읽고 난 아이가 새로운 책을 읽고 싶다고 말하자 남편이 먼저 나서서 책을 더 사주라고 말했다. 그렇게 해서 세 번째 대량 책 구매를 하게 되었다.

첫째 아이가 초등학교 1학년이 되었을 때는 학습만화 말고 줄글로 된 책들을 구입하고 싶었다. 그래서 이 책 저 책을 알아 보다가 아동 도서로 꽤나 유명한 출판사의 판촉행사를 이용하 여 1천여 권의 책을 3백만 원 정도에 구입했다. 거기에는 세계 문학, 고전문학, 창작동화, 사회동화, 과학동화, 역사동화, 백과 사전 등이 포함되어 있었다. 솔직히 백과사전은 책 산 것을 후회 할 정도로 잘 활용하지 못했지만 나머지 책은 정말 잘 읽었다. 이를 계기로 아이들이 학습만화 위주의 독서에서 글 중심의 책 들을 읽는 단계로 넘어가게 되었다.

아이들 학교 선생님과 면담을 했는데 선생님 하시는 말씀이 우리 아이가 다른 아이들과 달리 배경지식이 참 많고 논리적이 라고 했다. 책을 많이 읽어서 애들이 특별한 것 같다는 얘기도 들었다. 수많은 장르의 책들을 읽으면서 아이들은 또한 자기들 이 무엇을 좋아하는지 알게 되었다. 첫째 아이는 과학 분야에 강 한 흥미를 보이면서 여섯 살 때부터 말하길 과학자가 되고 싶다 고 했다. 초등학교 6학년이 된 지금까지도 변함없이 지속되어 온 그 꿈은 더 명확해져가고 있다. 둘째 역시 일곱 살 때부터 자 기는 패션 디자이너가 꿈이라 했고 지금도 그 꿈은 현재진행형 이다. 대학생이 되어도 자기가 하고 싶은 일을 찾지 못하는 아이 들이 많은데 다양한 독서로 이루어진 간접 체험을 통해서 우리 아이들이 원하는 분야를 찾아가는 듯해 정말 뿌듯하다. 계속되 는 독서활동을 통해 꿈을 더욱 크게 키워나갈 수 있기 바란다.

그 후로 홈쇼핑을 통해서도 좋은 책이 저렴하게 나오면 구매해 집에 비치해주고, 우연히 알게 된 '개똥이네'라는 중고서점을 이용해서도 책을 많이 구매했다. 집의 공간이 점점 좁아져가서 불편한 점이 꽤 많았지만 늘어난 책의 양만큼 아이들이 성장했기에 돈이 아깝다는 생각은 들지 않았다.

지능은 후천적인 것일까 선천적인 것일까. 교육학계에 이를 연구한 보고서들이 많다. 교육학을 배우던 중, 책이 많은 환경에서 자라난 것이 후천적인 지능에 엄청난 영향을 미친다는 내용을 본 적이 있다. 내가 체험한 바로 그 말은 사실이다. 책이 많은 환경에서 자라다 보면 아무래도 책에 익숙해지고 책과 친해진다. 나는 매우 불우한 가정환경에서 성장했다. 초등학교 3학년 때 부모님이 이혼하시고, 찢어지게 가난했다. 하지만 정말 다행이었던 것은 우리 집에 책이 꽤나 많이 있었다는 사실이다. 가정형편이 좋았던 시기에 어머니는 책을 많이 구입하셨다. 그래서 우리 집에는 위인전, 과학만화, 문학 등등 다양한 장르의 책들이 많았다. 우리 오빠의 친한 친구가 근처에 살았는데 그 오빠의 집에도 책들이 정말 많았다. 오빠네 엄마가 식당을 해서 바쁘시긴 했지만 교육열이 높아 책을 많이 구매해주셨다. 덕분에 나도 그 집에서 책을 많이 읽을 수 있었다. 사교육을 받지 못했어도 오빠와 내가 중학교 때 반에서 1, 2등을 할 수 있었던 게 다 그 책들 덕분이 아닌가 싶다. 고등학교 때 언어영역도 늘 1등급이었다.

지금 당장은 다량의 책을 구입해주는 것이 의미 없어 보이고 낭비처럼 보일 수 있다. 하지만 책을 통한 결과물은 나중에 꼭 나타난다. 공부와 관련한 것이 아니더라도, 어떤 방향으로든 나타나게 되어 있다. 장난감을 사주면 아이들이 더 기뻐하는 것은 사실이다. 하지만 장난감보다 책이 투자대비 아이의 발전에 보다 긍정적인 영향을 미친다. 책은 적은 비용으로 아이의 성공적인 미래를 보장한다.

집에 아이가 읽을 수 있는 책이 넘치게 하라. 어릴 적부터 책과 친해지게 만들라. 지금 당장 결과가 보이지는 않겠지만 그 실천은 아이의 미래를 좌우하게 될 것이다. 새 책이 아니어도 좋다. 중고서적이라도 상관없다. 도서관에서 빌리는 것도 좋지만 가능한 구입하기를 바란다. 도서관에서 빌리면 반납을 해야 하기 때문에 여유 있게 읽을 수가 없고, 내 책이 아니다 보니 손상시킬까봐 읽으면서도 마음이 편하지가 않기 때문이다. 되도록 이면 많은 책들에 아이들이 노출될 수 있는 환경을 마련해주자.

4

·

최대한 환경을 심심하게 만들어라!

이전 살던 아파트는 초등학교에서 조금 멀리 떨어진 외곽에 있어서 스쿨버스를 운행했다. 우리 아이도 스쿨버스를 이용했는데 아침에 버스를 기다리고 있노라면 다른 아이들은 하나같이 스마트폰 게임을 했다. 우리 아이 하나만 책을 읽으면서 기다렸다. 지인들의 집에 가보면 아이들이 유치원이나 학교를 다녀와서는 다들 텔레비전이나 컴퓨터 앞에 앉아 있거나 스마트폰을 만지작거린다. 더 어린 아이들은 간혹 장난감을 가지고 놀기도 한다. 그것도 텔레비전을 보면서 말이다.

그러면서 엄마들은 말하길 애들이 책을 안 읽는다고 한다. 책을 안 좋아해서 속상하다고 말한다. 우리 아이들과 내가 아무리 책을 좋아한다지만 나나 우리 아이들도 그런 환경이라면 책을 읽을 수 없다. 아니 읽고 싶지 않을 것이다.

컴퓨터 게임을 한다든가, 텔레비전이나 스마트폰을 보면 시각적인 자극이 눈으로 바로 들어와서 뇌에 새겨진다. 책 읽기처럼 에너지를 필요로 하는 해독의 과정이 크게 필요하지 않다. 그러다 보니 생각할 필요가 없어 몸 또한 편안하다고 느끼게 된다. 무의식적으로 우리는 편한 것을 선호한다. 편안한 활동을 우선 찾게 된다. 책 읽기는 청각적인 자극 없이, 까만 글자와 하얀 종이의 단순한 시각적인 자극만 들어오는 것이다 보니 다소 지루한 감이 있다. 반면에 컴퓨터나 텔레비전, 스마트폰의 영상들은 매우 자극적이다. 휘황찬란한 영상들이 쏟아져 나오고 거기다가 사운드까지 가미되어 청각적인 자극의 욕구까지도 양껏 충족시켜준다. 그러니 지루할 틈이 없어 밤엔 잠도 오지 않을 정도다.

이와 같은 환경 속에서 아이들이 책을 읽을 확률은 거의 제로에 가깝다. 스스로 그러한 유혹을 통제하기란 불가능하다. 어른들조차 여간한 의지가 아니고서는 책 읽기가 힘든 요즘의 환경이다. 하물며 이런 상황에서 아이들이 책을 좋아하지 않는다고, 책을 읽지 않는다고 나무라는 건 우둔한 처사다.

세계적인 IT기업인 마이크로소프트사의 창립자 빌 게이츠나 애플 창립자 스티브 잡스는 자신의 아이들이 고학년이 될 때까지 스마트폰을 사주지 않았다고 한다. 또한 집에서 텔레비전이나 컴퓨터, 스마트폰과 같은 전자기기들을 사용하지 못하게 하였다. 다른 아이들은 그런 환경에 다 노출시켜놓고 정작 자기 아이들은 그런 환경으로부터 차단하여 키웠다니 참 아이러니하다.

빌 게이츠도 스티브 잡스도 아이들 스스로 전자기기의 유혹을 통제할 수 없음을 알았기에 내린 처사일 것이다. IT기계들을 다루는 것은 독서 활동을 통해 지력을 쌓은 후에 해야 할 것임을 그들은 알고 있었기 때문이기도 하다. 4차 산업혁명의 시대라고 불리는 지금, 가장 필요한 기술은 창의력과 사고력, 문제해결 능력이다. 컴퓨터를 잘 다루는 기술적인 능력은 차후의 문제다. 어릴 적부터 컴퓨터나 스마트폰을 많이 다루면서 성장하면, 남이 만든 기술들을 잘 사용할 줄 아는 사람은 될 수 있을지 모르겠으나, 그런 프로그램을 만들어낼 수 있는 사람은 되기 힘들 것이다. IT기기들을 사용하는 것만으로는 책을 읽는 활동에서 비롯되는 생각의 힘을 키울 수 없기 때문이다.

아이들에게 황금빛 미래를 만들어주고 싶다면, 부모가 아이들에게 책 읽을 수 있는 환경을 만들어주어야 한다. 요즘처럼 전자기기들의 자극이 넘쳐나는 시대에 그것 말고는 답이 없다. 아이들은 아직 미성숙한 존재이므로 부모의 조력이 필요하다. 부모가 할 일은 아이들이 바른 길로 갈 수 있도록 표지판 역할을 해주는 것이다. 아이들의 의견에 귀 기울이는 민주적인 환경은 중요하다. 하지만 산속 두 개의 갈림길에서 한쪽 끝이 낭떠러지인, 그런 잘못된 길을 가는 걸 뻔히 바라보면서 아이의 의견이라고 하여 받아들이고 가만히 둘 부모는 없다. 부모가 된 이상 우리는 아이들을 도와야 한다.

이제 실제적인 팁을 제시하고자 한다. 교육과 관련된 책을 통해 직접 실험해보고 좋은 결과를 이끌었던 방법이다. 먼저 평일에는 텔레비전과 컴퓨터, 스마트폰을 사용하지 못하도록 한다. 아이들만 보지 못하게 하는 것이 아니라 부모도 함께 텔레비전 시청 및 컴퓨터 사용을 금해야 한다. 앞에서도 말했지만 엄마는 드라마를 보면서 애들에게 공부하라고 하면 아이들은 반감만 느낀다. 그리고 방에 들어가 엄마 몰래 어떤 방법을 써서라도 문명의 이기를 통해 즐거움을 찾으려고 할 것이다. 당연히 교육적 효과가 있을 리 없다. 엄마가 먼저 전자기기 사용을 자제하는 모습을 보여줘야 한다. 평일에는 텔레비전과 컴퓨터 사용을 원천봉쇄하고, 주말에는 두 시간 정도 사용할 수 있도록 허락한다.

또 가급적이면 아이가 대학생이 되기 전까지 스마트폰을 사주지 말라고 말하고 싶다. 아이와 전화 연락이 안 돼서 걱정이라면 전화 기능만 되는 휴대폰을 구입해주면 된다. 어떤 신문 기사를 읽었는데 고등학생들 다수가 스마트폰 게임의 유혹에서 벗어나 공부에 집중하기 위해 전화기 기능만 되는 휴대폰으로 바꾸고 있다고 했다. 정말 스마트한 처사라고 생각한다. 고등학교

야간자율학습 시간에 스마트폰으로 게임을 하는 아이들이 많다는 이야기를 들었다. 그렇게 시간을 보낼 거라면 차라리 아르바이트라도 하면서 돈을 벌고 사회경험을 쌓는 편이 낫다.

성인에 가까운 고등학생들조차 자기 통제가 힘든데 그런 자제력을 초등학생에게 바라는 것은 말도 안 된다. 실제로 많은 초등학생들이 학교에서 시간이 날 때마다 스마트폰 게임을 하거나 유튜브 동영상을 본다. 심지어 학교에서 스마트폰으로 아이들끼리 야한 동영상을 본다는 이야기도 들었다. 그런 유해환경에 노출되지 않도록 스마트폰과의 거리를 두어야 한다. 엄마가 이런 얘기를 하면 다른 아이들은 다 있는데 자기만 없다며 사달라고 조르는 아이들이 많을 것이다. 다른 아이들이 갖고 있든 말든 그것은 중요하지 않다. 담배가 해롭다는 것을 알면서 담배를 끊지 못하는 사람들이 전 세계에 수두룩하다. 해롭지 않아서 같은 행위를 반복하고 있는 게 아니다. 해로운 줄 알면서도 끊지 못하고 중독되어 행동하는 사람들이 많다는 사실을 먼저 아이들에게 인지시켜주길 바란다.

평일에 텔레비전이나 컴퓨터, 스마트폰을 모두 사용하지 못하게 하면 아이들은 어쩔 줄 몰라 한다. 그럴 때 집에 책이 많다면 책을 보게 되어 있다. 항상 자극이 필요한 존재인 인간은 심심함과 무료함을 달래기 위해 더 낮은 수위의 자극에도 반응을 한다. 거실에 텔레비전을 아예 없애버리고 책장만 놓아둔 집도 많이 보았다. 그런 집 아이들은 책을 많이 읽게 되어 있다. 정말 강한 의지가 있다면 이와 같은 방법도 추천하고 싶다.

여행을 이용하는 방법도 있다. 여행가방에 책을 가득 담아서 그야말로 별 볼 것 없는 곳으로 여행을 간다. 와이파이가 없어서 스마트폰도 노트북도 사용할 수 없거나, 와이파이가 돼도 너무 느려서 사용하기 힘든 곳으로 간다. 그러면 평소 재미없는 책도 너무 심심하다 보니 재미있게 읽을 수 있다.

아이들과 필리핀 어학연수를 간 적이 있었는데 그 호텔에는 한국 방송도 안 나오고 와이파이도 잘 터지지 않았다. 그래서 그때 일곱 살과 아홉 살밖에 안 된 아이들이 『제인 에어』, 『폭풍의 언덕』과 같은 200페이지가 넘는, 초등학교 고학년이나 볼 법한 빡빡한 줄글의 세계문학을 한 달 동안 20여 권 이상 읽을 수 있었다. 집에서는 잘 읽지 않던 책이었는데 너무 심심하다 보니 그것도 재미가 있었던 거다. 물론 원래 재미있는 소설이지만 그 본래의 맛을 찾게 된 것이다. 나 역시 할 일이 없고 너무 심심하다 보니 하루에 책을 세 권씩도 읽었다. 이게 바로 심심함의 힘이다. 아이들에게 책을 읽히고 싶다면 재미있게 책을 읽을 수 있는 환경을 만들어주어라.

아이들에게 책 읽는 환경을 만들어주는 것은 돈이 들거나 힘이 드는 일이 아니다. 의지만 있으면 된다. 엄마가 먼저 텔레비전과 컴퓨터, 스마트폰 사용을 자제하는 모습을 보여줘야 한다. 그런 전자기기들을 사용하는 모습보다는 아이들 앞에서 항상

책 읽는 모습을 보여주면 된다. 일상에서 독서를 즐기는 모습을 보여주는 것, 그것이 훌륭한 부모가 가져야 할 기본자세이다.

5

공원과 박물관, 미술관을 애용하라!

나는 역마살이 있는 사람이다. 사주풀이를 보러 가면 늘 그런 말을 들었다. 역마살을 상징하는 한자가 한 개만 있어도 상당히 나돌아 다녀야 하는 운명인데 나는 그 한자가 한 개도 아니고 두 개나 있단다. 그래서 본래 남자로 태어나야 했단다. 여자로 태어났지만 어디 박혀 있지 못하고 계속 돌아다녀야 한다. 맞는 말이다. 나는 사무직 체질은 아니다. 그리고 솔직히 하루만 집에서 쉬어도 좀이 쑤신다. 잠이 안 오는데 억지로 침대에 누워 있지도 못한다. 눈을 뜨면 벌떡 일어나 밖에 나가서 오늘 해야 할 일을 처리하고 싶다. 정신이 깼는데도 침대에 누워서 시체놀이를 하는 것은 내 성미에 맞지 않는다.

그래서인지 나는 육아도 그런 방식으로 했다. 첫아이를 가을에 낳았는데 백일도 안 돼서 아기와 겨울바다를 보러 갔다. 옛날 어르신들이 들으면 미쳤다고 등짝을 한 대 후려쳤을 일이다. 내가 원하는 곳으로 나갈 수 없는 답답함이 나에게는 산후풍으로 손마디가 쑤시는 고통보다 더 컸다. 다행히 아이도 나도 워낙 건강 체질이었기에 감기나 산후풍에 걸리진 않았다.

스트레스를 받지 않고 나에게 맞는 내 방식대로 육아를 해야 했다. 나 스스로가 심심한 육아를 견디지 못했다. 아이만 좋다면 자기는 아무래도 괜찮다고 말하는 다른 엄마들과 달리, 자기애가 무척 강한 나는 무슨 활동을 하더라도 그게 아이만 재미있으면 안 되고 나 역시 재미있어야 했다. 그래서 아이와 내가 둘다 즐거울 수 있는 동시에 교육적인 육아 방식을 찾기 위해 노력했다. 그것이 바로 산책이었다. 나는 집에서 아이와 함께 장난감을 가지고 놀아주는 식의 육아를 할 수 없는 사람이다. 왜냐면 내가 너무 심심하기 때문이다. 몸은 가만히 앉아 있어도 되니 편할지 모르겠지만 나에게 그것은 육아 우울증을 불러일으키기 딱 쉬운 몹시 지루한 육아 방식이다.

나는 아침에 눈 뜨자마자 아이를 유모차에 태우고 동네 산책을 나갔다. 아침저녁으로 한 번씩 적어도 두 번은 산책을 하면서 아이와 동네를 헤집고 돌아다녔다. 쉬는 날은 하루에 세 번도 산책을 했다. 아침 먹기 전에 한 번, 점심 먹고 한 번, 저녁 먹고 나서 또 한 번, 그렇게 동네를 활보하고 다녔다. 하지만 매일 동네만 산책하다 보니 슬슬 지겨워졌다. 마침 집 옆에 대학교가 있었는데 주차비도 없길래 차에 유모차를 싣고 가서 대학교 교정을 산책하기 시작했다. 산책 후 다시 집에 돌아와 밥 먹고 출근을 하려면 너무 시간이 빠듯해 나중에는 아예 도시락을 싸가지고 산책을 나가 밥을 먹은 뒤 아이를 어린이집에 태워다주고 바로 출근을 했다. 그렇게 아이를 차에 태우고 다니면서 산책을 하다 보니, 산책의 범위 또한 점차 확대되었다.

퇴근하고 돌아와 아이를 카시트에 앉히고 집 근처 공원들을 찾아다니기 시작했다. 처음에는 15분 거리, 그다음은 30분, 그러다 한 시간 넘게 차를 타고 가야 하는 다른 지역 공원까지 진출하게 되었다. 결혼 전까지만 해도 나는 공원 산책에 그리 흥미가 있지 않았다. 쇼핑이나 관광처럼 특정한 목적 없이 걷는 행위를 그리 좋아하지 않았던 것 같다. 그런데 아이가 생기고 보니 아이와 함께 뭔가 의미 있으면서도 즐거운 시간을 보내야겠다는 마음이 들었다. 그래서 시작한 산책이 내 인생의 취미가 되었고, 지금은 해외여행을 가서도 일부러 공원을 찾아 나선다.

어릴 적부터 나와 함께 산책을 해온 우리 아이들은 공원을 무척 사랑하게 되었다. 지금도 우리 가족은 주말이면 어김없이 공원을 찾는다. 새로운 공원을 발굴하는 것을 인생의 즐거움으로 삼는, 공원 덕후들이다. 어디에 새로운 공원이 있다고 하면 차로 두 시간 넘게 걸리는 거리라도 마다하지 않는다. 초등학교 고학년인 첫째는 이제 공원보다 친구들과 PC방에서 팀플레이로 게임하는 것을 좋아할 나이가 되었지만 아직까지 산책을 더 좋아한다.

공원 산책에는 이점이 참 많다. 먼저 거의 무료다. 음료수 값 말고는 돈이 안 든다. 등산로가 있는, 조경을 잘해놓은 도립공원들은 입장료를 받기는 하지만 성인 한 사람에 2~3천 원 정도이다. 게다가 아이들은 성인의 반값이기에 가족 입장료를 모두 합해도 만 원이 채 되지 않는다. 아이 하나당 입장료가 만 원이 넘는 마트 놀이방에 비하면 무척 저렴한 편이다. 거기다 공원을 산책하면 아이도 엄마도 모두 건강해진다.

나는 아이와 함께 산책을 하면서 다이어트 효과를 많이 보았다. 임신하고 25킬로그램 찐 살도 다 빠지고 출산하기 전보다 오히려 더 날씬해졌다. 유모차를 밀면서 아이와 공원 산책을 하면 전신운동이 된다. 다리운동은 물론이고, 복부에 힘이 꽤 들어가서 복근도 생기고 유모차를 팔로 밀어야 하니 팔에 적당히 근육도 붙는다. 아이들 역시 공원 산책을 자주 하면 당연히 튼튼해진다. 따로 영양제를 먹이지 않아도 병치레를 잘 하지 않는, 면역력이 좋은 아이로 성장하게 된다. 그뿐만이 아니다. 공원 산책을 자주 하다 보면 아이의 언어발달 능력도 좋아진다.

아직 말도 하지 못하고 걷지도 못하는 아이를 유모차에 태우고 "저기 나비가 나풀나풀 날아가고 있네.", "새빨간 장미꽃들이 참 예쁘다.", "하늘이 참 파랗지." 하면서 산책을 했다. 그러다 보니 아이가 다른 아이들보다 어휘구사력이 좋아졌다. 물론 책을 많이 읽어줘서 그런 효과를 본 것도 있지만 공원 산책을 하며 나눈 대화도 도움이 컸다고 믿는다. 어릴 때는 책에 집중하는 시간이 짧을 수밖에 없으므로 많은 어휘를 들려주고 싶어도 아이가 그만큼 따라오지 못한다. 하지만 산책을 하면서 보는 것들이나 상황들을 설명해주면 아이는 새로운 어휘를 이해하게 되기도 하고, 자연스럽게 습득하게 되기도 한다. 따라서 교육차원에서도 산책은 아이들에게 독서만큼 좋은 활동이다.

아이들이 커가면서 나는 공원과 함께 박물관들을 찾아다니기 시작했다. 박물관은 공원만큼이나 경제적이면서 교육효과는 높은 장소다. 생각해보면 선진국에서 온전한 혜택을 누릴 수 있는 곳이 바로 공원과 박물관 두 곳이 아닐까 싶다. 대부분 국가예산으로 운영되기 때문에 입장료가 무료이거나 얼마 되지 않는다. 그러면서 체험활동 부스와 도서관 같은 시설까지 마련되어 있다. 어느 정도 규모가 있는 박물관을 방문하면 세 시간쯤은 금방 지나간다. 나에게 있어서 공공건물의 수준을 평가하는 기준은 번지르르한 외관뿐만 아니라 화장실인데, 우리나라 대부분의 박물관들은 화장실이 누워 자도 될 만큼 깨끗하게 잘 만들어져 있다. 이런 나라에서 살고 있다는 건 행운이다. 그런 행운

을 붙잡으면 행복해질 수 있다.

미술관 또한 아이들과 함께 갈 만한 곳으로 추천하고 싶은 장소 중 하나다. 사립 미술관들도 있지만 이 역시 그리 비싸지는 않다. 도립 미술관이나 시립 미술관은 특별 전시회가 없으면 무료다. 그림이나 조각 작품을 보면서 아이들이 지루해하지 않느냐고 묻는 사람들도 있는데, 그냥 설명 없이 작품만 보면 어른인 내가 봐도 지겨울 때가 있다. 이런 사람들을 위해 미술관에서는 오디오 가이드를 공짜로 빌려준다. 신분증만 맡기면, 미술작품 번호에 따라 하나하나 설명해주는 오디오 가이드를 이용할 수 있다. 때로는 천 원 정도 받는 곳도 있는데 그 이상 비싸게 받는 곳을 본 적은 없다. 오디오 가이드를 대여해 착용시켜주면 아이들은 미술작품을 집중하여 감상하기 시작한다. 번호 순서에 따라 오디오 가이드로 설명을 들으면서 즐거워한다. 엄마가 일일이 쫓아다니면서, 미술관 안에서는 뛰어다니면 안 된다고, 조용히 하라고 말할 필요도 없다.

밖에 나가면 돈 든다고, 생활비도 부족한데 어딜 가느냐며 아이들과 주말에 외출을 하지 않는다는 엄마들도 많이 보았다. 물론 나가면 자동차 유류비도 들고 음료수도 사 먹게 된다. 키즈카페나 놀이공원이라도 가면 3인 가족이 10만 원 쓰는 건 우습다. 그런 곳을 자주 가면 생활비가 금세 부족해진다. 하지만 공원이나 박물관, 미술관은 음료수 값까지 다 합쳐 비싸도 만 원이면 된다. 그런 곳에 자주 다니면 아이만 성장하는 게 아니라 엄마도 성장한다. 엄마도 지적 수준이 높아지고 교양 있는 사람이 된다. 만 원의 행복으로 엄마와 아이가 함께 발전한다.

날씨가 좋은 봄가을에는 주로 공원을 다니면서 야외활동을 하는 것을 추천한다. 무더운 여름이나 추운 겨울에는 박물관이나 미술관을 애용하라. 어디에 어떤 공원이 있는지 또 박물관, 미술관은 어디에 있는지 인터넷 포털 검색창에서 확인해보면 쉽게 찾을 수 있다. 나는 책을 보며 거기에 나온 장소를 따라다니기도 했다. 알라딘 중고서점에서 아이와 함께 가면 좋은 곳, 아이와 가볼 만한 우리나라의 박물관 100곳, 이런 제목의 책들을 사보기도 했다. 마음만 있으면 방법은 많다. 스마트폰 하지 말라, 텔레비전 그만 봐라 등등 아이에게 잔소리만 하지 말고 주말에 아이들을 데리고 공원이나 박물관, 미술관에 다니는 멋진 엄마가 될 수 있으면 좋겠다. 그러면 아이는 저절로 정서적인 안정감을 갖게 되는 것은 물론 문화를 사랑하는 교양인으로 성장하게 될 것이다.

6

도서관을 최대한 활용하라!

어릴 적 나는 무척 가난한 가정에서 성장했다. 중학교가 집에서 버스로 20분 정도 거리에 있었는데 차비 400원이 없어 엄동설한에도 새벽 별을 보며 한 시간을 걸어서 학교에 갔다. 겨울에도 뜨거운 물이 안 나와서 찬물에 머리를 감았고, 여름에 에어컨이 없는 것은 당연했다. 선풍기도 집에 딱 한 대 있어서 그 한 대로 온 가족 네 명이 더위를 이겨내야 했다. 방 두 개짜리 18평 연립주택에 살았는데 할머니와 함께 살아서 집이 정말 비좁았다. 할머니와 아빠는 항상 텔레비전을 보셨고 그런 환경에서 자라다 보니 다른 사람들도 집에서 다들 텔레비전만 쳐다보고 사는 줄 알았다. 그러다가 중학교를 진학하여 학교 근처에 있는 시립 도서관을 우연히 가보게 되었다.

넓은 공원을 끼고 있었던 그 시립 도서관은 통유리로 된 멋진 외관에 바닥이 온통 화강암으로 반짝반짝 빛났다. 4층으로 이루어진 건물이었는데 영화를 보여주는 극장도 있고, 두 개 층에 걸친 서고에는 대학 도서관만큼 책도 정말 많았다. 자습을 하는 독서실도 넓고 탁 트인 공간에 책상 또한 좋았다. 게다가 여름에는 에어컨이 작동되어 항상 시원하였고, 겨울에는 히터가 나와 따뜻하였다. 나는 그곳에 반했다. 집에 있는 것보다 그곳에 있는 것이 더 좋았다. 40분 이상 걸어가야 하는 먼 거리에 있었지만 학교 수업을 마치면 걸어서 거기까지 찾아갔다. 매일같이 도서관에 가서 책을 읽었다. 어릴 적 부모님이 이혼하시고 어머니가 집을 나가신 후 돌봐주는 사람이 없었던 나에게 도서관은 엄마 품 대신 나를 보듬어준 따뜻한 공간이었다. 나는 평일에도 주말에도 그 도서관을 찾아갔다.

거기서부터 도서관에 대한 나의 애정이 시작되었고 나는 책을 사랑하는 사람으로 자라날 수 있었다. 매우 불우한 환경에서, 정신적 지주라 할 만한 사람 하나 없이 성장했지만 그 도서관 덕분에 나는 나쁜 길로 빠지지 않고 잘 자라날 수 있었다. 좋은 성적으로 대학에 들어갈 수 있었고, 현재 나 스스로 원하는 삶을 살아가고 있다. 나를 키운 건 팔 할이 책이었고, 도서관은 엄마 품과 같은 나의 따뜻한 보금자리였다.

그렇게 나를 성장시켜주었던 도서관은 지금 우리 아이들에게 그 따뜻한 품을 내주고 있다. 우리 아이들도 나만큼이나 도서관을 좋아한다. 어릴 적부터 도서관에 자주 다니면서 좋은 시간을 많이 쌓았기 때문이다. 나는 아이들이 아주 어릴 때부터 도서관에 데리고 갔다. 요즘은 어린이 도서관이라고 하여, 아이들이 그 안에 있는 미끄럼틀도 타고, 온돌로 된 방바닥에 누워 잠이 오면 낮잠을 자기도 하면서 책을 볼 수 있는 공간들이 많이 생겼다. 우리 아이들은 거기서 많은 시간을 보냈다. 나도 아이들 옆에 앉아서 같이 책을 보았는데 아이들이 점차 성장하면서 도서관의 이점은 더욱 확연히 드러났다.

주말에는 도서관에서 인형극을 보여주었고 영화관이 있어서 영화도 보여주었다. 심지어 마술쇼를 보여주는 곳도 있었다. 내가 살고 있는 도시의 여러 도서관 프로그램들을 다 꿰고서 괜찮은 행사가 열리는 곳을 놓치지 않고 찾아다니며 아이들에게 보여줬다. 그래서 아이들은 도서관이 책만 보는 딱딱한 공간이 아니라는 걸 인식하게 되었다. 도서관에 가면 즐거운 일들이 자기들을 기다리고 있다고 생각한다. 거기다 도서관 옆에는 대부분 공원이 있어서 책을 보다가 중간중간 밖으로 나와 아이들과 산책도 한다. 도서관 매점에서 파는 아이스크림이나 음료수를 사 먹기도 하고, 때론 밥을 사 먹기도 한다. 도서관 식당은 다른 곳보다 훨씬 저렴해서 애용하는 편이기도 하다. 아이들 또한 도서관에서 사 먹는 음식이 매일 먹는 집 밥과 달라 좋다고 했다. 이처럼 우리 아이들에게 도서관은 항상 즐거운 공간이다.

도서관은 나에게 보육시설의 역할도 해주었다. 내가 교육을 받으러 가거나 급한 볼일이 있을 때, 나는 아이들을 도서관에 들여보내주고 볼일을 보러 간다. 점심 값과 간식비로 아이들에게 만 원씩을 준다. 그러면 아이들은 하루 종일 도서관에서 밥과 간식을 사 먹고 영화도 보면서 자기들끼리 즐거운 시간을 보낸다. 예상보다 내가 일찍 도착하기라도 하면 좋아하기는커녕, 왜 이렇게 빨리 왔냐고 말할 정도로 아이들은 도서관을 좋아한다.

방학을 하면 초등학생 자녀를 둔 다른 엄마들은 걱정이 많아지지만 나는 걱정이 없다. 아이들이 아침에 일어나자마자 도서관에 가서 도서관이 문을 닫는 6시까지 책을 읽고 집으로 돌아오기 때문이다. 아침에 도서관에 데려다주고 점심 값만 주면 나의 할 일은 끝난다. 하루 종일 일하다가 어린이 도서관이 끝나는 시간에 맞춰서 애들을 데리러 가면 된다. 애들이 도서관에서 딴짓하는 게 아닐까 못미더워하는 엄마들도 있을 것이다. 도서관에 가서 스마트폰으로 게임을 할 수도 있기 때문이다. 하지만 우리 아이들은 스마트폰이 없다. 아이들이 할 수 있는 거라곤 책을 보거나 아니면 아이들을 위해 틀어주는 영화를 보는 것뿐이다. 그리고 지겨워지면 도서관 옆에 있는 공원을 산책하는 정도다.

한 도서관에 있는 책을 거의 다 읽어서 지겨워하면 다른 도서관에 데려다주면 된다. 하지만 방학 내내 읽어도 책이 모자랄 일은 없기 때문에 안심해도 좋다. 도서관은 생각보다 새 책들을 많이 들여온다. 어린이 도서관에 가면 아이들이 학습만화만 볼까 봐 걱정하는 엄마들도 있다. 학습만화도 책이다. 이 또한 교육적인 내용을 담고 있다. 집에서 텔레비전이나 스마트폰, 컴퓨터를 가지고 노는 것보다 훨씬 낫다. 나야말로 공부는 엉덩이로 하는 거라고 믿는 사람 중 하나다. 학습만화를 보더라도 한자리에 앉아 책을 읽는 습관을 들이다 보면, 나중에 고학년이 되었을 때 책상 앞에 앉아 진득하게 공부할 수 있는 엉덩이 체력 또한 저절로 키워질 것이라고 믿는다.

아이들이 너무 어려서 도서관에 데려갈 수가 없다고 말하는 엄마들이 있을 것이다. 앞에서도 언급했지만 요즘은 우리나라 곳곳에 어린이 도서관이 아주 많이, 그것도 아주 잘 만들어져 있다. 아이들이 놀 수 있도록 미끄럼틀 같은 시설도 마련되어 있고, 아이들이 편안하게 누워 있을 수 있도록 배려한 방을 마련해 놓은 곳도 많다. 어린아이라도 읽을 책이 많으니 가까운 도서관을 한번 찾기 바란다. 어린이 도서관에서 특히 유아를 위한 공간은 아이가 떠들고 뛰어다녀도 뭐라 말하지 않는 분위기다. 다른 사람에게 피해를 줄까 봐 눈치 볼 필요가 없다. 그러니 아이가 어려도 안심하고 가보길 바란다.

인터넷으로 집 근처 도서관 홈페이지에 접속하여 어린이를 위한 프로그램이 어떤 것이 있나 한번 검색해보라. 그리고 도서관에서 운영하는 문화센터도 주목하기 바란다. 같은 강좌라도 시중에서 시행하는 프로그램보다 훨씬 저렴하게 수강할 수 있다. 무료 강좌도 많고, 대부분 강좌는 한 달에 만 원 정도면 수강할 수 있다. 그러다 보니 경쟁이 치열할 때도 많다. 그러니 항상 공지를 주시하고 발 빠르게 움직여야 한다.

나는 대한민국의 국민으로서 감사한 점이 여러 가지 있는데 그중 단연 최고는 곳곳에 산재해 있는 도서관이다. 규모도 크고 시설 또한 무척 좋은 도서관들이 웬만한 도시에는 여럿 있다. 아이들은 물론 성인들도 그곳에서 꿈을 키워나갈 수 있다. 도서관은 그래서 양수와 같다. 새로운 꿈을 잉태하게 하는 공간이다. 아이들에게 도서관을 이용하는 즐거움을 알게 해주는 엄마가 되었으면 좋겠다. 그러면 굳이 공부하라고 잔소리할 일도, 아이가 커서 무엇이 될지 걱정할 일도 없을 것이다.

국가에 세금 내는 것을 아까워만 하지 말고, 국가에서 국민을 위해 만들어놓은 시설들을 잘 활용하자. 도서관과 공원, 박물관, 미술관 등과 친해지자. 아이들이 문화시민으로 자라날 수 있도록 환경을 조성해주자. 어릴 적부터 습관을 만들어주자. 담배와 술로 스트레스를 푸는 것이 아니라 문화생활로 승화시킬 수 있는 생활습관을 만들어주자. 아이들이 평생 엄마에게 감사할 소중한 선물이 될 것이다.

7
·
쓸데없는 사교육에 돈 쓰지 마라!

엄마들 모임에 나가면 사교육에 대한 이야기가 쏟아진다. 영어는 어디가 잘 가르치고, 수학은 어떤 학원이 좋다더라, 거기다 요즘 대세인 논술 학원에 중국어 학원 이야기까지 더해진다. 초등학교 3학년이 되면 영어와 수학 학원은 기본이고, 여자아이들은 피아노나 미술 학원에, 남자아이들은 맞고 다니면 안 된다고 태권도 학원에 보내진다. 사교육을 그나마 조금 받는다고 하는 아이들이 보통 이 세 가지 정도의 학원을 다닌다. 그러면 매월 대략 50만 원이 사교육비로 지출된다. 거기다가 아이 교육에 열성인 엄마들은 논술 학원과 제2외국어 학원까지 보내고,

추가로 남자아이들은 축구교실, 여자아이들은 자세교정과 예쁜 몸매를 위해 발레 학원에 보낸다. 그러면 매월 들어가는 사교육비가 백만 원에 육박한다.

초등학교 자녀를 둔 엄마들이 사교육비가 많이 들어가서 힘들다고 말하면 고등학교 자녀를 둔 엄마들은 콧방귀를 뀐다. 초등학교 때는 그래도 양호한 편이라고 말한다. 중학생이 되면 그보다 훨씬 더 많이 들고 고등학생이 되면 수입의 전부가 사교육비 지출로 나간다고 혀를 내두른다. 중학생의 학원비가 종합반은 보통 60만 원을 훌쩍 넘는단다. 이 정도가 사교육의 기본이라서 다른 아이들 다 다니는데 자기 아이만 안 보낼 수가 없다는 것이다. 거기다 좀 더 공부를 시키려면 과외를 하는데 아무리 저렴해도 영어 한 과목에 40만 원, 수학 한 과목에 40만 원으로 한 달 최소 80만 원 이상이 든다고 한다. 고등학생이 되면 학원비는 말할 것도 없고 과외비가 상상을 초월하는데 영어, 수학만 각 70만 원 정도라고 한다. 그래도 대학은 보내야겠기에 마이너스 통장을 써가면서까지 아이의 사교육에 투자한다는 것이다.

예전에 초등학교 영어 학원과 중학교 종합학원에서 영어 선생님으로 근무한 적이 있다. 동네에서 꽤나 이름이 나 있는 학원이었다. 시설도 좋고, 학생관리 시스템도 잘 되어 있는 편이었다. 그럼에도 내가 느낀 바로 학원은 아이들에게 도움이 되지 않는 것 같았다. 아니 정확히 말하자면 학원은 공부에 관심이 있는 아이들에게만 도움이 되었다. 학원도 학교와 거의 똑같다. 한 반 안에서도 공부에 관심이 있는 아이와 공부에 관심이 없는 아이로 나뉜다. 공부에 관심이 있는 아이는 학교 수업은 물론이고 학원 수업도 열심히 듣는다. 공부에 별로 흥미를 느끼지 못하는 아이는 학교에서든 학원에 와서든 스마트폰을 만지작거리거나 엎드려 자거나 한다. 그런 학생들은 지각과 결석도 잦다. 무언가 작은 구실이라도 있으면 학원에 가지 않으려고 하거나 시간을 끌어 수업에 참여하는 시간을 줄이려 한다. 대부분이 학원에 가기 싫다고 말해도 엄마가 꼭 가야 한다고 해서 억지로 다니는 아이들이다. 친한 친구들이 다 그 학원에 다녀서 단지 친구들과 어울리기 위해 학원을 다니는 아이들도 있다. 이런 경우를 빗대어 학원에 전기세와 시설 임대료를 보태주는 친구들이라고 표현한다. 부모님이 힘들게 땀 흘려 번 돈을 낭비하고 있다는 걸 아이들은 모른다. 아직 어리기 때문이다. 왜 원하지 않는 공부를 시키는지 부모님을 이해하지 못할 뿐이다.

대부분의 부모들은 그런 아이의 상태를 모른다. 학원에 보내놓으면 당연히 공부를 하고 있을 것이라고 생각한다. 많은 엄마들이 말하길, 집에서 애들이 텔레비전 보고 스마트폰 만지면서 놀고 있는 것을 보면 아이의 미래가 걱정돼 불안하기 때문에 학원에 보내는 거라고 했다. 학원에 보내놓으면 당장 눈앞에서 아이가 딴짓하고 있는 게 안 보여 마음이 놓인다는 것이다. 마음

편하자고 한 달에 50만 원이 넘는 돈을 쓰는 것은 너무 아깝지 않은가? 집에서 공부를 한다는 게 쉬운 일은 아니다. 쉬는 공간과 공부하는 공간은 반드시 분리되어야 한다. 하지만 굳이 그렇게 많은 돈을 써가면서까지 공부할 장소를 만들어줄 필요는 없다. 마음만 있다면 도서관에 가서 얼마든지 공부할 수 있다.

혼자서 공부를 어떻게 해야 할지 몰라 강의를 들어야 한다면, 학원보다는 EBS 강의 시청을 추천한다. 내가 고등학교를 다닐 때도 EBS 방송이 있었다. 그때도 메가 스터디 같은 유료 인터넷 강의가 유행이었다. 20여 년 전이라지만 수능에 관련된 언어영역, 수리영역과 같은 과목들을 수강하는 데 한 과목당 8만 원 정도 했다. 집안에 여유가 있는 친구들은 그런 인터넷 강의를 들었다. 가정형편이 좋지 않았던 나는 선택의 여지가 없었다. 무료인 EBS 수능강의만 들을 수 있었다. 수능을 100일 남겨두고 EBS 수능특강 사회탐구와 과학탐구 오답정리 편을 수강했었는데 문제의 난이도가 상당히 높았을 뿐 아니라 강의도 매우 체계적이었다. 그 덕분에 나는 다른 사교육 없이도 사회탐구와 과학탐구 영역을 모두 합쳐서 세 개밖에 틀리지 않았다. 그때 알았다. EBS 강의가 얼마나 잘 만들어진 강좌인지. 웬만한 사설 인터넷 강의보다 더 수준이 높다. 당시에도 그 정도로 좋았는데, 지금은 과목도 훨씬 더 많아졌고 시각적으로도 구성이 잘 되어 있다. 국어, 영어, 수학, 사회, 과학 같은 중요 과목은 물론이고 요즘 대세인 코딩강좌도 있고, 성교육 프로그램까지 있다. 강사진들의 수준 또한 무척 높다. 엄청난 정보력을 갖춘 강남의 족집게 과외 선생님 정도를 원하는 게 아니라면, EBS 강의를 수강하는 것이 웬만한 학원을 다니는 것보다 낫다고 생각한다. 게다가 책만 사면 언제 어디서나 강의를 무료로 들을 수 있다.

사교육비를 최대한 아끼면서 아이가 공부에 전념할 수 있는 환경을 만들어줄 팁을 소개한다. 먼저 G마켓이나 11번가 같은 온라인 쇼핑몰에 들어가면 리퍼브 제품인 노트북을 판매한다. 삼성이나 엘지 같은 A/S 서비스를 받기 좋은 상품을 구입한다. 사양은 인터넷 강의를 시청할 수 있는 정도면 충분하다. 게임 용도의 컴퓨터는 사양이 높아야 하니 비싸지만, 인터넷 강의 시청용은 20만 원대 초반이면 충분히 좋은 노트북을 구입할 수 있다. 새로 산 노트북을 아이에게 선물해준다. 너의 노트북이라고, 이걸로 EBS 강의를 보자고. 그럼 아이가 자기 노트북이 생긴 것에 일단 무척 좋아한다. 자기 노트북을 활용하고 싶은 마음에 공부 욕심도 조금쯤은 생긴다. 저녁 식사를 마친 후 아이가 노트북 앞에 앉아서 스스로 공부할 수 있도록 당분간은 지켜봐준다. 초등학생이라면 처음에는 EBS 초등 홈페이지에 같이 들어가서 아이디와 비밀번호 만드는 것을 도와줘야 한다. 그리고 '나의 강의실'에 아이가 봐야 할 강의를 담아준다. 과목을 고를 때는 맛보기 강의들을 보면서 아이가 좋아하는 강좌를 스스로 선택하게 해준다. 그런 다음 인터넷 쇼핑몰에서 그 과목의 EBS 문제지를 구입해 아이에게 선물해준다.

영어 단어를 공부하는 사이트는 'word1004'를 추천한다. 포털 사이트에 'word1004'라고 검색하면 홈페이지가 뜬다. 거기에 접속하면 무료로 영어 단어를 외우는 프로그램을 이용할 수 있다. 정확히 말하면 무료는 아니다. 원래는 회원이용료가 있는데 'word1004'라는 영어 문제지를 구매하면 거기에 쿠폰번호가 있다. 그것을 가지고 100일간 그 홈페이지의 서비스를 무료로 이용할 수 있다. 초등 저학년 수준부터 수능 영단어 및 토익 단어까지 어휘의 양이 방대하고, 그냥 활자로만 영어를 외우기보다 컴퓨터를 통해 영어 발음을 들으며 게임하듯 문제를 풀기 때문에 지루하지 않게 공부할 수 있다. 여러 학원에서도 이 프로그램을 이용한다. 영어 학원에 가면 컴퓨터 앞에 앉아 그런 프로그램으로 혼자서 공부하고 선생님에게는 그저 그것을 했는지 안 했는지 확인만 받을 뿐이다. 그러니 집에서도 문제지 푼 것을 엄마가 체크해주기만 하면 영어 학원과 똑같은 효과를 얻으면서 학원비 몇십만 원을 절약할 수 있다.

나는 사실 이런 방법으로 사교육비를 절감하고 있다. 아이들이 정말 원하는 코딩학원이나 미술 학원만 보내고 영어와 수학은 EBS와 앞서 말한 영단어 사이트를 이용해 교육한다. 저녁을

먹고 나면 아이들과 식탁에 둘러앉아 각자의 노트북을 가지고서 자율적으로 공부한다. 나는 지금처럼 글을 쓰거나 책을 읽거나 나에게 필요한 온라인 강의를 수강한다. 아이들은 노트북으로 영단어 문제를 풀면서 외우고, EBS 사이트의 영문법 강좌를 들으며 스스로 문제지를 푼다. 수학도 'EBS 만점왕'이라는 강의를 듣고 문제를 푼다. 엄마는 옆에 앉아 있다가 애들이 문제를 다 풀었다고 할 때 채점만 해주면 된다.

나는 이 방법을 고등학교까지 고수할 것이다. 한 달에 몇십만 원씩이나 쓸데없는 사교육에 낭비하고 싶지 않다. 불필요한 사교육은 아이들에게도 도움이 되지 않고 나의 노후도 준비해야 하기 때문이다. 정작 아이들에게 투자가 필요한 시기는 초중고 시절이 아니다. 스무 살 이후다. 아이가 꿈을 실현시키기 위해서 유학을 가고 싶다고 하거나, 아니면 자기만의 작은 가게를 내보고 싶다고 할 때 차라리 크게 투자해주는 편이 낫다고 생각한다. 다른 아이들이 다 다니니까 어쩔 수 없이 다니는 학원 공부는 아이에게 아무런 도움이 되지 않는다.

모든 사람이 그렇게 한다고 해서 그것이 반드시 옳은 일은 아니다. 다른 사람과 같지 않다고 해서 불안해할 필요는 없다. 사교육 문제에 있어서 확고한 주관을 가져라. 아이에게 그것이 정말 필요한지 냉철하게 이성적으로 판단하라. 쓸데없는 사교육비를 줄여라. 그것이 아이의 미래와 부모의 노후를 위해서도 좋은 일이 될 것이다.

8

·

아이의 행복을 최우선으로 생각하라!

중고등학생 아이들 과외를 하면서 알게 된 슬픈 사실이 있다. 아이들 대부분이 장래 꿈이 없다는 것이다. 꿈이 뭐냐는 질문에 당황해하면서 불안한 눈빛을 드러낸다. 간혹 장래 희망을 말하는 아이들도 있긴 하다. 그런 아이들의 꿈은 대부분 교사나 공무원이다. 하지만 그 꿈은 아이의 것이 아니다. 아이들이 안정된 직장을 갖기 원하는 부모에 의해 주입된 꿈이다. 부모가 아니더라도 사회 환경에 의해 불어넣어진 꿈이다. 자기 흥미와 적성을 살리는 꿈을 좇기보다는 안정된 직장을 바라는 부모의 현실 감각이 주입된다는 건 비통한 일이다.

초등학교 저학년 때는 아이들의 꿈이 다양하다. 대통령, 과학자, 요리사, 의사, 건축가 등등. 하지만 초등학교 고학년만 되어도 그 꿈은 현실의 벽에 부딪히고 만다. 그러면서 아이들이 품은 희망의 불꽃은 서서히 사그라든다. 학업에 대한 강요와 성적을 중시하는 풍토로 아이들은 일치감치 꿈을 잃어간다. 꿈만 잃어가는 것이 아니라 자존감도 바닥을 치게 된다. 학문을 숭배하는 유교정신이 아직까지도 강하게 배어 있는 우리나라는 공부 잘하는 사람을 좋아하고, 돈을 조금밖에 못 벌더라도 관직에 몸담고 있는 사람을 좋아한다. 돈벌이는 크게 안 되어도 책상머리에 앉아 있는 직업을 높게 평가한다. 그런 직업들은 대부분 고학력자들을 원한다. 대학 졸업은 기본이고 이제 웬만하면 대학원까지 나와야 한다. 그런 직업을 원하는 사람이 많으니 경쟁이 치열하고, 또 경쟁에서 우위를 차지하려면 당연히 좋은 대학을 나와야 한다. 좋은 대학을 가려면 수능을 잘봐야 한다. 수능은 국어, 영어, 수학, 사회, 과학 같은 주요 교과의 성적으로 평가한다. 고득점을 받는 것은 영어와 수학에서 판가름이 난다. 그러니 영어, 수학 점수를 높이기 위해서 엄마들은 아이들에게 학원이나 과외와 같은 사교육을 시키게 된다. 그것이 아이들 미래의 행복을 위한 길이라고 생각한다.

하지만 아직 자기 꿈이 무엇인지도 모르는 상태에서 과도한 사교육을 받게 되면 아이들은 조금씩 지쳐간다. 그러다가 성적이 뜻대로 나오지 않으면 아이들은 좌절감을 맛보게 된다. 학업

성적으로 모든 것을 평가하는 학교에서도 제대로 된 대접을 못 받고, 피땀 흘려 번 돈으로 공부시켜주는데 성적이 그것밖에 안 되느냐고 인상을 쓰는 부모님 때문에 집에서도 죄인이 된 심정이다. 그러면 아이는 자존감을 잃는다. 학업 성적이 높지 않다는 이유 하나로 무가치한 사람이 되어버리는 것이다. 가정에서도 사회에서도 제구실을 못하는 잉여인간이 된 기분이 든다. 그러면 그 아이가 가지고 있는 다른 장점들도 그러한 부정적인 자아인식으로 인해 묻혀버린다.

지인 가운데 나와 친자매처럼 지내는 초긍정주의자 동생이 있다. 그 동생의 자존감은 세상 최고다. 무남독녀 외동딸인데, 정확하게 말하자면 어릴 때 오빠가 교통사고로 일찍 하늘나라에 간 안타까운 사연이 있다. 그러다 보니 부모님은 이 친구를 애지중지 키우셨다. 하지만 버릇없게 키우신 건 아니고, 아이가 책임져야 할 일은 스스로 책임지게 하셨다. 보통의 다른 부모와 다른 점이 있다면, 이 친구가 공부에 관심이 없다면서 대학을 안 가겠다고 하자 부모님께서 정녕 뜻이 그렇다면 그러라고 하셨다는 것이다. 집도 부유한 데다 아버지 또한 사회적으로 직급이 있는 분이라서 보통 사람들이라면 체면을 생각해서라도 그렇게 하지 못하게 했을 것이다. 하지만 그 부모님은 자녀의 뜻을 존중해주셨고, 이 친구는 네일아트를 배웠다. 그리고 네일아트숍 직원으로 일하다가 얼마 전에 결혼을 했다. 지금은 일을 좀 쉬고 있는 상태인데, 쉬는 동안 대학에 진학하는 게 어떻겠냐고 묻자 친구는 그러고 싶지 않단다. 아무 뜻 없이 대학 나와서 뭐하겠냐며. 그러고는 대학 갈 돈으로 차라리 네일숍이나 하나 차리고 싶다고 말했다. 이 친구는 대학을 나오지 않았다고 위축되거나 하는 일도 전혀 없었다. 남들 다 나오는 대학 따위 가지 않아도 아무런 문제가 없음을 느낄 수 있었다. 나는 그런 동생이 대견했고, 그녀의 높은 자존감이 부러웠다.

아이들에게 부모가 무엇보다 우선적으로 해주어야 하는 건 이 동생의 경우처럼 자존감을 지켜주는 일이다. '다중지능이론' 이라는 용어를 처음으로 사용한 교육학자 가드너가 이르길, 사람은 저마다 어떤 분야에 있어 타고난 높은 지능을 가지고 있다고 했다. 인관관계가 좋으면 대인관계 지능이 높은 사람이고, 테레사 수녀와 같은 사람은 사회봉사 서비스 지능이 높은 사람이다. 또한 길을 잘 찾는 사람은 공간지각능력이 높은 사람이다. 이처럼 누구든 어느 분야에서 자신만의 장점이 분명히 있다. 그러한 재능을 살리려면 반드시 아이의 자존감을 세워주어야 한다.

성적을 중시하는 학교에서부터 아이들은 이미 자존감을 잃고 집으로 돌아온다. 그러니 거기다 부모까지 잔소리를 보탤 필요는 없다. 부모는 아이의 상처받은 자존감을 어루만져주어야 한다. 세상에서 성공하는 데 성적이 전부는 아니라고 아이를 위로해주고 언제나 너만을 사랑한다고 말해주자. 아이가 하고 싶은 일이 무엇인지 귀 기울여 들어주자. 그러면 아이의 상처받은 자존감은 회복될 수 있다.

나중에 어떤 사람이 돼야 좋을지 모르겠다고 아이가 고민을 토로하면, 적성검사를 받게 해주는 것도 좋다. 인터넷 사이트를 이용할 수도 있고, 전문기관에 데려가서 적성검사를 받아볼 수도 있다. 그렇지 않다면 도서관이나 서점에 가는 것을 추천하고 싶다. 가능한 책이 아주 많은 장소에 가서 아이에게 책을 다섯 권만 고르라고 해본다. 그렇게 눈에 들어오는 책을 고르도록 하여 자기가 어떤 분야에 관심이 있는지 적성을 파악해보는 것도 좋은 방법이다.

꿈이 없는 삶은 목적지 없이 표류하는 배와 같다. 꿈이 없으면 앞으로 나아갈 수 없고 지금 자신의 위치조차 모른다. 젊은 날에는 도전과 모험으로 가득한 항해를 해나가야 한다. 자신만의 확실한 꿈이 있다면 목적지에 도착하기까지 어떤 어려움을 맞닥뜨리더라도 중도에 포기하는 일은 없을 것이다. 목적지에 도달했을 때 맛보게 될 기쁨을 떠올리며 어떠한 고난과 역경도 스스로 이겨낼 수 있으리라. 하지만 도달하고자 하는 목적지가 없으면 작은 풍랑에도 배는 허무하게 침몰해버릴 수 있다.

꿈이라는 목적지는 반드시 아이 자신에 의해 결정되어야 한다. 부모나 사회에 의해 주입된 꿈을 가져서는 안 된다. 내 적성

과 무관하게 부모님 뜻에 따라 진로를 선택한다면 삶의 행복은 기대할 수 없게 될 것이다.

좋아하지 않는 일을 하며 돈 벌어 먹고살아야 하는 것은 고통이다. 대부분의 근무 시간은 하루에 적어도 여덟 시간 이상이다. 하루가 24시간인데 자는 시간 여덟 시간을 빼고 깨어 있는 열여섯 시간 가운데 절반은 일을 해야 한다. 그런데 일이 적성에 맞지 않아서 즐겁지 않다면 무척 불행할 것이다. 인생이 이토록 행복하지 않은데 왜 살아야 하나 고민에 휩싸인다. 어떠한 일이든 십 년을 꾸준히 하면 전문가가 된다고 하지만, 그건 일이 적성에 맞을 때 얘기다. 자신이 좋아하는 일을 한다면 비전문성과 서투름은 세월의 단련과 함께 그 누군가를 전문가로 바꿔줄 것이다. 하지만 적성에 맞지 않는 일을 하는 사람은 정신뿐 아니라 육체 또한 힘들어진다.

내 아이가 어떤 삶을 살기를 바라는가? 공부만 하라고 강요하지 말고 아이들이 행복한 삶을 살 수 있도록 자기가 원하는 일을 찾게끔 먼저 도와주자. 그리고 아이의 의견에 항상 귀를 기울여주자. 자신이 원하는 것을 찾으면 엄마가 공부하지 말라고 해도 자신의 꿈을 이루기 위해 아이는 즐거이 노력할 것이다. '아이의 행복'은 멀리 있는 것이 아니다.

9

아이를 항상 존중하라!

초등학교 3학년인 딸아이와 종종 말다툼을 한다. 딸아이는 다소 신경질적이다. 오빠랑 함께 자라다 보니 외동이거나 여자 형제들만 있는 아이들과 달리 생존하기 위해서 우악스럽게 변한 점도 있다. 나도 형제가 오빠와 단둘이었기에 그런 딸아이의 입장을 십분 이해할 수 있다. 딸아이는 제 오빠에게 심심치 않게 소리도 지르고 싸우다가 자기가 질 것 같으면 우는 척도 잘한다. 비단 오빠에게만 그런 것이 아니다. 나한테도 가끔씩 오빠에게 하듯이 소리를 버럭버럭 지른다. 그렇다고 나도 따라서 소리 지르거나 하지 않는다. 몇 번은 조용히 타이른다. 소리 지르지 말라고. 소리 지르면 몸에 해롭다고. 그리고 엄마는 소리 지르는 게 정말 듣기 싫다고. 그렇게 몇 번 경고를 주다가 딸아이의 행동이 정도를 벗어났다고 생각되면 훈계 모드의 무서운 엄마로 변신한다. 딸아이를 방구석에 세워놓고 움직이지 못하게 양팔을 꽉 붙잡은 다음 눈에 힘을 주고 아이의 두 눈을 똑바로 응시하면서 단호하게 말한다. 이때 절대 언성을 높이거나 소리를 지르지는 않는다.

"너 왜 자꾸 소리를 지르니? 내가 너한테 그런 적 있니? 왜 엄마한테 자꾸 예의 없게 소리를 지르니? 내가 너한테 이처럼 예의 없게 대하거나 함부로 대한 적 있니? 나도 너처럼 똑같이 대해주길 원하니? 그럼 네 기분이 어떻겠니?"

아이에게 이런 식으로 말한다. 그러면 딸아이는 아무 말도 못하고 눈에 눈물만 그렁그렁하다. 반박할 거리가 조금이라도 있었으면 따지기 좋아하는 성격의 딸아이가 가만히 있을 리가 없다. 분명히 꼬치꼬치 따졌을 것이다. 하지만 나의 말과 행동이 녀석에게 꼬투리 잡힐 것이 없기에 잠자코 수긍할 수밖에 없다.

그러고서 아이가 흥분을 좀 가라앉히고 나면 조용히 말해준다. 소리 지르고 울어서는 해결될 일이 아무것도 없으니 쓸데없이 너의 에너지를 부정적으로 낭비하지 말라고. 만약 억울한 상황이 생긴다면 너의 입장을 설명하고 너와 충돌을 일으킨 사람과 문제 해결을 하라고. 그래야 네가 원하는 것을 얻을 수 있다고. 싸우고 소리 지르고 울면 아무것도 얻을 수 없다고 몇 번이고 강조해서 말해준다.

아이가 소리를 지르든 울거나 짜증을 내든 엄마는 항상 평정심을 유지하도록 노력해야 한다. 엄마도 인간인지라 상대방이 소리 지르고 마구 짜증을 내는데 감정이 동요하지 않을 수 없다. 그런데 엄마가 똑같이 소리 지르고 화를 내면 아이를 변화시킬 기회를 놓치게 된다. 엄마의 모습이 아이에게 롤모델 역할이 되기 때문이다. 몇억짜리 땅이나 집을 물려줄 생각보다 그런 평정심을 지닌 자애로운 모습을 보여주는 엄마가 되려고 노력하자. 그것이 아이의 인생에 보다 더 큰 가치로 작용할 것이다.

내 속으로 낳은 자식이니 내 소유물이라고 생각하거나, 피를 나눈 한 가족이라 편하기도 하여 부모가 아이들을 함부로 대하는 경우도 많다. 하지만 가까울수록 예의를 갖춰 대해야 한다. 그래야 소중한 사람을 잃지 않으면서 가장 가까운 사람들과 평생 행복할 수 있다. 자기 기분이 좋지 않다고 아이에게 화풀이를 하거나 짜증을 내서는 안 된다. 아이 때문에 화가 날 때도 많고, 아이로 인해 짜증이 화산처럼 폭발할 것 같을 때도 많다. 하지만 그러한 감정을 아이에게 그대로 표현해서는 안 된다. 아이들은 엄마의 그런 모습을 닮아간다. 엄마의 반응에 따라 자존감을 잃게 될 수도 있다.

화가 나고 짜증이 나더라도 항상 이성적으로 대할 수 있도록 노력해야 한다. 아이들을 직장 동료라고 생각해도 좋다. 화가 난다고 직장 동료에게 자신의 감정을 다 표현하는 사람은 없을 것이다. 아무리 짜증이 난다 해도 내 감정을 최대한 억제하고 조심스럽게 말할 것이다. 아이들에게도 그러한 방식을 사용하라. 직설화법을 쓰지 말고 되도록 간접화법을 쓰자. '너는 도대체 왜 그렇게 행동하니'라고 말하기보다 '네가 그렇게 행동을 하니 내 기분이 매우 언짢다'는 식으로 돌려서 표현하라. 또한 절대 인신공격을 해서는 안 된다. '그처럼 행동하는 너 같은 애가 커서 뭐가 될 수 있겠냐'는 식으로 말해서는 안 된다. 아이의 인격이 다치지 않도록 행동의 객관적인 잘못만을 지적하라. '너의 그런 행동은 이런저런 이유로 매우 좋지 않은 행동이다'라고 그 이유를 설명하면서 말하라.

가장 최악의 경우로, 애들을 때리거나 욕설을 퍼붓는 행동을 해서는 절대 안 된다. 어릴 때는 그러한 물리적인 처벌이 효과가 있을 수 있다. 아이는 공포심에 말을 듣는 척할 것이다. 하지만 청소년이 되면 이 또한 통하지 않는다. 반항심만 불러일으킨다. 청소년이 된 아이들과 몸싸움을 하다가 엄마가 다치는 일도 종종 발생한다. 부모의 물리적인 폭력에 노출되면 아이들은 알게 모르게 폭력이 효과적인 방법이라는 생각을 갖게 된다. 그러면 세상 밖에 나가서 다른 사람들에게 그러한 방법을 사용하게 된다. 내 아이가 폭력 사건에 휘말려 경찰서를 드나들게 될 수도 있다는 것이다.

화가 난다고 아이에게 욕설을 퍼붓는 부모도 의외로 많다. 자

기 피붙이라고 막대해도 된다 생각해서 무심결에 욕설을 사용하는 부모도 많다. 그런 부모들은 이러한 사실을 명심하기 바란다. 내가 사용하는 언어를 내 아이도 그대로 모방한다는 사실을. 부모가 욕을 많이 사용하는 집에서 자란 아이들은 유치원이나 학교에 가서 부모가 한 욕설을 그대로 다른 아이들에게 사용한다. 게다가 욕설을 듣고 자란 아이들이 청소년이 되었을 때 사춘기로 인해 반항심이 생기면 그때는 반대로 아이들이 자기 부모에게 욕설을 퍼붓기 시작한다. 엄마가 아이에게 그렇게 했듯이 아이도 엄마에게 똑같이 함부로 행동하게 된다.

대접받기 원한다면 상대에게 먼저 대접해야 한다. 부모 자식 관계에서도 마찬가지다. 자식에게 존중받는 부모이기를 원한다면, 먼저 나부터 아이를 존중해야 한다. 아이의 말을 귀 기울여 들어주고, 화가 나거나 짜증이 나는 일이 있어도 직설적으로 감정을 표현해서는 안 된다. 엄마의 모습이 아이에게 거울이 된다는 사실을 항상 명심하라. 짜증내고 화내는 모습을 보이면 아이도 결국은 그런 사람으로 성장하게 될 것이다. 하지만 엄마가 예의와 품위를 지키며 항상 평정심을 유지하는 이성적인 모습을 보여준다면 아이도 엄마와 같은 사람으로 자라나게 된다.

학업의 성취만이 세상을 살아가는 데 중요한 것이 아니다. 공부도 중요하겠지만 그보다 더 중요한 것은 인성이라고 생각한다. 좋은 인성을 갖춘 사람은 학업의 성취도가 낮을지라도 다른 분야에서 충분히 성공할 수 있다. 모든 일은 결국 인간에 의해서 이루어지기 때문이다. 타인에게 좋은 향기를 풍기는 인성을 갖지 못하면 어떤 분야에서든 성공할 수 없다. 인성은 가정에서 가장 먼저, 그리고 가장 많이 형성된다. 아이의 인격은 부모의 행동에서 지대한 영향을 받는다.

아이들이 성공한 삶을 살기 원한다면 과외 하나, 학원 한 곳 더 보냄으로써 부족한 과목의 점수를 채워주기보다 가정 안에 형성되어 있는 부모 자식 간의 관계에 대해 더 큰 관심을 갖기 바란다. 부모와 아이가 서로를 사랑하고 존중하는 관계인지 생각해보라. 그렇지 않다면 아이는 성공한 인생을 살기 힘들 것이다. 더 늦기 전에 그러한 관계를 회복시킬 수 있도록 노력하자. 늦으면 늦을수록 관계 개선이 어려워지니 서두르는 게 좋다.

부모가 아이를 예의 있게 대하고 존중하는 모습을 보여주면 그에 상응하여 아이도 스스로 노력한다. 아이에게 항상 믿는다고 말해주고 아이가 하고 싶은 일을 할 수 있도록 조력과 응원을 아끼지 말자. 그러면 아이는 행복하게 자라나 성공한 삶을 살게 될 것이다. 행복하게 자라난 아이가 훗날 행복한 아이를 키우는 훌륭한 부모가 될 수 있다. 자기 분야에서 성공하고 정서적으로도 안정된 아이, 그런 아이와 더불어 살아가는 행복. 생각만 해도 기쁘지 않은가? 그 시작은 아이에 대한 존중에서 출발한다. 언제나 아이의 말에 귀 기울이는 부모, 감정적이기보다는 이성적인 부모, 자애로운 부모가 되도록 노력하자.

모든 일들은 지나고 나면 아름다운 추억이 됩니다. 저의 육아에 대한 기억 또한 그러한 것 같습니다. 정말 힘들다고 느꼈는데 지나고 나니 아름다운 시간이 되어 가슴속에 남아 있습니다. 지금까지 살아오며 노력했던 모든 일들 가운데 헛된 일은 하나도 없음을 나이 먹을수록 깨닫습니다. 고군분투하며 해냈던 지난 11년간의 육아가 이처럼 작가로서의 꿈을 이루는 계기가 될 줄 이 책을 쓰기 전에는 알 수 없었기 때문입니다. 도무지 미래를 예측할 수 없기에 살아간다는 것은 정말 재미있고 신나는 일 같습니다.

우리는 미래를 예측할 수 없습니다. 하지만 분명한 사실은 지금 우리가 흘린 땀방울은 결코 헛되지 않다는 것입니다. 그 결과는 어떠한 형태로든 보상이 되어 눈앞에 나타나게 될 것입니다. 육아도 그중 하나입니다. 육아는 분명 쉽지 않은 일입니다. 자기 몸 하나만도 감당하기 힘든 세상인데 다른 생명을 책임지고 양육한다는 것은 육체적으로나 정신적으로 쉽지 않은 노력이 필요합니다. 하지만 확언하건대 그에 합당한 보상은 있을 것입니다. 행복해하는 아이의 현재 모습이든 건실한 인격체로 자라난 미래 아이의 모습에서든 보일 것입니다.

육아를 행복한 일로 여겼으면 좋겠습니다. 이왕 해야 하는 일이라면 즐거운 마음으로 하는 것이 더 좋을 테니까요. 나아가 육아를 즐길 수 있는 사람이 되었으면 좋겠습니다. 그러기 위해서는 당신이 먼저 행복해져야 합니다. 아이에게 사랑과 행복을 전해줄 수 있는 엄마가 되려면 엄마가 먼저 마음이 풍요롭고 행복한 상태가 되어야 하기 때문입니다. 그러기에 무엇보다도 행복한 엄마가 될 수 있도록 노력하세요. 나를 아끼고 사랑해야 합니다. 취미를 갖고 아이들과 함께 꿈을 키워나가면서 즐거운 인생을 사세요. 가족들에게 모든 것을 맞추면서 희생하기를 스스로에게 강요하지 마세요. 구시대적 발상인 착한 엄마 콤플렉스에서 벗어나세요. 가족들이 진정으로 바라는 엄마는 착하고 헌신적인 엄마가 아닙니다. 남편, 또 자녀가 바라는 당신은 자기 꿈을 가지고 살아가는 행복한 아내, 엄마라는 사실을 명심하세요.

엄마가 행복해야 아이들도 행복할 수 있다는 주관과 철학을 가지고 아이들을 양육하세요. 남들 다 하는 사교육을 시키기보다는 아이의 말에 더 귀 기울이고 아이가 원하는 꿈을 찾아갈 수 있도록 조력하면서 항상 믿고 응원하는 엄마가 되어주세요.

이 글을 쓰는 내내 아이들과 함께했던 지난 시간을 다시 돌아보게 되어 즐거웠고, 앞으로도 서로 응원하며 도움 주는 행복한 가족이 되도록 노력하겠습니다. 또한 처음부터 엄마가 아니었던 저와 같은 세상의 모든 서툰 엄마들을 응원합니다. 항상 가족을 위해 엄마 자신을 희생하기보다는 가족과 '함께' 행복하시기 바랍니다.

나쁜 엄마 다이어리

초판 1쇄 발행 · 2018년 11월 5일

지은이 · 김지원
펴낸이 · 김요안
편 집 · 강희진
본문삽화 · 변우재
디자인 · 박정민

펴낸곳 · 북레시피
주소 · 서울시 마포구 신수로 59-1, 2층
전화 · 02-716-1228
팩스 · 02-6442-9684
이메일 · bookrecipe2015@naver.com | esop98@hanmail.net
홈페이지 · www.bookrecipe.co.kr | https://bookrecipe.modoo.at
등록 · 2015년 4월 24일 (제2015-000141호)
창립 · 2015년 9월 9일

종이 · 화인페이퍼 | 인쇄 · 삼신문화사 | 후가공 · 금성LSM | 제본 · 대흥제책

ISBN 979-11-88140-42-8 (03810)

• 이 도서의 국립중앙도서관 출판예정도서목록(CIP)은 서지정보유통지원시스템
홈페이지(http://seoji.nl.go.kr)와 국가자료공동목록시스템(http://www.nl.go.kr/kolisnet)에서
이용하실 수 있습니다. (CIP제어번호: CIP2018033973)